Pepita Jiménez

Sección: Literatura

Juan Valera:
Pepita Jiménez

Introducción y notas de
Demetrio Estébanez Calderón

El Libro de Bolsillo
Alianza Editorial
Madrid

Primera edición en "El Libro de Bolsillo": 1987
Cuarta reimpresión en "El Libro de Bolsillo": 1995

© de la introducción y notas: Demetrio Estébanez Calderón
© Alianza Editorial, S. A., Madrid, 1987, 1989, 1992, 1994, 1995
   Calle Juan Ignacio Luca de Tena, 15, 28027 Madrid; teléf. 393 88 88
   ISBN: 84-206-0275-2
   Depósito legal: M. 25.728-1995
   Compuesto en Fernández Ciudad, S. L.
   Impreso en Lavel, S. A., Pol. Ind. Los Llanos
   C/ Gran Canaria, 12. Humanes (Madrid)
   Printed in Spain

El hecho de que intelectuales tan rigurosos como
M. Azaña, J. Ortega y Gasset y E. Tierno Galván hayan
dedicado su atención al estudio de la obra de Valera,
es un indicio del carácter excepcional de sus escritos y
personalidad. El interés por su figura relevante (acadé-
mico, político, diplomático, ensayista y narrador) se advierte ya entre los críticos más notables de su época y
se ha incrementado a lo largo de este siglo. Sin embargo,
la imagen de un Valera refinado y «escritor de minorías»,
creada por sus comentaristas, ha podido alejar a muchos
lectores de este narrador, que es un verdadero clásico
en el sentido más dinámico del término [1].

Hace algún tiempo, la novelista C. Martín Gaite, en
un sugestivo análisis de *Pepita Jiménez,* manifestaba su

---

[1] «Valera es clásico por su estilo muy cercano a la perfección (...). Es clásico en las cualidades típicas de su talento, que son propiamente las del
clasicismo: la pureza del gusto, la propiedad y exactitud en la descripción,
la mesura, la sencillez y cierta alegría y serenidad que generalmente se consideran paganas». E. Pardo Bazán: «Don Juan Valera», en *Retratos y apuntes
literarios, Obras Completas,* III, Madrid, Ed. Aguilar, 1973, p. 1.411.

sorpresa al descubrir la calidad de esta novela, que había
leído en su juventud:

> «Yo misma quedé sorprendida del caudal de sugerencias inédi-
> tas que ha provocado en mí su relectura. En pocas ocasiones como
> en ésta me ha invadido la sensación de estar asomándome a un
> panorama que creía conocer de memoria, pero que nunca había
> sabido mirar»[2].

Nuestro deseo, al preparar esta edición, es ayudar al
lector a conseguir esa mirada lúcida que favorezca la comprensión y goce estético de la obra. Con esa finalidad,
trataremos de ofrecer los datos necesarios para situarla
en su contexto, describir el proceso de creación, estructura y configuración de personajes, deducir el contenido
temático y analizar algunos rasgos del lenguaje y estilo
del escritor.

A través de la correspondencia epistolar de Valera y
del prólogo a la edición americana de Appleton, se puede
seguir con cierta precisión la génesis de la novela. Retirado de la vida política, tras la abdicación del rey Ama-
deo, Valera pasa temporadas alternas, entre 1872 y 1874,
en su tierra natal (Cabra y Doña Mencía, pueblos cordo-
beses) dedicado a la atención de la hacienda familiar y al
estudio: «Aquí no hago más que leer. Quisiera escribir
algo para el público...» El 13 de febrero de 1874 anun-
cia a G. Laverde: «He empezado a escribir una novelita
que no publicaré hasta que esté concluida (...) tiene un
título extraño para novela. Se titula: *Nescit labi virtus*»[3].
El 30 de marzo de 1874, desdiciéndose de su propósito
inicial, comunica a Laverde que ha comenzado a publicar
dicha novela con un nuevo título: *Pepita Jiménez*[4]. En
mayo termina de publicarse en la *Revista de España*.

Sobre el contexto político y cultural en el que surge
la obra, el mismo Valera adelanta su propia interpretación:

[2] C. Martín Gaite: Prólogo a *Pepita Jiménez,* Madrid, Taurus, 1982, p. 9.
Esta novelista reconoce la pervivencia de la imagen tópica de Valera, p. 10.
[3] J. *Valera: 151 cartas inéditas a Gumersindo Laverde,* Madrid, R. Díaz
Casariego Editor, 1984, Carta CXXXVI, pp. 220-21.
[4] *Op. cit.,* carta CXXXVIII, p. 222.

«Yo la escribí cuando todo en España estaba movido y fuera
de su asiento por una revolución radical, que arrancó de cuajo
el trono secular y la unidad religiosa (...). Yo la escribí cuando
más brava ardía la lucha entre los antiguos y los nuevos ideales.
Y yo la escribí en la más robusta plenitud de mi vida cuando
más sana y alegre estaba mi alma y con un panfilismo simpático
a todos»[5].

De estas palabras se deduce que el novelista participó,
con espíritu conciliador, en la contienda intelectual y
política que vivió el país durante el Sexenio Democrático
(1868-1874), período esperanzador, cerrado dramática-
mente por el Golpe de Estado de Pavía. Un tema capital de esa contienda fue el de la libertad religiosa, que
Valera defendió en sus enmiendas a los artículos corres-
pondientes de las Constituciones de 1869 y 1876; otro
es el de la libertad de cátedra. En apoyo de los profe-
sores krausistas (y en especial de Sanz del Río) acusados
de racionalismo y panteísmo, acudió también Valera, tratando de demostrar que el «panenteísmo» krausista tenía
notables analogías con el pensamiento de los místicos
españoles del siglo XVI[6]. Dedicado, precisamente, al estudio de esos escritores con verdadera pasión intelectual
(«cuanto libro español, ascético y místico, me vino a las
manos») y entusiasmado por los hallazgos de riqueza
poética, reflexión psicológica y «libertad» de pensamiento
de los mismos, sintió la necesidad de comunicar ese «tesoro» al público español. Este deseo de comunicación
habría sido el punto de partida de la novela que nos
ocupa:

«Quise entonces recoger como en ramillete todo lo más precioso, o lo que más precioso me parecía, de aquellas flores místicas

[5] Prólogo a la edición americana de *Pepita Jiménez*, realizado por Appleton.
Este prólogo figura, como apéndice, al final de este libro.
[6] «Entonces me empeñé en demostrar que si Sanz del Río y los de su
escuela eran panteístas, nuestros teólogos místicos de los siglos XVI y XVII
lo eran también, y que si los unos tenían por predecesores a Fichte y a
Schelling, Hegel y Krause, Sta. Teresa, San Juan de la Cruz y el iluminado
y estático padre Miguel de la Fuente, por ejemplo, seguían a Tauler y a
otros alemanes...» (Prólogo de Appleton). En *El racionalismo armónico*,
Valera cree que los filósofos alemanes del XIX hubieran sido mejor com-
prendidos por los escritores religiosos del siglo XVI que por los católicos
del XIX. *Obras completas*, vol. II, Madrid, Aguilar, 1942, pp. 1.528 y 1.529.

y ascéticas, e inventé un personaje que las recogiera con fe y con
entusiasmo (...) inventé un estudiante de clérigo para que hablase. Imaginé luego que pintaría con viveza las ideas y sentimientos de dicho estudiante, contraponiéndolos a un amor terrenal, y así nació *Pepita Jiménez*» [7].

Conocida ya la génesis de la obra, surge una pregunta
relativa al proceso de creación: ¿Existió algún hecho histórico, alguna anécdota cercana que pudiera haber servido de fuente del relato y de los personajes de ficción?
M. Azaña, que utilizó toda la documentación e información que sobre Valera poseía su hija Carmen, sugiere
una pista esclarecedora. Se trata de un acontecimiento
ocurrido en el ámbito familiar de los Valera, que presenta indudables semejanzas con el esquema argumental
de la obra [8]. Evidentemente, tanto los personajes nove-
lescos como su proceso de vivencias son fruto de una
recreación original de orden estético que les hace irreco-
nocibles en parangón con sus modelos históricos.

En su configuración externa la novela presenta cuatro
apartados perfectamente definidos:

— Un prólogo, encabezado con el lema «Nescit labi
virtus», en el que el autor, usando un truco narrativo
muy conocido, simula haber encontrado un manuscrito,
cuyo contenido y características detalla y del que se presenta como simple transcriptor o editor: «El mencionado
manuscrito, fielmente trasladado a la estampa, es como
sigue...»

---

[7] Prólogo a *El Comendador Mendoza,* O.C., I, p. 329, y prólogo a la
edición americana de Appleton de *Pepita Jiménez.*
[8] «El lance principal, la seducción del seminarista por la viuda traslada,
alterándolo un poco, cierto caso de familia. Doña Dolores Valera y Viaña,
ni rubia, ni de manos tan bellas como quiso don Juan que fuesen las de
Pepita, era novia del joven don Felipe de Ulloa; pobres los dos, no se
determinaron a casarse. La madre de Dolores concertó la boda de su hija
con don Casimiro Valera, el don Gumersindo de la novela, ochentón inofensivo que, en brazos de tres fámulos, fue puesto en la cámara nupcial. Dolores, menos sumisa que la Pepita novelesca a la autoridad materna, se dejó
convencer por argumentos de este orden: 'Si te casas con un viejo de cincuenta años, tendrás viejo para toda la vida; con uno de ochenta lo tendrás
por poco tiempo.' El joven Ulloa, que por despecho se había acogido al
seminario, volvió de temporada a Cabra; Dolores, ya viuda, lo sedujo y se
casaron.» M. Azaña: «La novela de Pepita Jiménez», en *Ensayos sobre Valera,*
Madrid, Alianza Edit., 1970, pp. 215-216.

— Un conjunto de quince cartas, que el supuesto autor del manuscrito transcribe en un «legajo» y titula *Cartas de mi sobrino*. Este sobrino es el protagonista del relato, don Luis de Vargas, y el tío, deán de una catedral innominada, es el destinatario de dichas cartas.

— Una sección denominada *Paralipómenos,* relato complementario del «cuadro de sucesos» aludidos en las cartas y que son ampliados ahora con mayor precisión por un «sujeto perfectamente enterado de todo», que, a juicio del editor, sería el mismo deán.

— Un *Epílogo* consistente en una selección de cartas enviadas por el padre del protagonista, don Pedro, a su hermano, el deán, y en las que narra pormenores de la vida de los protagonistas y su entorno social «desde el día de la boda hasta cuatro años después».

Para dar coherencia y verosimilitud a la ficción novelesca el autor inventa cuatro voces narrativas con misión específica dentro del relato. En primer lugar, el editor, que habría escrito el prólogo y que se inmiscuye en los *Paralipómenos* con apariciones recurrentes en primera persona («Aquí vuelvo yo, como responsable que soy de la publicación y divulgación de esta historia...») y selecciona y organiza la materia epistolar del *Epílogo*. En segundo lugar, el narrador protagonista, Luis de Vargas, autor de las quince cartas de la primera parte. A continuación, la figura del deán, autor supuesto de los Paralipómenos. Una cuarta voz narrativa sería la de don Pedro, autor de las cartas del Epílogo [9]. Toda esta polifonía narrativa cumple unos objetivos precisos: fundamentar la coherencia del relato [10], lograr la necesaria va-

---

[9] Sobre el narrador en las novelas de Valera puede consultarse a G. Gullón: «Técnicas narrativas en *Pepita Jiménez* y en *Juanita la larga*», en *El narrador en la novela del siglo XIX,* Madrid, Taurus, 1976, pp. 149 y ss., y J. M. Ruano de la Haza: «La identidad del narrador en los *Paralipómenos* de *Pepita Jiménez*». *Revista Canadiense de Estudios Hispánicos,* vol. VIII, núm. 3, 1984. Este crítico cree que el narrador de *Paralipómenos* no puede ser el Deán (por las incongruencias que se seguirían en este caso) sino don Pedro, único personaje que verosímilmente estaría capacitado para desempeñar el papel de «sujeto perfectamente enterado de todo» y cuyo talante y criterios concordarían más con las intervenciones de dicho narrador.

[10] Al editor o transcriptor se le atribuye el encuentro del supuesto manuscrito y la organización de todo el material del relato. Es él quien impone nombres a los personajes y el título de la obra, quien juzga sobre la autoría

riedad de tono, rompiendo la monotonía consiguiente a
la penuria de acción, y conseguir una evasión irónica de
la pretendida objetividad documental del realismo y naturalismo coetáneos. Desde esta perspectiva irónica y fun-
cional pueden interpretarse las frecuentes incursiones del
editor hacia el escenario de la acción novelesca. Por
su medio, al autor se le intuye manejando los hilos de
la trama de forma inequívoca.

El núcleo argumental del relato es la historia de la
seducción amorosa ejercida por una joven viuda, Pepita
Jiménez, sobre un aspirante a clérigo, Luis de Vargas.
Efecto de esa seducción es la progresiva transformación
del seminarista, que finalmente cambia su primitivo ideal
místico-religioso por el amor humano hacia la muchacha.
El análisis de este proceso de cambio constituye el objetivo primordial de las cartas de la primera parte, en la
que Valera consigue su mejor creación artística. Para ello
pone en juego en la personalidad de don Luis unos resortes psicológicos que hacen verosímil su metamorfosis
espiritual. En primer lugar, una gran capacidad de introspección, actividad predominante en dichas cartas, a
veces obsesiva, y que bascula entre la autocomplacencia
y el remordimiento (pp. 47, 114). Este autoanálisis del
mundo interior encuentra el aliciente de una exuberante
fantasía, forja de ensoñadas empresas apostólicas y escenario de «ideales criaturas» donde se puede magnificar la
imagen adorable de una mujer (p. 165). Hay, por otra
parte, en don Luis una mezcla de ingenuidad y cándida
arrogancia (también orgullo) al afrontar sus relaciones con
Pepita. Las reiteradas afirmaciones de que «nada hay que
temer», pues no se siente «ligado a ella», sugieren un
componente de temeridad subrayado con ironía por el

de las fuentes, quien valora, corrige y glosa el material informativo. Por su
medio, emite Valera ciertos conceptos de teoría de la novela, como ocurre
en el largo inciso de contraposición del relato con la novela romántica
(pp. 155-56) o su negativa a que la obra de arte cumpla una función ideológica: «El señor deán se propuso contar lo ocurrido y no probar ninguna tesis
y anduvo atinado en no meterse en dibujos y no sacar moralejas». Esta idea
del «arte por el arte» aparece ya en su ensayo de 1860 *De la naturaleza y
carácter de la novela* («Yo soy más que nadie partidario del arte por el
arte...», O.C., I, p. 198) y en los prólogos de Appleton y de *Juanita la
larga*, O.C., I., p. 491.

narrador, que lanza sobre el personaje (el lector ha perci-
bido ya signos inequívocos de fijación afectiva) la sombra
del autoengaño o de la insinceridad. El lector llega a du-
dar, incluso, de la consistencia del ideal religioso de don
Luis, que descubre entreverado con intereses profanos
«de un orden egoísta», como el ansia de aventura y de
«amor a la propia gloria». Pero el resorte sicológico fundamental en esta historia de seducción es la emergencia
inconsciente de su afectividad. Recluido en el Seminario
desde los diez años, ignorante de las realidades del «mundo» y de la psicología de la mujer, don Luis siente las
primeras emociones del erotismo al poco tiempo de conocer a Pepita. En un principio la «efusión de ternura»
se proyecta sobre realidades de la Naturaleza [11], para dar
paso después a un amor concreto hacia una mujer en la
que aquélla se personifica. La recreación gradual de la
prosopografía de Pepita en las cartas de don Luis va
marcando los hitos de una seducción progresiva. Así, a
la escueta descripción de la segunda carta (prevalece el
interés por la etopeya: «pulcritud», «armonía») sucede
cierta morosidad de presentación en la cuarta («cabellos
rubios», «manos blancas y bonitas», «ojos grandes, verdes, como los de Circe, hermosos y rasgados», de «serena
y tranquila mirada») seguida de una embelesada percep-
ción global en la quinta («Su andar airoso y reposado,
su esbelta estatura, lo terso y despejado de su frente...»),
donde la joven viuda absorbe la atención del protagonista: «Aquí no se habla de otra cosa.» La «ruda sospecha»
del deán coincide con la descripción entusiasta de la
sexta. En el encuentro a solas en el Pozo de la Solana
(carta séptima) se realiza la transfiguración de Pepita,
que aparece a los ojos de don Luis «más hermosa que
nunca», como una «maga» fascinadora. A partir de ese

---

[11] «Siento una dejadez, un quebranto, un abandono de la voluntad, una
facilidad tan grande para las lágrimas; lloro tan fácilmente de ternura, al ver
una florecilla bonita o al contemplar el rayo misterioso...» (p. 59). Sentimentalismo de adolescente, al igual que las ilusiones misioneras, tal como
apunta J. F. Montesinos («adolescencia pura, ensueños de pubertad, casi...»).
Valera o la ficción libre, Madrid, Castalia, 1970, p. 110; y R. Lott, que
dedica un estudio preciso al tema («Luis the adolescent») en *Language and
Psychology in Pepita Jiménez*, Univ. of Illinois Press, 1970, pp. 172 y ss.

momento el protagonista sentirá el irresistible embrujo
de la muchacha que le comunica la hondura de su espíritu
a través de la «llama fugaz devoradora» de sus ojos, de
la «suavidad» de sus manos, de la «inefable embriaguez»
del beso.

El repliegue ascético del protagonista, que se perfila
en las últimas cartas, no llega a consumarse, gracias a
la confabulación celestinesca, consciente o inconsciente,
de los personajes que rodean a los protagonistas [12]. Entre
ellos emerge imponente la Naturaleza, convertida por el
novelista en personaje cósmico dinamizador de la acción
en momentos claves de relato. De hecho, es la Naturaleza la que provoca las primeras efusiones de ternura del
protagonista, la que sirve de espacio bucólico de convivencia de ambos personajes durante la merienda campestre en la huerta de Pepita (p. 60), la que se configura
como espacio «misterioso» en el Pozo de la Solana. Es
aquí donde sucede la «aparición» de la «maga» y el encuentro a solas que provoca en don Luis su primera e
impremeditada manifestación de dependencia afectiva de
la muchacha [13]. Es esa misma Naturaleza la que en la
noche de San Juan pone en juego todas sus virtualidades
seductoras. Previamente se describe la prosopografía de
don Luis. Es como si el novelista intuyera de pronto la
necesidad de poner a su personaje en trance de ofrecer
todos sus sentidos para percibir las llamadas de una Na-
traleza exultante y provocadora. Esta, despertándole de
su ensimismamiento, le lanza llamadas incesantes de gra-

---

[12] Esta función celestinesca de mediación amorosa compete en primer lugar
a Antoñona. Es ella la primera que descubre la relación afectiva de los protagonistas, la que interpela bruscamente a don Luis por su abandono, la
que prepara el encuentro de los amantes. No en vano parece a don Luis
«más aviesa» que Enone y Celestina (p. 148). Confabulado con ella anda
don Pedro para conseguir un feliz desenlace de ese amor. Y en este celes-
tineo están implicados, muy a su pesar, el Vicario («palomito mensajero») y
el deán que, con su «ruda sospecha», hace caer en la cuenta al seminarista
de que puede estar enamorado. Hasta el pueblo en fiesta en la noche de
San Juan (donde «todo era amor y galanteo») parece fomentar el encuentro
de los dos amantes.

[13] Al «terror misterioso» que invade a don Luis ante un espacio que se le
antoja propicio para «apariciones y visiones», sucede un «estremecimiento»
ante la súbita irrupción de Pepita como una «maga». Al aturdido don Luis
se le escapa un lapsus inconsciente: «Me juzgué provocado por Pepita, que
iba a darme a entender que conocía que yo gustaba de ella» (p. 84).

tificación sensual a través de una orgía de luz, de música, de aromas y suavidades que excitan la sensibilidad del protagonista (p. 152). Don Luis, como Pármeno ante las sugestiones de Celestina («Celestina, todo tremo en oírte. No sé que haga, perplexo estó», act. I) se sintió «seducido, vencido por aquella voluptuosa naturaleza y dudó de sí». En claro paralelismo con el pasaje del Pozo de la Solana (también aquí siente «terror» y espera algún «prodigio») la Naturaleza le incita a proseguir hacia el nuevo encuentro con Pepita: «Pero el cielo le sonreía con sus mil luces y excitaba a amar (...), la tierra toda parecía entregada al amor en aquella tranquila y luminosa noche» (p. 153).

Consumada la seducción amorosa, la Naturaleza aparecerá nuevamente como espacio bucólico en el Epílogo, donde la mención de la huerta de Pepita, convertida en «jardín amenísimo» (con su «poquito de paganismo como poesía rústica amoroso-pastoril»), evoca el primer encuentro e inicio de esa seducción. Por ello recuerda don Pedro que fue en el «merendero» donde comieron las «fresas» cuando «Pepita y Luis se vieron y hablaron». El círculo se ha cerrado. La Naturaleza ha cumplido como pieza clave de la estructura del relato. Naturaleza-Huerta-Jardín son realidades espaciales que constituyen una prefiguración simbólica del personaje de Pepita que, a su vez, representa la fuerza seductora e irresistible del amor con la que la especie (Naturaleza) se reproduce:

«No sabía yo lo que era amor. Ahora lo sé; no hay nada más fuerte en la tierra y en el cielo» (pp. 130-31).

Con estas palabras de Pepita Jiménez entramos en el análisis de su personalidad, tan alejada del personaje histórico que pudo servir de modelo (doña Dolores Valera), gracias a la perspectiva ennoblecedora desde la que su autor la convierte en personaje de ficción. En este sentido, al configurar su semblanza, el narrador cuida de hacer comprensible su primer matrimonio con don Gumersindo (previendo las dudas del lector sobre el valor moral «harto discutible» del mismo) y de resaltar el prestigio de que goza entre sus vecinos, especialmente el vicario y el padre del protagonista. Incitado por la curiosidad de conocerla, las primeras impresiones de don Luis resaltan la pulcritud de la persona y entorno, la sensación de equilibrio psíquico y armonía espiritual, la espontaneidad de comportamientos y elegancia «sin artificio» que emana de la figura de Pepita. Impresión sintetizada por don Pedro: «... es naturalmente elegante, distinguida, es un ser superior por la voluntad y por la inteligencia, por más que con modestia lo disimule». Un rasgo importante de la muchacha es su agudeza intelectual, evidente en el «espíritu inquieto e investigador», en la capacidad de elegir el tema y lenguaje adecuados a cada personaje y situación (p. ej., discurso directo y convincente en los diálogos con el Vicario y don Luis, para desbaratar su «huida mística») en el sentido de la oportunidad, delicadeza moral y discreción destacado por el Vicario, para quien no hay persona «más discreta ni más atinada en cuanto piensa y desea». Mujer realista, no entiende las fantasías del estudiante («Ni con la imaginación acierto a forjarme esos ensueños que usted refiere»), sabe lo que busca y, cuando lo encuentra, pone en marcha todos los resortes a su alcance para conseguirlo. En la seducción de don Luis, es ella la que, en cierto momento asume la iniciativa: sale a su encuentro en el Pozo de la Solana, le mueve a practicar la equitación (primer «secreto» compartido), le interpela con sus miradas, con sus gestos, con sus lágrimas, que concitan el primer beso. Pepita, contra lo que opina don Luis (que la juzga de «espíritu apacible», incapaz de atormentarse con el amor») es una mujer apasionada. Su espiritualismo religioso es una transferencia inconsciente de una afectividad insatisfecha [14]. Cuando aparece el «mortal» anhelado, llega a subordinar a su consecución hasta el mismo senti-

---

[14] Don Pedro apunta a la raíz del carácter maternal supletorio de la devoción de la muchacha por el niño Jesús: «Ella imagina que su alma está llena de un místico amor a Dios y que sólo con Dios se satisface, porque no ha salido a su paso todavía ningún mortal bastante discreto y agradable que le haga olvidar hasta a su niño Jesús» (p. 53).

miento religioso. Este sentido comporta la ingenua súplica al «tan rico y abastado» niño Jesús: que se des-
prenda del seminarista para «cedérselo a ella», súplica
que recuerda más tarde a don Luis: «He tenido la audacia de pedir al cielo que usted se deje vencer». Por ello,
cuando el Vicario le propone el sacrificio de ese amor,
lo rechaza con violencia. No obstante, las reiteradas consideraciones ascéticas del sacerdote actúan como fuerza
inhibidora de la pasión de Pepita, que sufre momentos
de depresión en los que parece sucumbir a un sentimiento de culpabilidad [15]. Sin embargo, en el encuentro con
don Luis en la noche de San Juan, a su propuesta de
mantener la mutua atracción en una esfera de amor espiritual, rechaza esta forma de huida y enajenación, al
tiempo que realiza una apasionada manifestación amorosa
digna de los amantes de *La Celestina*:

> «Mi voluntad rebelde se niega a lo que usted propone (...).
> Máteme usted antes, y ya libre mi espíritu le seguirá por todas
> las regiones y peregrinará invisible al lado de usted, velando su
> sueño, contemplándole con arrobo (...). Máteme usted sin com-
> pasión. No. Yo no soy cristiana, sino idólatra y materialista»
> (pp.. 170-71).

Sólo tras la metamorfosis espiritual de don Luis y
abierta la esperanza de su adhesión amorosa, volverá Pepita a reconciliarse con Dios. Reconocerá el «pecado» de
haberse apartado de su fe, pero dejando a salvo su conducta afectiva, ya que «no había ni malicia ni premeditación en nada y que cuanto hizo nació de su amor irresistible». Esta autoconciencia de corrección moral viene
acompañada de la «candorosa confesión de que no entendía el mero amor de los espíritus», idea que concuerda
con una íntima convicción de Valera, afianzada en su

---

[15] Pepita pasa por momentos alternos de rebeldía y resignación. Así, al
sentimiento de culpabilidad («¡Ay, padre mío, Dios ha derribado mi soberbia con este golpe!...») sucede la afirmación desesperada de su pasión
amorosa («Yo por él daría la salvación de mi alma...»), contrapesado por
un nuevo sentimiento de autopunición: «... estoy loca... no sé lo que digo
y blasfemo» (pp. 127, 131).

experiencia personal y en sus escritos [16]. El éxito de la
vida en común de la pareja, sugerido en el Epílogo (felicidad compartida, profundización de ambos en el «sentimiento religioso», fusión de ternura y caridad en la
atención final de Pepita al Vicario) parece confirmar, por
parte del autor, el apoyo a la decisión y criterios de la
protagonista.

Con ello entramos en un punto fundamental del análisis de la novela, el del contenido temático .Es indudable
que en *Pepita Jiménez,* tal vez sin pretenderlo su autor
(partidario del «arte por el arte»), se ha deslizado una
tesis. El mismo Valera nos confirma que la novela se
convirtió en su época en el «espejo» de «las ideas y los
sentimientos» que agitaban la conciencia del país. Ideas
compartidas por el escritor, que las transmite con ánimo
conciliador en sus ensayos, y que las proyecta (junto con
ciertos rasgos personales) en los personajes de sus novelas, como ya fue advertido por sus contemporáneos [17].

Precisamente es este plano de los contenidos lo que
provoca, desde el momento de la aparición del libro en
plena contienda ideológica, un ataque destemplado desde
posiciones conservadoras. Dejando aparte la calidad estética de la obra (que se considera invulnerable) se critica
el transfondo ético y religioso, en el que algunos creyeron
percibir «un triunfo del naturalismo pecador y pujante
sobre la mortificación ascética y el anhelo de lo sobrena-

---

[16] La relación amorosa de Valera con Lucía Palladi en el período de Ná-
poles, le predispone contra la forma de «amor platónico» que ella le impone,
incapaz de corresponder a sus requerimientos, convencida de que su salud
(«un coeur jeune dan un corp malade») se lo impide: «Laissez moi vous
aimer a ma façon». Sobre esta experiencia véase M. Azaña: *op. cit.,* pp. 78
y ss. En el poema de Valera a *Lucía* aparece la transposición poética de esta
experiencia: O.C., I, pp. 1.371-1372. El novelista insistirá en este rechazo
del ascetismo inhumano y «sólo amor de los espíritus» en *Asclepigenia* y
Gopa, como ya antes lo había hecho implícitamente en su cuento *Parsondes,*
O.C., I., pp. 1.132, 1.261 y ss., y 1.005.

[17] E. Pardo Bazán afirma al respecto que «los personajes de sus novelas (...)
son el mismo autor» y que en ellas plasma «su diletantismo, su escepticis-
mo, su paganismo, su optimismo elegante e inofensivo», O.C., edic. cit.,
p. 1.453. De hecho, aspectos de la personalidad y criterios de Valera aparecen en Luis de Vargas: su finura intelectual, sus ensueños juveniles de
grandeza, e incluso misioneros (Carta a L. A. Cueto, 13-IV-1857, O.C., I,
p. 1.612), la inquietud ante el enigma de la mujer (dudas de don Luis sobre
la personalidad de Pepita; experiencias de Valera con Lucía Palladi y C. Bro-
han), crítica de la inautenticidad religiosa del clero y su fanatismo, la convicción de que en España se lee poco (véase nota 33), etc.

tural y celeste» [18]. En este sentido, uno de sus críticos
religiosos, el P. Blanco, pone en guardia a los lectores
ante lo que considera «rehabilitación muy velada del deleite sensual frente a las aspiraciones del espíritu», y
destaca el «ambiente semipagano» que se «respira» al
final de la novela. Fustiga además el soporte ideológico
de su pensamiento («ecléctico hasta la temeridad y el
imposible»), sobre el que lanza un juicio despectivo:

«Cuantos estén familiarizados con las obras de Valera, recor-
darán las aficiones que muestra a la especulación semifilosófica
y cuán extraño conjunto forman sus opiniones utilitarias, y a la
par, archiespiritualistas» [19].

Lo extraño es que esta valoración crítica presenta
ciertas analogías con lo que años más tarde opinarán
J. Ortega y Gasset y el profesor E. Tierno Galván. El
primero parece compartir en sus escritos juveniles algunos de los tópicos al uso en torno a la personalidad de
Valera [20]. Al comentar la polémica mantenida por éste
con Campoamor sobre la utilidad de la metafísica y de
la poesía, Ortega atribuye a don Juan la idea de que «la
filosofía no es sino una religión más clarificada y un
lujo para ricos», y la poesía un «artificio ornamental» que
«no abre derroteros a la humanidad». Por otra parte,
afirma que el novelista, «a pesar de su ropaje exquisito
de hombre moderno», en el fondo, cuando se trata de
temas que suponen cierta hondura intelectual (y cita a

[18] A. Menéndez Pelayo, sin compartir esta opinión, afirma que son «muchos» los que esto creen: *Historia de los heterodoxos españoles,* Madrid, BAC,
1967, vol. II, p. 1.021. De hecho, al publicarse la obra se entabló una
polémica entre «críticos descontentadizos» que la censuraban por «inmoral»
(J. Navarrete: «... se limita a oponer a los desvaríos de la exageración espi-
ritualista los sensuales goces de un mal encubierto y grosero materialismo...»)
y los que, como L. Vidart, aseguraban que había «servido, desde la esfera
del arte, al progreso de la conciencia moral de la humanidad», subrayando
el triunfo de la Naturaleza frente a los «desvaríos del misticismo»: L. Vidart:
«Recuerdos de una polémica acerca de la novela de don Juan Valera, *Pepita
Jiménez»,* en *Revista de España,* vol. LIII. núm. 11-12, 1876, pp. 269-273.
[19] P. Blanco García: «La novela contemporánea. Valera», en *La literatura
española en el siglo XIX,* parte III, Madrid, Sáez de Jubera Hnos. Editores,
3.ª edic., 1910, pp. 475 y 476.
[20] «Don Juan Valera es del siglo XVIII; tiene la fría malignidad de los
enciclopedistas y su noble manera de decir». J. Ortega y Gasset: «La sonata
de estío de Valle Inclán», en *Artículos* (1902-1903), *Obras Completas,* vol. I,
Madrid, Revista de Occidente, 1963, p. 19.

Hegel expresamente) se comporta como un «celtíbero irreductible al álcali europeo»[21]. No obstante, en los escritos de madurez de Ortega se percibe un cambio de actitud y una valoración más justa del escritor[22]. E. Tierno Galván, en un ensayo excelente desde la perspectiva de un sociólogo, nos ofrece, junto a apreciaciones certeras, una visión un tanto parcial de la personalidad de Valera. En el tema que nos ocupa habla de «superficialidad» en el tratamiento de los temas filosóficos y del temor del novelista a hacer concesiones «al empirismo, positivismo o pragmatismo» por haberse encasillado en el «idealismo», y encerrado en una «interpretación personalísima de poco o ningún fundamento, de Kant». Sus lecturas de «aficionado» habrían derivado hacia una amalgama de conceptos procedentes de diversos sistemas (Platón, Neoplatónicos, Kant, etc.) sin un ensamblaje coherente[23].

Sería ingenuo pretender matizar en tan corto espacio estas afirmaciones. Unicamente ofreceremos algunos datos para que el lector pueda llegar a una valoración más correcta del pensamiento de Valera, lo que redundará en una mejor comprensión del contenido de la novela. En primer lugar, es claro que el novelista no considera la reflexión filosófica como un «lujo». En *El racionalismo*

[21] «Así en Valera había primero un ropaje exquisito de hombre moderno, una amplísima lección, una apertura elegantísima, una ironía gramatical deliciosa; mas tras ello solía aparecer un cortijano andaluz (...). Hablad a Valera de Hegel, de la Revolución francesa o de Verlaine; más allá del hombre *dishuitième*, más allá del labriego cordobés, se erguirá definitivamente, nervudo e indomable, el demócrata celtíbero —colorati vultus torsi plerumque crines—, el celtíbero irreductible al álcali europeo». *Una polémica*: «La crítica de Valera. De la dignidad del hombre. Valera como celtíbero», *op. cit.*, p. 162.
[22] En 1927 se lamenta del desconocimiento real que existe sobre determinados escritores: «Es una lástima que nuestros escritores se queden siempre sin definir. No sabemos nada de Galdós —a pesar de tener tantos «amigos»— ni de Valera...»: «*El obispo leproso*, novela por Gabriel Miró» *Espíritu de la letra*, O.C., vol. III, p. 550. En el último escrito en que se refiere al novelista (a propósito de una reflexión sobre el «universo» cerrado del Madrid anterior a 1898, «casi siempre vulgar»), resalta como excepción a «pequeñísimos grupos que leían a algunos escritores franceses y, claro está, algunas individualidades, como Valera y alguna otra, que conocía ya bien la ciencia alemana y por eso precisamente eran excepcionales para aquel Madrid...», en *Una interpretación de la historia universal. En torno a Toymbee*, O.C., vol. IX, pp. 139-140.
[23] «Don Juan Valera o el buen sentido», en *Idealismo y pragmatismo en el S. XIX español*, Madrid, Tecnos, 1977, pp. 108-109.

armónico, que escribe inmediatamente antes de *Pepita Jiménez,* dice exactamente lo contrario. Considera a la filosofía como una necesidad espiritual del hombre («necesidad ineludible», «esencia misma de la vida del espíritu»), como el reflejo de las inquietudes y aspiraciones de la cultura de una época («Espejo de este siglo de anarquía intelectual, trae reflejadas en sí todas las contradicciones... todos los opuestos pensamientos que le combaten y solicitan») y como ideal que le sirve de «guía», «estímulo» y «fuerza» a la Humanidad en su camino «hacia el bien, el progreso en lo moral y en lo material» [24]. Por otra parte, la hipótesis de la superficialidad en las lecturas filosóficas de Valera no es evidente. Y el hecho de que confluyan en sus ensayos conceptos procedentes de sistemas dispares puede tener una exégesis diferente, si se considera la evolución intelectual de Valera. En este sentido su iniciación a la filosofía escolástica (que es una síntesis de conceptos aristotélicos, platónicos, neoplatónicos, etc.) durante su estancia en los seminarios de Málaga y Granada (véase cuadro cronológico) puede explicar la atención prestada posteriormente por el ensayista a dicho sistema y, en concreto, a la escolástica española del Siglo de Oro (Vitoria, Suárez, etc.) y a los místicos (San Juan de la Cruz, fray Luis, Santa Teresa, etc.) [25]. Hombre sensible a las co-

---

[24] *El racionalismo armónico,* O.C., vol. II, p. 1.518. En el mismo ensayo de Valera al que se refiere Ortega se encuentra la respuesta adecuada al error de Campoamor y a la incorrecta interpretación del pensamiento de Valera por parte de Ortega: «Yo afirmo la inutilidad de la poesía y de la metafísica y usted su utilidad. Por eso disputamos. Tal vez si nos hubiésemos puesto de acuerdo sobre la significación de la palabra útil no hubiera habido la disputa» (...) «Es inútil porque está por fuera y por cima de toda utilidad, porque se levanta fuera, independiente de provechos, lucros y ventajas» (...) «Estas contradicciones en que usted incurre nacen del error que tiene usted sobre la poesía y que sobre la metafísica se repite; es, a saber: de ver o de buscar en ella una utilidad social, política o casera», en *Ultima réplica a Campoamor,* O.C., II, pp. 1.659, 1.663 y 1.665.
[25] Valera, dentro de su peculiar eclecticismo, cree percibir en la mística española del Siglo de Oro ciertas coincidencias con el idealismo alemán, tal como comprueba en *El racionalismo armónico.* De su atención a la escolástica dan prueba la citada carta a G. Laverde y sus observaciones a las críticas de Campoamor: «Yo deploro que usted trate tan rudamente a la filosofía escolástica (...) que la califique de *procaz positivismo,* porque sostiene, a mi ver con harto fundamento, que no podemos conocer a Dios por la razón *intuitiva,* sino por la razón discursiva 'subiendo de las cosas visibles a las invisibles...'»: *Metafísica a la ligera,* O.C., II, pp. 1.615-16.

rrientes intelectuales de su tiempo y atento a la evolución
del pensamiento filosófico europeo, descubre en sus lecturas las analogías existentes entre el idealismo alemán
del siglo XIX y la tradición mística española. Inicialmente,
la apertura de Valera al idealismo germánico se produce
a través de Kant («... por este panfilísimo entrañable que
me domina, casi me atrevo a concordar a Kant con nuestros antiguos místicos...»), al que dedica una atención
especial desde su juventud. En la lectura de sus obras
busca criterios para orientarse en el «caos» filosófico de
la época y conseguir unas «ideas claras y firmes en política» que, a su juicio, son imposibles si no se tienen
antes en filosofía [26]. Sin embargo, después de una etapa
de relativa adhesión al sistema kantiano, se advierte un
progresivo distanciamiento, evidente ya en *El racionalismo armónico* (ensayo inmediatamente anterior a *Pepita
Jiménez*) en el que se manifiesta una mayor atención al
pensamiento de Hegel, dentro de la actitud independiente que le caracteriza [27]. De estas inquietudes y preferencias
filosóficas de Valera es un testimonio preciso la carta que
envía a G. Laverde en febrero de 1874:

«En el número de la *Revista* que aparecerá mañana o pasado
saldrá mi tercer diálogo sobre el *Racionalismo armónico*. La serie
de Diálogos va a ser larguísima (...).

---

[26] O.C., II, p. 1.596. Indicios del interés de Valera por la obra de Kant
aparecen ya desde 1850, tal como se constata en su *Epistolario*: O.C., I,
p. 1.481. En sus escritos comparte los presupuestos del apriorismo kantiano.
Hay un texto en que llega a afirmar: «Admito, sí, las formas del entendimiento, las doce categorías de Kant, el tiempo y el espacio y la conciencia
del yo como condición o elemento subjetivo de las percepciones y de los
juicios»: *Filosofía del arte*, O.C., II, p. 2.228. De todas formas, como apunta
A. García Cruz, «Valera entendió a Kant como se le solía entender en la
España de entonces» (p. ej., Menéndez Pelayo o Unamuno): *Ideología y vivencias en la obra de Juan Valera*, Edic. Univ. de Salamanca, 1978, p. 69.
[27] Este distanciamiento de Valera se advierte en su crítica a las supuestas
incongruencias del pensamiento de Kant («Lo que yo no alcanzo es por qué
niega valor objetivo a toda ley de la razón pura y no se la niega a la ley
moral», O.C., II, p. 1.599) y sus secuelas: «De dejar aparte el mundo real
como imposible de conocer, a destruirlo por completo para convertir en real
el mundo fantástico, creado por las categorías, no hay más que un paso
y este paso lo dio Fichte»: *El racionalismo armónico*, O.C., II, p. 1.526.
En *Ultima respuesta a Campoamor* llega a decir: «Yo, a pesar de las críticas
kantianas, no he dudado nunca de que la realidad responda al concepto que
yo formo de ella por los sentidos, que lo que conozco es como lo conozco»:
O.C., II, p. 1.670. Véase *El racionalismo armónico*, O.C., pp. 1.534 y 1.537.

»Mi intento final va a ser conciliar la filosofía novísima con la cristiana, desechando las impiedades. Hegel, para mí, es el príncipe de los filósofos modernos y sobre éste será mi trabajo, mientras que voy censurando a Krause (...).

»De las discusiones entre Filatetes y Filodoro tomaré ocasión para sacar a relucir a nuestros místicos y, más adelante, a Suárez y a otros escolásticos españoles.

»Ya verá usted como en el tercer Diálogo salen a hacer su papel no sólo Fr. Miguel de la Fuente, Fr. Diego de la Madre de Dios, San Juan de la Cruz y otros, sino también Fr. Ceferino González»[28].

¿Qué relación existe entre este ensayo y la novela que nos ocupa? Ya conocemos la respuesta de Valera:

«Quise entonces recoger como en un ramillete todo lo más precioso, o lo que más precioso me parecía de aquellas flores místicas, e inventé un personaje que los recogiera con fe y con entusiasmo...»

Efectivamente, en las intervenciones de don Luis a través de sus cartas o en sus diálogos con Pepita Jiménez se descubre un lenguaje cargado de resonancias bíblicas, ascético-místicas y de conceptos heredados de la Escolástica, como es lógico prever en un personaje conformado en su adolescencia y primera juventud en un ámbito eclesiástico.

Comenzando por la terminología escolástica, aparecen nociones referentes a la teoría del conocimiento («sentidos», «fantasía», «imagen», «forma imaginaria», «concepto», «idea», «sofisma», «idea ingénita del alma», etc.), a la metafísica («ser», «esencia», «forma», «finito», «infinito», «hermosura arquetipo», etc.) y a la psicología, en un campo léxico colindante con la ascética en sus análisis de los fenómenos de la conciencia. En este campo abundan los términos relativos a la introspección o «examen de conciencia» («meditar», «reflexionar», «ahon-

---

[28] *Juan Valera: 151 cartas a Gumersindo Laverde,* edic. cit., p. 219. Ceferino González es un representante de la Escolástica del siglo XIX. No apareció el prometido Diálogo en que habría de figurar dicho escolástico.

dar», «desentrañar», «descubrir», «profundizar», «escudriñar», «reconcentrarse», «afirmarse», «penetrar», «desnudar el alma», etc.). Abundan también los sustantivos y sintagmas referentes al objeto de esa introspección: «ápice de la mente», «abismo del alma», «centro del alma», «fondo del alma», «fondo de mi corazón», «fondo de nuestra conciencia», etc. [29].

De la literatura ascética y mística proceden los términos referentes a la denominación de los estados espirituales del alma y de los grados de oración. Don Luis dice sentir miedo del «modo de orar imaginario», del «fatigoso método discursivo» y manifiesta su recelo ante la «meditación racional» y habla de la dificultad de «reconcentrarse por un esfuerzo de amor en el centro mismo de la simple inteligencia y en el ápice de la mente». Desea «purificarse de todas las pasiones», liberarse de «los fantasmas de la imaginación», superar la «sequedad del espíritu en la oración», alzarse a la «contemplación esencial» y «unirse a Dios en un rapto de amor», logrando conocerle por iluminación sobrenatural, «fruto de la gracia divina». Habla de la «oración de quietud afectiva» y afirma haber «conocido y gozado en paz, con la inteligencia y con el afecto, del bien supremo que está en el centro y en el abismo del alma» [30].

---

[29] Estas expresiones han sido recogidas de las lecturas de los místicos. Alguna de ellas (p. ej., «el centro del alma») aparece citada expresamente por Valera y atribuida a San Juan de la Cruz y Fr. Miguel de la Fuente: «Dios es el centro del alma y el alma es el centro donde vive Dios», etc. El racionalismo armónico, O.C., II, pp. 1.531 y 1.536). Santa Teresa habla también del «centro muy interior del alma que debe ser a donde está el mismo Dios». Las Moradas, en Escritos de Santa Teresa, t. I, Madrid, BAE, 1952, p. 486.

[30] Esta terminología recuerda la de San Juan de la Cruz que, al hablar de los grados de oración, alude a la «meditación» como «acto discursivo» y a la necesidad de «desnudar» los sentidos de «aprensiones» de los objetos y de «apetitos, imaginaciones y fantasías»; menciona «sequedad» del alma; aconseja que cuando el alma no está en disposición de «meditar», que «no se entremeta en formas, meditaciones e imaginaciones o algún discurso, porque no desasosiegue», ya que el espíritu desea unirse «a Dios sin particular consideración en paz interior y quietud y descanso (...) solo con la atención y noticia general, amorosa...»: Subida al Monte Carmelo, libro II, cap. 12-16, en Obras de San Juan de la Cruz, Madrid, Edit. Apostolado de la Prensa, 1966, pp. 128-132 y 148-149. Santa Teresa utiliza el término «rapto» para referirse al momento en que «suspende Dios el ánima en la oración con arrobamiento, éstasis o rapto, que todo es uno a mi parecer»: Las Moradas, cap. IV, en Escritos de Santa Teresa, edic. cit., pp. 357 y 466.

En la descripción de sus vivencias religiosas y de sus
ensoñaciones utiliza imágenes, metáforas, símbolos y ale-
gorías procedentes de los místicos. Habla de la «mística
y difícil escala», de la «llama fugaz devoradora», de «desnudar el alma» de imágenes y afectos terrenos, de morir
al propio yo para «vivir en el objeto amado» y poder
decir «no soy yo el que vivo sino Cristo que vive en
mí» [31]. Alude a los «alcázares» de la imaginación, «morada» de sus Lauras, Beatrices, etc. Emplea en un plano
alegórico las imágenes de la «luz» y el «fuego», para
describir situaciones anímicas relacionadas con el conocimiento y el amor, a semejanza de los místicos. Utiliza
también metáforas militares y cinegéticas al describir su
resistencia a la seducción de Pepita [32]. Es sabido que buena parte de estas metáforas de los místicos proceden, a
su vez, de la literatura bíblica. La abundancia de citas
de la Biblia explícita o implícitamente sugeridas es evidente en las notas al texto de la novela.

De la filosofía contemporánea apenas hay referencias
expresas. Una alusión al krausismo puesta en boca del
deán en tono de amable bufonada (p. 181) y una evocación
de «las ideas modernas», convertidas en chivo expiatorio

---

[31] La imagen alegórica de la «escala» aparece en el poema «Noche Oscura».
San Juan de la Cruz, al comentar dicho poema, habla de «grados de esta
divina escala» por la que va subiendo el alma hasta llegar a «Dios su
creador», *op. cit.*, p. 518. El símbolo de la «llama» figura tanto en *Llama
de amor viva* («¡Oh llama de amor viva / que tiernamente hieres / de mí
alma el más profundo centro!»), como en el *Cántico Espiritual*: «Con llama
que consume y no da pena». La imagen alegórica del espiritual desnudamiento,
de procedencia bíblica, aparece en *Subida al Monte Carmelo* (II, 12), donde
se habla de «desnudar los sentidos» de las visiones imaginarias y de los
apetitos, para que el alma pueda estar «desasida, desnuda, pura y sencilla»
(*op. cit.*, pp. 128 y 152). En cuanto al anhelo de morir al propio ser para
vivir en el «amado», aparece tanto en San Juan de la Cruz («Vivo sin vivir
en mí»; «En mí no viva ya», *op. cit.*, pp. 1.033-34) como en Santa Teresa:
«Vivo sin vivir en mí!...», Poesía I, *Escritos*, edic. cit., p. 508.
[32] Las imágenes de «luz», «fuego», «llama», etc., aparecen en San Juan
de la Cruz, tanto en los poemas («Sin luz y a oscuras viviendo»; «Y véante
mis ojos / pues eres lumbre de ellos») como en sus comentarios en prosa
(«luz divina», «luz espiritual en la vista del alma», etc., *Subida al Monte
Carmelo*, edic. cit., pp. 142, 148, 553 y 1.050). La imagen cinegética de
«caza» amorosa (don Luis llama a Pepita «lazo de cazadores», y Antoñona a
don Luis «desalmado cazador») figura en los poemas de San Juan de la Cruz
(«... Volé tan alto, tan alto, que le di a la caza alcance»), *Obras*, edic. cit.,
p. 1.035. Santa Teresa emplea con frecuencia imágenes militares. Así, en sus
poemas IX («Hoy ha venido un guerrero») y XIII («Todos los que militáis /
debajo de esta bandera»), *Escritos*, pp. 513-514.

del pensamiento integrista («el materialismo y la incredulidad tienen la culpa de todo») que zarandea don Juan con regocijada ironía [33]. Hay, además, un texto en que el protagonista, utilizando un pensamiento bíblico asimilado por los místicos, coincide con una idea del panenteísmo krausista:

> «Mi hermandad, mi más que hermandad con todos los seres resalta entonces de un modo dulcísimo. Me parece que soy uno con todo y que todo está enlazado con lazada de Dios por Dios y en Dios» (p. 109).

Respecto de la libertad religiosa (tema de debate en la política y literatura de la época) hay una clara alusión, en un comentario de don Luis, a la intolerancia de cierto clero. Partidario de no esgrimir «más armas que las de la persuasión», recuerda la advertencia de su padre de que «no pocos clérigos» en ese momento han acudido a las armas «a fin de que la fe triunfe y se conserve o restaure la unidad católica» [34]. Valera proyecta, a través de don Luis, serias dudas sobre la competencia intelectual de los eclesiásticos y su autenticidad religiosa, así como su posible responsabilidad en la degradación moral del pueblo. En el personaje del Vicario (cuya bondad ingenua y caridad salva) deja al descubierto su incapacidad de dirección de conciencias en temas como el de la afectividad, donde por su visión de lo sexual («¡Qué vergüenza, hija mía!») y su obediencia ciega a la institución eclesiástica, subordina a ésta la felicidad y el destino de las personas. La propuesta de sublimación ascética del amor y la mediatización del ser humano por ideales absolutos hacen vulnerable su pedagogía religiosa,

---

[33] «... Si obra tan malos efectos ha de ser de un modo extraño, mágico, diabólico, pues es lo cierto que nadie lee aquí libro alguno, ni bueno ni malo, por donde no atino a comprender cómo pueden pervertirse con las malas doctrinas que privan ahora» (p. 49). Una vez más, Valera se proyecta en su personaje: en una carta a G. Laverde (14-V-1879), existe un juicio similar: «En España apenas se lee...». *J. Valera: 151 cartas a G. Laverde*, edic. cit., p. 236.
[34] La novela se escribe a comienzos del 74, cuando está en plena vigencia la guerra carlista en la que participan clérigos guerrilleros a favor del pretendiente absolutista.

cuya inconsistencia resalta el juicio de Pepita: «Pero se
fue y el valor de aquellas razones me parece nulo». Esta
observación de la protagonista, unida a otras dos afirmaciones contundentes («No sabía lo que era amor. Ahora
lo sé: no hay nada más fuerte en la tierra y en el cielo...»; «no entendía el mero amor de los espíritus»)
presenta rasgos inequívocos de responder a una sólida
creencia del autor: la negación o represión de las exigencias de la Naturaleza es aberrante y, en el mejor de
los casos, una pretensión inútil. A don Luis, en otro
tiempo caballero andante de una quimera seudomística,
le quedará «en medio de su dicha», cierta nostalgia del
«rebajamiento del ideal soñado». Pepita, sana y libre de
sueños y prejuicios ascéticos, se adhiere sin reservas a
la vivencia de un amor laboriosamente conquistado, mientras se apresta a curar a don Luis de «estas melancolías».
He aquí una clave temática de la novela que ya don Manuel Azaña formuló con acierto en uno de los mejores
análisis que se han realizado sobre el texto:

«... nada es inútil en la energía espiritual, nada de ella se
pierde; pero es aberración querer saltar, si puede decirse, fuera
del mundo que nos sostiene: el acuerdo de espíritu y naturaleza constituye lo humano»[35].

Una última reflexión sobre las características del lenguaje y del estilo de Valera, aspecto que, junto al de
«cierta ironía bondadosa y cándida y cierto humor»,
constituían, a juicio del mismo autor ,el posible «valer»
de la novela. Clarín le consideraba «el mejor artista del
idioma castellano» y el «mejor prosista contemporáneo»[36].

---

[35] M. Azaña: *op. cit.*, p. 237. Abundando en el tema del sentido de la novela, observa A Jiménez Fraud: «Valera parece insinuar no sólo que don
Luis se equivocó queriendo orientar su vida hacia el ascetismo, sino que
es error siempre seguir el camino de un intransigente idealismo, lleno de
peligros, de estrechez y de sectarismo, de engreída soberbia que fatalmente
conduce a una final apelación de la violencia»: *Juan Valera y la Generación
de 1868*, Madrid, Taurus, 1973, p. 169. Esta será, precisamente, la tesis de
Doña Perfecta de Galdós: una viuda, también hermosa, pero sin amor, cuya
«exaltación religiosa», alimentada «en fórmulas estrechas que sólo obedecen a
intereses eclesiásticos», la convierte en «ángel tutelar de la discordia» (ca-
pítulo XXXI).
[36] Comentario a *El Comendador Mendoza y Doña Luz*, en *Solos de Clarín*,
edic. cit., pp. 313 y 308.

Resaltaba en este sentido la abundancia de su léxico uti-
lizado con precisión, el «sabor castizo», sin degenerar en
arcaico; la apertura de nuevas formas de expresión, dentro de las exigencias del buen gusto y de la «elegancia»
clásica. De acuerdo con estos criterios, Valera consigue
trasvasar a su obra un amplio caudal léxico procedente
no sólo de los místicos, sino de otros escritores clásicos
como Cervantes, cuya influencia (al igual que en Pereda
y Galdós) se percibe tanto en la técnica narrativa [37] como
en ciertos rasgos estilísticos (el uso reiterativo de la aná-
fora, paralelismos, enumeraciones, repeticiones, frecuencia
de anteposición del epíteto al sustantivo, hipérbaton, etc.)
empleados con intencionalidad a la vez expresiva y embe-
llecedora, a través del ritmo y de la eufonía [38]. En esta
línea de embellecimiento poético (consecuente con su
teoría de la novela) puede interpretarse la presencia abundante de alusiones, citas mitológicas, bíblicas y literarias
en las que se prefiguran comportamientos, estados de ánimo o actitudes de los personajes [39]. Todo ello es un tes-

[37] Del interés permanente de Valera por la obra de Cervantes comenta Azorín: «Valera sentía predilección por Cervantes; ha dedicado a Cervantes cuatro
de sus estudios. Su último trabajo fue un trabajo sobre Cervantes»: *De
Valera a Miró*, Madrid, A. Aguado, 1959, p. 29. La convergencia de voces
narrativas, la perspectiva múltiple en la creación de los personajes (recuér-
dense las versiones contrapuestas que sobre Pepita Jiménez ofrecen don Pedro,
el Vicario, el Deán, el editor, etc.) y las orientaciones del transcriptor sobre
el material informativo y el proceso de creación de la novela, nos reenvían
a técnicas cervantinas similares.
[38] A lo largo de la novela son perceptibles estos procedimientos mencionados, por ejemplo, la anteposición del epíteto al sustantivo («verde enramada», «sombría espesura», «tímida gacela», «suavísimo y perpetuo idilio»,
etcétera); enumeraciones («... vida de mi alma, prenda querida de mi corazón,
luz de mis ojos»), repeticiones («He estado engañando a usted, engañándome
a mí mismo, queriendo engañar a Dios...»), anáforas («... *aunque* con poco
aprovechamiento en la virtud, *aunque* nunca libre mi espíritu de los fantasmas de la imaginación, *aunque* no exento...»), paralelismos («... He pedido
a Dios mucho fervor... y Dios no ha querido oírme. He rogado a María
Santísima... y el rezo ha sido inútil. He hecho promesa al Santo... y el santo
no me ha socorrido...», p. 168), etc. Sobre las semejanzas entre el uso de
estas figuras literarias en Valera y en Cervantes y otros escritores del Siglo
de Oro puede verse: R. Lott: «Siglo de Oro and Cervantes Stylistic Expres-
sions», en *Language and Psychology in Pepita Jiménez*, Illinois, Univ. of
Illinois Press, 1970, pp. 71-166.
[39] Don Luis mitifica a Pepita atribuyéndole cualidades de personajes históricos o literarios de la Biblia (Ruth, Judit, Esposa del *Cantar de los Cantares*, etc.), de la Mitología clásica (Galatea, Circe, Diana, Palas, Ariadna, etc.),
de la Literatura medieval (Beatriz, Oriana), e, incluso, de la Mística (como
Santa Teresa). Don Luis, a su vez, es comparado con Dafnis, Eneas, Calímaco,
Kroco, Acteón, etc.; a don Pedro se le relaciona con Amadís, y Antoñona es
parangonada con Celestina y con Enone, confidente de Fedra en el teatro de
Eurípides.

timonio de la amplísima cultura de Valera que, como Cervantes en el *Quijote,* convierte el lenguaje y la tradición literaria en elemento esencial de su novela, sin menoscabo del «cuento alegre» y divertido que acrecienta el placer de su lectura.

DEMETRIO ESTÉBANEZ CALDERÓN
Vanderbilt University (EE.UU.)

Bibliografía

1. *Estudios generales sobre Valera*

AZAÑA, Manuel: *Ensayos sobre Valera*, Edic. Juan Marichal, Madrid, Alianza Editorial, 1971.

BAQUERO GOYANES, Mariano: «Juan Valera y la Generación de 1868», *Arbor*, XXXIV, 1956.

BRAVO VILLASANTE, C.: *Vida de Juan Valera*, Madrid, Edit. Magisterio Español, Colec. Novelas y Cuentos, 1974.

BERMEJO MARCOS, M.: *Don Juan Valera, crítico literario*, Madrid, Gredos, 1968.

COSTER, Cyrus de: *Obras desconocidas de don Juan Valera*, Madrid, Castalia, 1965.

——, *Bibliografía crítica de Juan Valera*, Madrid, CSIC, 1970.

——, *Juan Valera*, Nueva York, Twaine, 1974.

GARCÍA CRUZ, A.: *Ideología y vivencias en la obra de Juan Valera*, Salamanca, Edic. Universidad de Salamanca, 1978.

JIMÉNEZ FRAUD, Alberto: *Juan Valera y la Generación de 1868*, Madrid, Taurus, 1973.

JIMÉNEZ MARTOS, Luis: *Juan Valera (un liberal entre dos fuegos)*, Madrid, EPESA, 1973.

KRYNEM, Jean: «Juan Valera et la mystique espagnole», *Bulletin Hispanique*, 1944, pp. 35-72.

MARTÍNEZ RUIZ, José («Azorín»): *De Valera a Miró*, Madrid, Edit. A. Aguado, 1959.

MONTESINOS, J. F.: *Valera o la ficción libre*, Madrid, Castalia, 1970.

MONTOTO, Santiago: *Valera al natural*, Madrid, Langa, 1962.

PARDO BAZÁN, Emilia: «Don Juan Valera», *La Lectura*, VI, 3 (1906), pp. 127-35, 193-203, 281-290. Reeditado en *Retratos y apuntes literarios*, Madrid, Administración, S. A., pp. 217-280.

PÉREZ DE AYALA, R.: *Divagaciones literarias*, Madrid, Biblioteca Nueva, 1958, pp. 67-111.

PÉREZ GUTIÉRREZ, F.: «Juan Valera», en *El problema religioso en la Generación de 1868*, Madrid, Taurus, 1974, pp. 21-96.

TIERNO GALVÁN, Enrique: «Don Juan Valera o el buen sentido», en *Idealismo y pragmatismo en el S XIX español*, Madrid, Tecnos, 1977, pp. 95-130.

TORRE, Guillermo de: «Proyecciones actuales de Valera», en *Cuadernos del Congreso por la Libertad de la Cultura*, número 17 (1956), pp. 81-87.

2. Estudios sobre «Pepita Jiménez»

AMORÓS, Andrés: Introducción a Juan Valera: *Pepita Jiménez*, Madrid, Espasa-Calpe, 1986.

CHAMBERLAIN, Vernon A.: «*Doña Perfecta*: Galdós' Reply to *Pepita Jiménez*», en *Remaking Reality in Galdós. A Writer's Interaction with His Context*, Athens, Ohio: Strathmore Press, 1982, pp. 65-81.

CLAVERÍA, C.: «En torno a una frase en caló de don Juan Valera», en *Hispanic Review*, XVI, 1948, pp. 97-119.

DÍAZ PETTERSON, Rosendo: «*Pepita Jiménez*, de Juan Valera o la vuelta al mundo de los sentidos», en *Arbor*, 1975, pp. 39-51.

DURAND, Frank: «Valera narrador irónico», *Insula*, XXX, número 360, noviembre de 1973, p. 3.

GARCÍA LORENZO, L.: Juan Valera, *Pepita Jiménez*, edición, introducción y notas, Madrid, Alhambra, 1977.

GULLÓN, Germán: «Técnica narrativa en *Pepita Jiménez* y *Juanita la larga*», en *El narrador en la novela del S. XIX*, Madrid, Taurus, 1976, pp. 149-172.

LOTT, Robert E.: *Language and Psychology in Pepita Jiménez*, University of Illinois Press, 1970.

——, «Pepita Jiménez y Don Juan Tenorio: unos paralelos más insospechados», *Hispania*, 1983, núm. 78, pp. 21-31.

MACCURDY, G. Grant: «Mysticism, Love and Illumination in Pepita Jiménez», *REHA*, XVII, 1983, pp. 423-34.

MARTÍN GAITE, Carmen: *Pepita Jiménez*, edición e introducción, Madrid, Taurus, 1977.

OCAÑA, José María: «Recordando a Stendhal y a Valera», *BRAC*, LV, 1984, pp. 253-262.

PAGEARD, Robert: «Pepita Jiménez en France», en *Bulletin Hispanique*, LXIII, 1961, pp. 28-37.

RUANO DE LA HAZA, J. M.: «La identidad del narrador de los *Paralipómenos* de Pepita Jiménez», *Revista Canadiense de Estudios Hispánicos,* vol. VIII, núm. 3, 1984.

SERRANO PUENTE, Francisco: «La estructura epistolar en *Pepita Jiménez* y *La Estafeta Romántica*», en *Cuadernos de Investigación, Filología,* Colegio Universitario de Logroño, Mayo 1975, pp. 39-63.

SOTELO, Adolfo: *Pepita Jiménez,* introducción y notas, Madrid, SGEL, 1983.

VIDART, Luis: «Recuerdos de una polémica acerca de la novela de don Juan Valera, *Pepita Jiménez*», en *Revista de España,* LIII, 1876, pp. 269-284.

VILLEGAS MORALES, Juan «Pepita Jiménez de Juan Valera. 1. Notas al narrador. 2. La verosimilitud estética de Juan Valera», *Ensayos de interpretación de textos españoles,* Santiago, Edit. Universitaria, 1963, pp. 143-60.

WINSTON, James: *Valera, Pepita Jiménez,* Londres, Grant and Cuttler, 1977, 81 pp.

Nota sobre la presente edición

Al preparar esta edición hemos tenido en cuenta las de 1874 (*Revista de España*) y 1875. En los apéndices posteriores al texto de la novela aparecen el prólogo de 1886 a la versión inglesa de la obra en la edición norteamericana de Appleton y el prólogo a la edición española de 1888, en el que Valera recoge la primera parte del prólogo de la edición de A. de Carlos (1875). En las notas y comentarios al texto de la novela hemos procurado ceñirnos a los datos y conceptos que presumiblemente requerirían una información histórica o cultural (bíblica, mitológica, literaria, etc.) y hemos obviado conscientemente la parte del léxico que podía ser consultada por el lector como medio de enriquecimiento progresivo del propio acervo lingüístico.

Nescit labi virtus [1]

El señor deán de la catedral de..., muerto pocos años
ha, dejó entre sus papeles un legajo, que rodando de unas
manos a otras, ha venido a dar en las mías, sin que, por
extraña fortuna, se haya perdido uno solo de los documentos de que constaba. El rótulo del legajo es la sentencia latina que sirve de epígrafe, sin el nombre de
mujer que yo le doy por título ahora; y tal vez este rótulo haya contribuido a que los papeles se conserven,
pues creyéndolos cosa de sermón o de teología, nadie se
movió antes que yo a desatar el balduque ni a leer una
sola página.

Contiene el legajo tres partes. La primera dice: *Cartas
de mi sobrino*; la segunda, *Paralipómenos*, y la tercera,
Epílogo. Cartas de mi hermano.

---

[1] «La virtud desconoce el caer». Con esta frase latina pensaba
titular Valera esta novela, según consta en la carta a G. Laverde
(12 de noviembre de 1874) citada en la introducción. El protagonista de la obra, Luis de Vargas, alude a este aforismo al
abandonar definitivamente su pretendida vocación religiosa: «Jamás hubo en mí virtud sólida (...) La verdadera virtud no *cae*
tan fácilmente.»

Todo ello está escrito de una misma letra, que se puede inferir fuese la del señor deán. Y como el conjunto forma algo a modo de novela, si bien con poco o ningún enredo, yo imaginé en un principio que tal vez el señor deán quiso ejercitar su ingenio componiéndola en algunos ratos de ocio; pero, mirando el asunto con más detención y notando la natural sencillez de estilo, me inclino a creer ahora que no hay tal novela, sino que las cartas son copia de verdaderas cartas, que el señor deán rasgó, quemó o devolvió a sus dueños, y que la parte narrativa, designada con el título bíblico de *Paralipómenos* [2], es la sola obra del señor deán, a fin de completar el cuadro con sucesos que las cartas no referían.

De cualquier modo que sea, confieso que no me ha cansado, antes bien me ha interesado casi la lectura de estos papeles; y como en el día se publica todo, he decidido publicarlos también, sin más averiguaciones, mudando sólo los nombres propios, para que si viven los que en ellos se designan, no se vean en novela sin quererlo ni permitirlo.

Las cartas que la primera parte contiene parecen escritas por un joven de pocos años, con algún conocimiento teórico, pero con ninguna práctica de las cosas del mundo, educado al lado del señor deán, su tío, y en el Seminario, y con gran fervor religioso y empeño decidido de ser sacerdote.

A este joven llamaremos don Luis de Vargas.

El mencionado *manuscrito,* fielmente trasladado a la estampa, es como sigue:

---

[2] *Paralipómenos* es el título con que en la Biblia griega y en la Vulgata latina se denominan los dos libros del Antiguo Testamento posteriores al *I-II de los Reyes.* Estas crónicas, escritas probablemente por un levita de Jerusalén de fines del siglo III a. C., son un complemento informativo de las «cosas omitidas» en los libros anteriores. El autor titula precisamente Paralipómenos («cosas omitidas») el relato complementario sobre el desenlace de los amores de don Luis y Pepita, a partir de la última carta del protagonista.

I. Cartas de mi sobrino

22 de marzo.

Querido tío y venerable maestro: Hace cuatro días que llegué con toda felicidad a este lugar de mi nacimiento, donde he hallado bien de salud a mi padre, al señor Vicario y a los amigos y parientes. El contento de verlos y de hablar con ellos, después de tantos años de ausencia, me ha embargado el ánimo y no he podido escribir a usted.

Usted me lo perdonará.

Como salí de aquí tan niño y he vuelto hecho un hombre, es singular la impresión que me causan todos estos objetos que guardaba en la memoria. Todo me parece mucho más chico, pero también más bonito que el recuerdo que tenía. La casa de mi padre, que en mi imaginación era inmensa, es sin duda una gran casa de un rico labrador, pero más pequeña que el Seminario. Lo que ahora comprendo y estimo mejor es el campo de por aquí. Las huertas, sobre todo, son deliciosas. ¡Qué sendas tan lindas hay entre ellas! A un lado, y tal vez en

37

ambos, corre el agua cristalina con grato murmullo. Las orillas de las acequias están cubiertas de hierbas olorosas y de flores de mil clases. En un instante puede uno coger un gran ramo de violetas. Dan sombra a estas sendas pomposos y gigantescos nogales, e higueras y otros árboles, y forman los vallados la zarzamora, el rosal, el granado y la madreselva.

Es portentosa la multitud de pajarillos que alegran estos campos y alamedas.

Yo estoy encantado con las huertas, y todas las tardes me paseo por ellas un par de horas.

Mi padre quiere llevarme a ver sus olivares, sus viñas, sus cortijos; pero nada de esto hemos visto aún. No he salido del lugar y de las amenas huertas que le circundan.

Es verdad que no me dejan parar con tanta visita.

Hasta cinco mujeres han venido a verme, que todas han sido mis amas y me han abrazado y besado.

Todos me llaman Luisito o el niño de don Pedro, aunque tengo ya veintidós años cumplidos. Todos preguntan a mi padre por el niño cuando no estoy presente.

Se me figura que son inútiles los libros que he traído para leer, pues ni un instante me dejan solo.

La dignidad del cacique, que yo creía cosa de broma, es cosa harto seria. Mi padre es el cacique del lugar.

Apenas hay aquí quien acierte a comprender lo que llaman mi manía de hacerme clérigo, y esta buena gente me dice, con candor selvático, que debo ahorcar los hábitos, que el ser clérigo está bien para los pobretones; pero que yo, que soy rico heredero, debo casarme y consolar la vejez de mi padre, dándole media docena de hermosos y robustos nietos.

Para adularme y adular a mi padre, dicen hombres y mujeres que soy un real mozo, muy salado, que tengo mucho ángel, que mis ojos son muy pícaros y otras sandeces que me afligen, disgustan y avergüenzan, a pesar de que no soy tímido y conozco las miserias y locuras de esta vida, para no escandalizarme ni asustarme de nada.

El único defecto que hallan en mí es el de que estoy

muy delgadito a fuerza de estudiar. Para que engorde se proponen no dejarme estudiar ni leer un papel mientras aquí permanezca y ,además, hacerme comer cuantos primores de cocina y de repostería se confeccionan en el lugar. Está visto: quieren cebarme. No hay familia conocida que no me haya enviado algún obsequio. Ya me envían una torta de bizcocho, ya un cuajado, ya una pirámide de piñonate, ya un tarro de almíbar.

Los obsequios que me hacen no son sólo estos presentes enviados a casa, sino que también me han convidado a comer tres o cuatro personas de las más importantes del lugar.

Mañana como en casa de la famosa Pepita Jiménez, de quien usted habrá oído hablar, sin duda alguna. Nadie ignora aquí que mi padre la pretende.

Mi padre, a pesar de sus cincuenta y cinco años, está tan bien, que puede poner envidia a los más gallardos mozos del lugar. Tiene además el atractivo poderoso, irresistible para algunas mujeres, de sus pasadas conquistas, de su celebridad, de haber sido una especie de don Juan Tenorio.

No conozco aún a Pepita Jiménez. Todos dicen que es muy linda. Yo sospecho que será una beldad lugareña y algo rústica. Por lo que de ella se cuenta, no acierto a decidir si es buena o mala moralmente; pero sí que es de gran despejo natural. Pepita tendrá veinte años; es viuda; sólo tres años estuvo casada. Era hija de doña Francisca Gálvez, viuda, como usted sabe, de un capitán retirado

> *Que le dejó a su muerte*
> *Sólo su honrosa espada por herencia,*

según dice el poeta. Hasta la edad de dieciséis años Pepita vivió con su madre en la mayor estrechez, casi en la miseria.

Tenía un tío llamado don Gumersindo, poseedor de un mezquinísimo mayorazgo, de aquellos que en tiempos antiguos una vanidad absurda fundaba. Cualquiera persona

regular hubiera vivido con las rentas de este mayorazgo
en continuos apuros, llena tal vez de trampas, y sin acertar a darse el lustre y decoro propios de su clase; pero
don Gumersindo era un ser extraordinario: el genio de la
economía. No se podía decir que crease riqueza; pero
tenía una extraordinaria facultad de absorción con respecto a la de los otros; y, en punto a consumirla, será difícil
hallar sobre la tierra persona alguna en cuyo manteni-
miento, conservación y bienestar hayan tenido menos que
afanarse la madre naturaleza y la industria humana. No
se sabe cómo vivió; pero el caso es que vivió hasta la
edad de ochenta años, ahorrando sus rentas íntegras y
haciendo crecer su capital por medio de préstamos muy
sobre seguro. Nadie por aquí le critica de usurero; antes
bien, le califican de caritativo, porque siendo moderado
en todo, hasta en la usura lo era, y no solía llevar más
de un 10 por 100 al año, mientras que en toda esta comarca llevan un 20 y hasta un 30 por 100, y aún parece
poco.

Con este arreglo, con esta industria y con el ánimo
consagrado siempre a aumentar y a no disminuir sus
bienes, sin permitirse el lujo de casarse, ni de tener hijos,
ni de fumar siquiera, llegó don Gumersindo a la edad que
he dicho, siendo poseedor de un capital importante sin
duda en cualquier punto, y aquí considerado enorme, merced a la pobreza de estos lugareños y a la natural exageración andaluza.

Don Gumersindo, muy aseado y cuidado de su persona,
era viejo que no inspiraba repugnancia. Las prendas de
su sencillo vestido estaban algo raídas, pero sin una mancha y saltando de limpias, aunque de tiempo inmemorial
se le conocía la misma capa, el mismo chaquetón y los
mismos pantalones y chaleco. A veces se interrogaban en
balde las gentes unas a otras a ver si alguien le había
visto estrenar una prenda.

Con todos estos defectos, que aquí y en otras partes
muchos consideran virtudes, aunque virtudes exageradas,
don Gumersindo tenía excelentes cualidades: era afable,
servicial, compasivo y se desvivía por complacer y ser útil

a todo el mundo, aunque le costase trabajos, desvelos y fatiga, con tal que no le costase un real. Alegre y amigo de chanzas y de burlas, se hallaba en todas las reuniones y fiestas, cuando no eran a escote, y las regocijaba con la amenidad de su trato y con su discreta, aunque poco ática conversación. Nunca había tenido inclinación alguna amorosa a una mujer determinada; pero inocentemente, sin malicia, gustaba de todas y era el viejo más amigo de requebrar a las muchachas y que más las hiciese reír que había en diez leguas a la redonda.

Ya he dicho que era tío de la Pepita. Cuando frisaba en los ochenta años iba ella a cumplir los dieciséis. El era poderoso; ella, pobre y desvalida.

La madre de ella era una mujer vulgar, de cortas luces y de instintos groseros. Adoraba a su hija, pero continuamente y con honda amargura se lamentaba de los sacrificios que por ella hacía, de las privaciones que sufría y de la desconsolada vejez y triste muerte que iba a tener en medio de tanta pobreza. Tenía, además, un hijo mayor que Pepita, que había sido gran calavera en el lugar, jugador y pendenciero, a quien después de muchos disgustos había logrado colocar en La Habana en un empleíllo de mala muerte, viéndose así libre de él y con el charco de por medio. Sin embargo, a los pocos años de estar en La Habana el muchacho, su mala conducta hizo que le dejaran cesante, y asaeteaba a cartas a su madre pidiéndole dinero. La madre, que apenas tenía para sí y para Pepita, se desesperaba, rabiaba, maldecía de sí y de su destino con paciencia poco evangélica, y cifraba toda su esperanza en una buena colocación para su hija que la sacase de apuros.

En tan angustiosa situación empezó don Gumersindo a frecuentar la casa de Pepita y de su madre, y a requebrar a Pepita con más ahínco y persistencia que solía requebrar a otras. Era, con todo, tan inverosímil y tan desatinado el suponer que un hombre que había pasado ochenta años sin querer casarse pensase en tal locura cuando ya tenía un pie en el sepulcro, que ni la madre de Pepita ni Pepita mucho menos sospecharon jamás los,

en verdad, atrevidos pensamientos de don Gumersindo.
Así es que un día ambas se quedaron atónitas y pasma-
das cuando, después de varios requiebros, entre burlas
y veras, don Gumersindo soltó con la mayor formalidad,
y a boca de jarro, la siguiente categórica pregunta:

—Muchacha, ¿quieres casarte conmigo?

Pepita, aunque la pregunta venía después de mucha
broma y pudiera tomarse por broma, y aunque inexperta
de las cosas del mundo, por cierto instinto adivinatorio
que hay en las mujeres, y sobre todo en las mozas, por
cándidas que sean, conoció que aquello iba por lo serio,
se puso colorada como una guinda y no contestó nada.
La madre contestó por ella:

—Niña, no seas malcriada; contesta a tu tío lo que
debes contestar: Tío, con mucho gusto; cuando usted
quiera.

Este *Tío, con mucho gusto; cuando usted quiera,* entonces, y varias veces después, dicen que salió casi mecá-
nicamente entre los trémulos labios de Pepita, cediendo
a las amonestaciones, a los discursos, a las quejas y hasta
al mandato imperioso de su madre.

Veo que me extiendo demasiado en hablar a usted de
esta Pepita Jiménez y de su historia; pero me interesa, y
supongo que debe interesarle, pues si es cierto lo que
aquí aseguran, va a ser cuñada de usted y madrastra mía.
Procuraré, sin embargo, no detenerme en pormenores, y
referir, en resumen, cosas que acaso usted ya sepa, aunque hace tiempo que falta de aquí.

Pepita Jiménez se casó con don Gumersindo. La envidia se desencadenó contra ella en los días que precedie-
ron a la boda y algunos meses después.

En efecto, el valor moral de este matrimonio es harto
discutible; más para la muchacha, si se atiende a los
ruegos de su madre, a sus quejas, hasta a su mandato;
si se atiende a que ella creía por este medio proporcionar
a su madre una vejez descansada y libertar a su hermano
de la deshonra y de la infamia, siendo su ángel tutelar y
su providencia, fuerza es confesar que merece atenuación
la censura. Por otra parte, ¿cómo penetrar en lo íntimo

del corazón, en el secreto escondido de la mente juvenil
de una doncella, criada tal vez con el recogimiento exquisito e ignorante de todo, y saber qué idea podía ella
formarse del matrimonio? Tal vez entendió que casarse
con aquel viejo era consagrar su vida a cuidarle, a ser su
enfermera, a dulcificar los últimos años de su vida, a no
dejarle en soledad y abandono, cercado sólo de achaques
y asistido por manos mercenarias, y a iluminar y adorar,
por último, sus postrimerías con el rayo esplendente y
suave de su hermosura y de su juventud, como ángel que
toma forma humana. Si algo de esto o todo esto pensó la
muchacha, y su inocencia no penetró en otros misterios,
salva queda la bondad de lo que hizo.

Como quiera que sea, dejando a un lado estas investi-
gaciones psicológicas que no tengo derecho a hacer, pues
no conozco a Pepita Jiménez, es lo cierto que ella vivió
en santa paz con el viejo durante tres años; que el viejo
parecía más feliz que nunca; que ella le cuidaba y rega-
laba con un esmero admirable, y que en su última y pe-
nosa enfermedad le atendió y veló con infatigable y tierno
afecto, hasta que el viejo murió en sus brazos, dejándola
heredera de una gran fortuna.

Aunque hace más de dos años que perdió a su madre,
y más de año y medio que enviudó, Pepita lleva aún luto
de viuda. Su compostura, su vivir retirado y su melancolía son tales, que cualquiera pensaría que llora la muerte
del marido como si hubiera sido un hermoso mancebo.
Tal vez alguien presume o sospecha que la soberbia de
Pepita y el conocimiento cierto que tiene hoy de los poco
poéticos medios con que se ha hecho rica, traen su conciencia alterada y más que escrupulosa; y que, avergonza-
da a sus propios ojos y a los de los hombres, busca en la
austeridad y el retiro el consuelo y reparo a la herida de
su corazón.

Aquí, como en todas partes, la gente es muy aficionada
al dinero. Y digo mal *como en todas partes:* en las ciudades populosas, en los grandes centros de civilización,
hay otras distinciones que se ambicionan tanto o más que
el dinero, porque abren camino y dan crédito y conside-

ración en el mundo; pero en los pueblos pequeños, donde
ni la gloria literaria o científica, ni tal vez la distinción
en los modales, ni la elegancia, ni la discreción y amenidad en el trato, suelen estimarse ni comprenderse, no hay
otros grados que marquen la jerarquía social, sino el tener
más o menos dinero o cosa que lo valga. Pepita, pues,
con dinero y siendo además hermosa, y haciendo, como
dicen todos, buen uso de su riqueza, se ve en el día con-
siderada y respetada extraordinariamente. De este pueblo
y de todos los de las cercanías han acudido a pretenderla
los más brillantes partidos, los mozos mejor acomoda-
dos. Pero, a lo que parece, ella los desdeña a todos con
extremada dulzura, procurando no hacerse ningún enemigo, y se supone que tiene llena el alma de la más
ardiente devoción, y que su constante pensamiento es consagrar su vida a ejercicios de caridad y de piedad religiosa.

Mi padre no está más adelantado ni ha salido mejor
librado, según dicen, que los demás pretendientes; pero
Pepita, para cumplir el refrán de que no quita lo cortés
a lo valiente, se esmera en mostrarle la amistad más
franca, afectuosa y desinteresada. Se deshace con él en
obsequios y atenciones; siempre que mi padre trata de
hablarle de amor, le pone a raya echándole un sermón
dulcísimo, trayéndole a la memoria sus pasadas culpas,
y tratando de desengañarle del mundo y de sus pompas
vanas.

Confieso a usted que empiezo a tener curiosidad de
conocer a esta mujer: tanto oigo hablar de ella. No creo
que mi curiosidad carezca de fundamento, tenga nada de
vano ni de pecaminoso; yo mismo siento lo que dice
Pepita; yo mismo deseo que mi padre, en su edad pro-
vecta, venga a mejor vida, olvide y no renueve las agitaciones y pasiones de su mocedad y llegue a una vejez
tranquila, dichosa y honrada. Sólo difiero del sentir de
Pepita en una cosa: en creer que mi padre, mejor que
quedándose soltero, conseguiría esto casándose con una
mujer digna, buena y que le quisiese. Por esto mismo
deseo conocer a Pepita y ver si ella puede ser esta mujer,

pesándome ya algo, y tal vez entre en esto cierto orgullo
de familia, que si es malo quisiera desechar, los desdenes,
aunque melífluos y afectuosos de la mencionada joven
viuda.

Si tuviera yo otra condición, preferiría que mi padre
se quedase soltero. Hijo único entonces, heredaría todas
sus riquezas, y como si dijéramos, nada menos que el ca-
cicato de este lugar; pero usted sabe bien lo firme de
mi resolución.

Aunque indigno y humilde, me siento llamado al sacerdocio, y los bienes de la tierra hacen poca mella en mi
ánimo. Si hay algo en mí del ardor de la juventud y de
la vehemencia de las pasiones propias de dicha edad, todo
habrá de emplearse en dar pábulo a una caridad activa y
fecunda. Hasta los muchos libros que usted me ha dado
a leer, y mi conocimiento de la historia de las antiguas
civilizaciones de los pueblos del Asia, unen en mí la
curiosidad científica al deseo de propagar la fe, y me con-
vidan y excitan a irme de misionero al remoto Oriente.
Yo creo que no bien salga de este lugar, donde usted
mismo me envía a pasar algún tiempo con mi padre, y
no bien me vea elevado a la dignidad del sacerdocio, y
aunque ignorante y pecador como soy, me sienta revestido por don sobrenatural y gratuito, merced a la soberana
bondad del Altísimo, de la facultad de perdonar los pecados y de la misión de enseñar a las gentes, y reciba
el perpetuo y milagroso favor de traer a mis manos im-
puras al mismo Dios humanado, dejaré a España y me
iré a tierras distantes a predicar el Evangelio.

No me mueve vanidad alguna; no quiero creerme superior a ningún otro hombre. El poder de mi fe, la constancia de que me siento capaz, todo, después del favor
y de la gracia de Dios, se lo debo a la atinada educación,
a la santa enseñanza y al buen ejemplo de usted, mi
querido tío.

Casi no me atrevo a confesarme a mí mismo una cosa;
pero contra mi voluntad, esta cosa, este pensamiento, esta
cavilación acude a mi mente con frecuencia, y ya que
acude a mi mente, quiero, debo confesárselo a usted; no

me es lícito ocultarle ni mis más recónditos e involuntarios pensamientos; usted me ha enseñado a analizar lo que el alma siente, a buscar su origen bueno o malo, a escudriñar los más hondos senos del corazón, a hacer, en suma, un escrupuloso examen de conciencia.

He pensado muchas veces sobre dos métodos opuestos de educación: el de aquellos que procuran conservar la inocencia, confundiendo la inocencia con la ignorancia y creyendo que el mal no conocido se evita mejor que el conocido, y el de aquellos que, valerosamente y no bien llegado el discípulo a la edad de la razón, y salva la delicadeza del pudor, le muestran el mal en toda su fealdad horrible y en toda su espantosa desnudez, a fin de que le aborrezca y le evite. Yo entiendo que el mal debe conocerse para estimar mejor la infinita bondad divina, término ideal e inasequible de todo bien nacido deseo. Yo agradezco a usted que me haya hecho conocer, como dice la Escritura, con la miel y la manteca de su enseñanza, todo lo malo y todo lo bueno, a fin de reprobar lo uno y aspirar a lo otro, con discreto ahínco y con pleno conocimiento de causa. Me alegro de no ser cándido y de ir derecho a la virtud, y en cuanto cabe en lo humano, a la perfección, sabedor de todas las tribulaciones, de todas las asperezas que hay en la peregrinación que debemos hacer por este valle de lágrimas, y no ignorando tampoco lo llano, lo fácil, lo dulce, lo sembrado de flores que está, en apariencia, el camino que conduce a la perdición y a la muerte eterna.

Otra cosa que me considero obligado a agradecer a usted es la indulgencia, la tolerancia, aunque no complaciente y relajada, sino severa y grave, que ha sabido usted inspirarme para con las faltas y pecados del prójimo.

Digo esto porque quiero hablar a usted de un asunto tan delicado, tan vidrioso, que apenas hallo términos con que expresarle. En resolución, yo me pregunto a veces: este propósito mío, ¿tendrá por fundamento, en parte al menos, el carácter de mis relaciones con mi padre? En el fondo de mi corazón, ¿he sabido perdonarle su conducta con mi pobre madre, víctima de sus liviandades?

Lo examino detenidamente y no hallo un átomo de rencor en mi pecho. Muy al contrario, la gratitud lo llena todo. Mi padre me ha criado con amor; ha procurado honrar en mí la memoria de mi madre, y se diría que al criarme, al cuidarme, al mirarme, al esmerarse conmigo cuando pequeño, trataba de aplicar su irritada sombra, si la sombra, si el espíritu de ella, que era un ángel de bondad y de mansedumbre, hubiera sido capaz de ira. Repito, pues, que estoy lleno de gratitud hacia mi padre; él me ha reconocido, y además, a la edad de diez años me envió con usted, a quien debo cuanto soy.

Si hay en mi corazón algún germen de virtud; si hay en mi mente algún principio de ciencia; si hay en mi voluntad algún honrado y buen propósito, a usted lo debo.

El cariño de mi padre hacia mí es extraordinario, es grande; la estimación en que me tiene, inmensamente superior a mis merecimientos. Acaso influya en esto la vanidad. En el amor paterno hay algo de egoísta; es como una prolongación del egoísmo. Todo mi valer, si yo le tuviere, mi padre le consideraría como creación suya, como si yo fuera emanación de su personalidad, así en el cuerpo como en el espíritu. Pero de todos modos, creo que él me quiere y que hay en este cariño algo de independiente y de superior a todo ese disculpable egoísmo de que he hablado.

Siento un gran consuelo, una gran tranquilidad en mi conciencia, y doy por ello las más fervientes gracias a Dios cuando advierto y noto que la fuerza de la sangre, el vínculo de la naturaleza, ese misterioso lazo que nos une, me lleva, sin ninguna consideración del deber, a amar a mi padre y a reverenciarle. Sería horrible no amarle así y esforzarse por amarle para cumplir con un mandamiento divino. Sin embargo, y aquí vuelve mi escrúpulo: mi propósito de ser clérigo o fraile, de no aceptar, o de aceptar sólo una pequeña parte de los cuantiosos bienes que han de tocarme por herencia, y de los cuales puedo disfrutar ya en vida de mi padre, ¿proviene sólo de mi menosprecio de las cosas del mundo, de una verdadera vocación a la vida religiosa, o proviene tam-

bién de orgullo, de rencor escondido, de queja, de algo
que hay en mí que no perdona lo que mi madre perdonó
con generosidad sublime? Esta duda me asalta y me atormenta a veces; pero casi siempre la resuelvo en mi favor,
y creo que no soy orgulloso con mi padre; creo que yo
aceptaría todo cuanto tiene si lo necesitara, y me complazco en ser tan agradecido con él por lo poco como
por lo mucho.

Adiós, tío: en adelante escribiré a usted a menudo y
tan por extenso como me tiene encargado, si bien no
tanto como hoy, para no pecar de prolijo.

28 de marzo.

Me voy cansando de mi residencia en este lugar, y
cada día siento más deseo de volverme con usted y de
recibir las órdenes; pero mi padre quiere acompañarme,
quiere estar presente en esa gran solemnidad y exige de
mí que permanezca aquí con él dos meses por lo menos.
Está tan afable, tan cariñoso conmigo, que sería imposible no darle gusto en todo. Permaneceré, pues, aquí el
tiempo que él quiera. Para complacerle me violento y
procuro aparentar que me gustan las diversiones de aquí,
las jiras campestres y hasta la caza, a todo lo cual le
acompaño. Procuro mostrarme más alegre y bullicioso de
lo que naturalmente soy. Como en el pueblo, medio de
burla, medio en son de elogio, me llaman el *santo;* yo,
por modestia, trato de disimular estas apariencias de
santidad o de suavizarlas y humanarlas con la virtud de
eutrapelia [3], ostentando una alegría serena y decente, la
cual nunca estuvo reñida con la santidad ni con los santos. Confieso, con todo, que las bromas y fiestas de aquí,
que los chistes groseros y el regocijo estruendoso, me
cansan. No quisiera incurrir en murmuración ni ser maldi-

---

[3] Término griego que significa buen humor, donaire. Como virtud moral implica moderación en las diversiones y tendencia a la
broma delicada e inofensiva.

ciente, aunque sea con todo sigilo y de mí para usted;
pero a menudo me doy a pensar que tal vez sería más
difícil empresa el moralizar y evangelizar un poco a estas
gentes, y más lógica y meritoria que irse a la India, a la
Persia o a la China, dejándose atrás a tanto compatriota,
si no perdido, algo pervertido. ¡Quién sabe! Dicen algunos que las ideas modernas, que el materialismo y la incredulidad tienen la culpa de todo; pero si la tienen, pero
si obran tan malos efectos, ha de ser de un modo extraño,
mágico, diabólico, y no por medios naturales, pues es lo
cierto que nadie lee aquí libro alguno ni bueno ni malo,
por donde no atino a comprender cómo puedan pervertirse con las malas doctrinas que privan ahora. ¿Estarán
en el aire las malas doctrinas, a modo de miasmas de
una epidemia? Acaso (y siento tener este mal pensamiento, que a usted sólo declaro), acaso tenga la culpa
el mismo clero. ¿Está en España a la altura de su misión? ¿Va a enseñar y a moralizar en los pueblos? ¿En
todos sus individuos es capaz de esto? ¿Hay verdadera
vocación en los que se consagran a la vida religiosa y a
la cura de almas, o es sólo un modo de vivir como otro
cualquiera, con la diferencia de que hoy no se dedican
a él sino los más menesterosos, los más sin esperanzas y
sin medios, por lo mismo que esta *carrera* ofrece menos
porvenir que cualquiera otra? Sea como sea, la escasez
de sacerdotes instruidos y virtuosos excita más en mí
el deseo de ser sacerdote. No quisiera yo que el amor
propio me engañase; reconozco todos mis defectos; pero
siento en mí una verdadera vocación, y muchos de ellos
podrán enmendarse con el auxilio divino.

Hace tres días tuvimos el convite, de que hablé a
usted, en casa de Pepita Jiménez. Como esta mujer vive
tan retirada, no la conocí hasta el día del convite; me
pareció, en efecto, tan bonita como dice la fama, y advertí que tiene con mi padre una afabilidad tan grande,
que le da alguna esperanza, al menos miradas las cosas
someramente, de que al cabo ceda y acepte su mano.

Como es posible que sea mi madrastra, la he mirado
con detención y me parece una mujer singular, cuyas

condiciones morales no atino a determinar con certidumbre. Hay en ella un sosiego, una paz exterior, que puede
provenir de frialdad de espíritu y de corazón, de estar
muy sobre sí y de calcularlo todo, sintiendo poco o nada,
y pudiera provenir también de otras prendas que hubiera
en su alma: de la tranquilidad de su conciencia, de la
pureza de sus aspiraciones y del pensamiento de cumplir
en esta vida con los deberes que la sociedad impone, fi-
jando la mente, como término, en esperanzas más altas.
Ello es lo cierto que, o bien porque en esta mujer todo
es cálculo, sin elevarse su mente a superiores esferas, o
bien porque enlaza la prosa del vivir y la poesía de sus
ensueños en una perfecta armonía, no hay en ella nada
que desentone del cuadro general en que está colocada,
y, sin embargo, posee una distinción natural que la levanta y separa de cuanto la rodea. No afecta vestir traje
aldeano ni se viste tampoco según la moda de las ciudades: mezcla ambos estilos en su vestir, de modo que parece una señora, pero una señora de lugar. Disimula
mucho, a lo que yo presumo, el cuidado que tiene de su
persona; no se advierten en ella ni cosmético ni afeites:
pero la blancura de sus manos, las uñas tan bien cuidadas y acicaladas, y todo el aseo y pulcritud con que está
vestida, denotan que cuida de estas cosas más de lo que
pudiera creerse en una persona que vive en un pueblo y
que además dicen que desdeña las vanidades del mundo
v sólo piensa en las cosas del cielo.

Tiene la casa limpísima y todo en un orden perfecto.
Los muebles no son artísticos ni elegantes; pero tampoco
se advierte en ellos nada de pretencioso y de mal gusto.
Para poetizar su estancia, tanto en el patio como en las
salas y galerías, hay multitud de flores y plantas. No hay,
en verdad, ninguna planta rara ni ninguna flor exótica;
pero sus plantas y sus flores, de lo más común que hay
por aquí, están cuidadas con extraordinaria mimo.

Varios canarios en jaulas doradas animan con sus tri-
nos toda la casa. Se conoce que el dueño de ella necesita
seres vivos en quien poner algún cariño; y, a más de algunas criadas que se diría que ha elegido con empeño,

pues no puede ser mera casualidad el que sean todas bonitas, tiene, como las viejas solteronas, varios animales
que le hacen compañía: un loro, una perrita de lana muy
lavada y dos o tres gatos, tan mansos y sociables que se
le ponen a uno encima.

En un extremo de la sala principal hay algo como ora-
torio, donde resplandece un niño Jesús de talla, blanco y
rubio, con ojos azules y bastante guapo. Su vestido es
de raso blanco, con manto azul lleno de estrellitas de oro,
y todo él está cubierto de dijes y de joyas. El altarito en
que está el Niño Jesús se ve adornado de flores, y alrededor macetas de brusco y laureola, y en el altar mismo,
que tiene gradas o escaloncitos, mucha cera ardiendo.

Al ver todo esto no sé qué pensar; pero más a menudo
me inclino a creer que la viuda se ama a sí misma sobre
todo, y que para recreo y para efusión de este amor tiene
los gatos, los canarios, las flores y al propio Niño Jesús,
que en el fondo de su alma tal vez no esté muy por encima de los canarios y de los gatos.

No se puede negar que la Pepita Jiménez es discreta:
ninguna broma tonta, ninguna pregunta impertinente sobre mi vocación y sobre las órdenes que voy a recibir
dentro de poco han salido de sus labios. Habló conmigo
de las cosas del lugar, de la labranza, de la última cosecha de vino y de aceite y del modo de mejorar la elabo-
ración del vino; todo ello con modestia y naturalidad,
sin mostrar deseo de pasar por muy entendida.

Mi padre estuvo finísimo; parecía remozado, y sus extremos cuidadosos hacia la dama de sus pensamientos eran
recibidos, si no con amor, con gratitud.

Asistieron al convite el médico, el escribano y el señor
vicario, grande amigo de la casa y padre espiritual de
Pepita.

El señor vicario debe de tener un alto concepto de
ella, porque varias veces me habló aparte de su caridad,
de las muchas limosnas que hacía, de lo compasiva y
buena que era para todo el mundo; en suma, me dijo
que era una santa.

Oído el señor vicario y fiándome en su juicio, yo no puedo menos de desear que mi padre se case con Pepita. Como mi padre no es a propósito para hacer vida penitente, éste sería el único modo de que cambiase su vida, tan agitada y tempestuosa hasta aquí, y de que viniese a parar a un término, si no ejemplar, ordenado y pacífico.

Cuando nos retiramos de casa de Pepita Jiménez y volvimos a la nuestra, mi padre me habló resueltamente de su proyecto: me dijo que él había sido un gran calavera, que había llevado una vida muy mala y que no veía medio de enmendarse, a pesar de sus años, si aquella mujer, que era su salvación, no le quería y se casaba con él. Dando ya por supuesto que iba a quererle y a casarse, mi padre me habló de intereses: me dijo que era muy rico y que me dejaría mejorado, aunque tuviese varios hijos más. Yo le respondí que para los planes y fines de mi vida necesitaba harto poco dinero, y que mi mayor contento sería verle dichoso con mujer e hijos, olvidado de antiguos devaneos. Me habló luego mi padre de sus esperanzas amorosas, con un candor y con una vivacidad tales, que se diría que yo era el padre y el viejo, y él un chico de mi edad o más joven. Para ponderarme el mérito de la novia y la dificultad del triunfo, me refirió las condiciones y excelencias de los quince o veinte novios que Pepita había tenido, y que todos habían llevado calabazas. En cuanto a él, según me explicó, hasta cierto punto las había también llevado; pero se lisonjeaba de que no fuesen definitivas, porque Pepita le distinguía tanto y le mostraba tan grande afecto que, si aquello no era amor, pudiera fácilmente convertirse en amor con el largo trato y con la persistente adoración que él le consagraba. Además, la causa del desvío de Pepita tenía para mi padre un no sé qué de fantástico y de sofístico que al cabo debía desvanecerse. Pepita no quería retirarse a un convento ni se inclinaba a la vida penitente; a pesar de su recogimiento y de su devoción religiosa, harto se dejaba ver que se complacía en agradar. El aseo y el esmero de su persona poco tenían de cenobíticos. La culpa de los desvíos de Pepita, decía mi padre, es sin duda su orgullo, orgullo en gran parte fundado: ella es naturalmente elegante, distinguida; es un ser superior por la voluntad y por la inteligencia, por más que con modestia lo disimule. ¿Cómo, pues, ha de entregar su corazón a los palurdos que la han pretendido hasta ahora? Ella imagina que su alma está llena de un místico amor de Dios, y que sólo con Dios se satisface, porque no ha salido a su paso todavía un mortal bastante discreto y agradable que le haga olvidar hasta a su Niño Jesús. Aunque sea inmodestia, añadía mi padre, yo me lisonjeo aún de ser ese mortal dichoso.

Tales son, querido tío, las preocupaciones y ocupaciones de mi padre en este pueblo, y las cosas tan extrañas para mí y tan ajenas a mis propósitos y pensamientos de que me habla con frecuencia, y sobre las cuales quiere que dé mi voto.

No parece sino que la excesiva indulgencia de usted para conmigo ha hecho cundir aquí mi fama de hombre de consejo; paso por un pozo de ciencia; todos me refieren sus cuitas y me piden que les muestre el camino que deben seguir. Hasta el bueno del señor Vicario, aun exponiéndose a revelar algo como secretos de confesión, ha venido ya a consultarme sobre varios casos de conciencia que se le han presentado en el confesionario. Mucho me ha llamado la atención uno de estos casos, que me ha sido referido por el vicario, como todos, con profundo misterio y sin decirme el nombre de la persona interesada.

Cuenta el señor vicario que una hija suya de confesión tiene grandes escrúpulos porque se siente llevada, con irresistible impulso, hacia la vida solitaria y contemplativa; pero teme, a veces, que este fervor de devoción no venga acompañado de una verdadera humildad, sino que en parte lo promueva y excite el mismo demonio del orgullo.

Amar a Dios sobre todas las cosas, buscarle en el centro del alma donde está, purificarse de todas las pasiones y afecciones terrenales para unirse a El, son ciertamente anhelos piadosos y determinaciones buenas; pero el escrú-

pulo está en saber, en calcular si nacerán o no de un
amor propio exagerado. ¿Nacerán acaso, parece que piensa la penitente, de que yo, aunque indigna y pecadora,
presumo que vale más mi alma que las almas de mis semejantes; que la hermosura interior de mi mente y de
mi voluntad se turbaría y se empeñaría con el afecto de
los seres humanos que conozco y creo que no me mere-
cen? ¿Amo a Dios, no sobre todas las cosas, de un modo
infinito, sino sobre lo poco conocido que desdeño, que
desestimo, que no puede llenar mi corazón? Si mi devoción tiene este fundamento, hay en ella dos grandes faltas: la primera, que no está cimentada en un puro amor
de Dios, lleno de humildad y de caridad, sino en el orgullo; y la segunda, que esa devoción no es firme y valedera, sino que está en el aire, porque ¿quién asegura
que no pueda el alma olvidarse del amor a su Creador,
cuando no le ama de un modo infinito, sino porque no
hay criatura a quien juzgue digna de que el amor en ella
se emplee?

Sobre este caso de conciencia, harto alambicado y sutil
para que así preocupe a una lugareña, ha venido a consultarme el padre vicario. Yo he querido excusarme de
decir nada, fundándome en mi inexperiencia y pocos años;
pero el señor vicario se ha obstinado de tal suerte que
no he podido menos de discurrir sobre el caso. He dicho,
y mucho me alegraría de que usted aprobase mi parecer,
que lo que importa a esta hija de confesión atribulada es
mirar con mayor benevolencia a los hombres que la rodean, y en vez de analizar y desentrañar sus faltas con
el escalpelo de la crítica, tratar de cubrirla con el manto
de la caridad, haciendo resaltar todas las buenas cualidades de ellos y ponderándolas mucho, a fin de amarlos y
estimarlos; que debe esforzarse por ver en cada ser humano un objeto digno de amor, un verdadero prójimo,
un igual suyo, un alma en cuyo fondo hay un tesoro de
excelentes prendas y virtudes; un ser hecho, en suma, a
imagen y semejanza de Dios. Realzado así cuanto nos
rodea, amando y estimando a las criaturas por lo que son
y por más de lo que son, procurando no tenerse por su-

perior a ellas en nada, antes bien, profundizando con valor en el fondo de nuestra conciencia para descubrir todas nuestras faltas y pecados y adquiriendo la santa humildad y el menosprecio de uno mismo, el corazón se sentirá lleno de afectos humanos, y no despreciará, sino valuará en mucho el mérito de las cosas y de las personas; de modo que, si sobre este fundamento descuella luego y se levanta el amor divino con invencible pujanza, no hay ya miedo de que pueda nacer este amor de una exagerada estimación propia, del orgullo o de un desdén injusto del prójimo, sino que nacerá de la pura y santa consideración de la hermosura y de la bondad infinitas.

Si, como sospecho, es Pepita Jiménez la que ha consultado al señor vicario sobre estas dudas y tribulaciones, me parece que mi padre no puede lisonjearse todavía de ser muy querido; pero, si el vicario acierta a darla mi consejo, y ella le acepta y pone en práctica, o vendrá a hacerse una María de Ágreda [4] o cosa por el estilo, o lo que es más probable, dejará a un lado misticismos y desvíos, y se conformará y contentará con aceptar la mano y el corazón de mi padre, que en nada es inferior a ella.

4 de abril.

La monotonía de mi vida en este lugar empieza a fastidiarme bastante, y no porque la vida mía en otras partes haya sido más activa físicamente; antes al contrario, aquí me paseo mucho a pie y a caballo, voy al campo, y por complacer a mi padre concurro a casinos y reuniones; en fin, vivo como fuera de mi centro y de mi modo de ser; pero mi vida intelectual es nula: no leo un libro ni apenas me dejan un momento para pensar y meditar sosegadamente; y como el encanto de mi vida estribaba en estos

---

4 Religiosa franciscana (1602-1665) conocida por su vida austera y penitente; fue abadesa del convento de La Inmaculada de Ágreda (1627). Gozó de gran prestigio moral en la corte de Felipe IV, a quien aconsejaba sobre aspectos de su vida privada y en cuestiones de Estado.

pensamientos y meditaciones, me parece monótona la
que hago ahora. Gracias a la paciencia que usted me ha
recomendado para todas las ocasiones, puedo sufrirla.

Otra causa de que mi espíritu no esté completamente
tranquilo es el anhelo, que cada día siento más vivo, de
tomar el estado a que resueltamente me inclino desde
hace años. Me parece que en estos momentos, cuando se
halla tan cercana la realización del constante sueño de mi
vida, es como una profanación distraer la mente hacia
otros objetos. Tanto me atormenta esta idea y tanto ca-
vilo sobre ella, que mi admiración por la belleza de las
cosas creadas: por el cielo, tan lleno de estrellas en estas
serenas noches de primavera y en esta región de Andalucía; por estos alegres campos, cubiertos ahora de verdes
sembrados, y por estas frescas y amenas huertas con tan
lindas y sombrías alamedas, con tantos mansos arroyos
y acequias, con tanto lugar apartado y esquivo, con tanto
pájaro que le da música, y con tantas flores y hierbas
olorosas; esta admiración y entusiasmo mío, repito, que
en otro tiempo me parecían avenirse por completo con
el sentimiento religioso que llenaba mi alma, excitándole
y sublimándole en vez de debilitarle, hoy casi me parecen
pecaminosa distracción e imperdonable olvido de lo eterno por lo temporal, de lo increado y suprasensible por lo
sensible y creado. Aunque con poco aprovechamiento en
la virtud, aunque nunca libre mi espíritu de los fantasmas de la imaginación, aunque no exento en mí el hombre interior de las impresiones exteriores y del fatigoso
método discursivo, aunque incapaz de reconcentrarme por
un esfuerzo de amor en el centro mismo de la simple
inteligencia ,en el ápice de la mente, para ver allí la verdad y la bondad, desnudas de imágenes y de formas,
aseguro a usted que tengo miedo del modo de orar imaginario, propio de un hombre corporal y tan poco aprovechado como yo soy. La misma meditación racional me
infunde recelo. No quisiera yo hacer discursos para conocer a Dios, ni traer razones de amor para amarle. Quisiera alzarme de un vuelo a la contemplación esencial
e íntima. ¡Quién me diese alas como de paloma para

volar al seno del que ama mi alma! Pero ¿cuáles son,
dónde están mis méritos? ¿Dónde las mortificaciones, la
larga oración y el ayuno? ¿Qué he hecho yo, Dios mío,
para que Tú me favorezcas? [5].

Harto sé que los impíos del día presente acusan, con
falta completa de fundamento, a nuestra santa religión
de mover las almas a aborrecer todas las cosas del mundo,
a despreciar o a desdeñar la naturaleza, tal vez a temerla
casi, como si hubiera en ella algo de diabólico, encerrando
todo su amor y todo su afecto en el que llaman monstruoso egoísmo del amor divino, porque creen que el
alma se ama a sí propia amando a Dios. Harto sé que
no es así, que no es ésta la verdadera doctrina, que el
amor divino es la caridad, y que amar a Dios es amarlo
todo, porque todo está en Dios, y Dios está en todo por
inefable y alta manera. Harto sé que no peco amando
las cosas por el amor de Dios, lo cual es amarlas por
ellas con rectitud; porque ¿qué son ellas más que la
manifestación, la obra del amor de Dios? Y, sin embargo, no sé qué extraño temor, qué singular escrúpulo,
qué apenas perceptible e indeterminado remordimiento
me atormenta ahora, cuando tengo, como antes, como en
otros días de mi juventud, como en la misma niñez, alguna efusión de ternura, algún rapto de entusiasmo, al
penetrar en una enramada frondosa, al oír el canto del
ruiseñor en el silencio de la noche, al escuchar el pío
de las golondrinas, al sentir el arrullo enamorado de la
tórtola, al ver las flores o al mirar las estrellas. Se me
figura a veces que hay en todo esto algo de delectación
sensual, algo que me hace olvidar, por un momento al
menos, más altas aspiraciones. No quiero yo que en mí
el espíritu peque contra la carne; pero no quiero tampoco que la hermosura de la materia, que sus deleites,
aun los más delicados, sutiles y aéreos, aun los que más
bien por el espíritu que por el cuerpo se perciben, como

[5] Léxico referente a los estados espirituales del alma y grados
de oración, que Valera toma de la literatura ascética y mística
del Siglo de Oro. En las notas 29 y 30 de la Introducción puede
comprobarse esta dependencia.

el silbo delgado del aire fresco cargado de aromas cam-
pesinas, como el canto de las aves, como el majestuoso y
reposado silencio de las horas nocturnas, en estos jardines
y huertas, me distraigan de la contemplación de la superior hermosura, y entibien ni por un momento mi amor.

No se me oculta que todas estas cosas materiales son
como las letras de un libro, son como los signos y caracteres donde el alma, atenta a su lectura, puede penetrar
un hondo sentido y leer y descubrir la hermosura de
Dios, que, si bien imperfectamente, está en ellas como
trasunto o más bien como cifra, porque no la pintan, sino
que la representan. En esta distinción me fundo, a veces,
para dar fuerza a mis escrúpulos y mortificarme. Porque
yo me digo: si amo la hermosura de las cosas terrenales
tales como ellas son, y si la amo con exceso, es idola-
tría: debo amarla como signo, como representación de
una hermosura oculta y divina, que vale mil veces más,
que es incomparablemente superior en todo.

Hace pocos días cumplí veintidós años. Tal ha sido
hasta ahora mi fervor religioso, que no he sentido más
amor que el inmaculado amor de Dios mismo y de su
santa religión, que quisiera difundir y ver triunfante en
todas las regiones de la tierra. Confieso que algún sentimiento profano se ha mezclado con esta pureza de
afecto. Usted lo sabe, se lo he dicho mil veces y usted,
mirándome con su acostumbrada indulgencia, me ha con-
testado que el hombre no es un ángel, y que sólo pretender tanta perfección es orgullo; que debo moderar esos
sentimientos y no empeñarme en ahogarlos del todo. El
amor a la ciencia, el amor a la propia gloria, adquirida
por la ciencia misma, hasta formar uno de sí propio no
desventajado concepto, todo ello, sentido con moderación, velado y mitigado por la humildad cristiana y en-
caminado a buen fin, tiene, sin duda, algo de egoísta,
pero puede servir de estímulo y apoyo a las más firmes y
nobles resoluciones. No es, pues, el escrúpulo que me
asalta hoy el de mi orgullo, el de tener sobrada confianza
en mí mismo, el de ansiar gloria mundana o el de ser
sobrado curioso de ciencia; no es nada de esto; nada que

tenga relación con el egoísmo, sino en cierto modo lo contrario. Siento una dejadez, un quebranto, un abandono de la voluntad, una facilidad tan grande para las lágrimas; lloro tan fácilmente de ternura al ver una florecilla bonita o al contemplar el rayo misterioso, tenue y ligerísimo de una remota estrella, que casi tengo miedo.

Dígame usted qué piensa de estas cosas; si hay algo de enfermizo en esta disposición de mi ánimo.

8 de abril.

Siguen las diversiones campestres, en que tengo que intervenir muy a pesar mío.

He acompañado a mi padre a ver casi todas sus fincas, y mi padre y sus amigos se pasman de que yo no sea completamente ignorante de las cosas del campo. No parece sino que para ellos el estudio de teología, a que me he dedicado, es contrario del todo al conocimiento de las cosas naturales. ¡Cuánto han admirado mi erudición al verme distinguir en las viñas, donde apenas empiezan a brotar los pámpanos, la cepa Pedro-Jiménez de la de baladí y de la Don-Bueno ¡Cuánto han admirado también que en los verdes sembrados sepa yo distinguir la cebada del trigo y el anís de las habas; que conozca muchos árboles frutales y de sombra, y que, aun de las hierbas que nacen espontáneamente en el campo, acierte yo con varios nombres y refiera bastantes condiciones y virtudes!

Pepita Jiménez, que ha sabido por mi padre lo mucho que me gustan las huertas de por aquí, nos ha convidado a ver una que posee a corta distancia del lugar y a comer las fresas tempranas que en ella se crían. Este antojo de Pepita de obsequiar tanto a mi padre, quien la pretente y a quien desdeña, me parece a menudo que tiene su poco de coquetería, digna de reprobación; pero cuando veo a Pepita después, y la hallo tan natural, tan fresca y tan sencilla, se me pasa el mal pensamiento e imagino que todo lo hace candorosamente y que no la lleva otro fin que el de conservar la buena amistad que con mi familia la liga.

Sea como sea, anteayer tarde fuimos a la huerta de Pepita. Es hermoso sitio, de lo más ameno y pintoresco que puede imaginarse. El riachuelo que riega casi todas las huertas, sangrado por mil acequias, pasa al lado de la que visitamos; se forma allí una presa, y cuando se suelta el agua sobrante del riego, cae en un hondo barranco poblado en ambas márgenes de álamos y negros mimbrones, adelfas y otros árboles frondosos. La cascada, de agua limpia y transparente, se derrama en el fondo formando espuma, y luego sigue su curso tortuoso por un cauce que la naturaleza misma ha abierto, esmaltando sus orillas de mil hierbas y flores, y cubriéndolas ahora con multitud de violetas. Las laderas que hay a un extremo de la huerta están llenas de nogales, higueras, avellanos y otros árboles de fruta. Y en la parte llana hay cuadros de hortaliza, de fresas, de tomates, patatas, judías y pimientos, y su poco de jardín, con grande abundancia de flores de las que por aquí más comúnmente se crían. Los rosales, sobre todo, abundan, y los hay de mil diferentes especies. La casilla del hortelano es más bonita y limpia de lo que en esta tierra se suele ver, y al lado de la casilla hay otro pequeño edificio reservado para el dueño de la finca, y donde nos agasajó Pepita con una espléndida merienda, a la cual dio pretexto el comer las fresas, que era el principal objeto que allí nos llevaba. La cantidad de fresas fue asombrosa para lo temprano de la estación, y nos fueron servidas con leche de algunas cabras que Pepita también posee.

Asistimos a esta jira el médico, el escribano, mi tía doña Casilda, mi padre y yo, sin faltar el indispensable señor Vicario, padre espiritual, y más que padre espiritual, admirador y encomiador perpetuo de Pepita.

Por un refinamiento algo sibarítico no fue el hortelano ni su mujer, ni el chiquillo del hortelano, ni ningún otro campesino quien nos sirvió la merienda, sino dos lindas muchachas, criadas y como confidentes de Pepita, vestidas a lo rústico, si bien con suma pulcritud y elegancia

Llevaban trajes de percal de vistosos colores, cortos y
ceñidos al cuerpo, pañuelos de seda cubriendo las espaldas, y descubierta la cabeza, donde lucían abundantes
y lustrosos cabellos negros, trenzados y atados luego formando un moño en figura de martillo, y por delante rizos
sujetos con sendas horquillas, por acá llamados *caracoles*.
Sobre el moño o castaña ostentaba cada una de estas
doncellas un ramo de frescas rosas.

Salvo la superior riqueza de la tela y su color negro,
no era más cortesano el traje de Pepita. Su vestido de
merino tenía la misma forma que el de las criadas, y,
sin ser muy corto, no arrastraba ni recogía suciamente
el polvo del camino. Un modesto pañolito de seda negra
cubría también, al uso del lugar, su espalda y su pecho,
y en la cabeza no ostentaba tocado, ni flor, ni joya, ni
más adorno que el de sus propios cabellos rubios. En la
única cosa que noté por parte de Pepita cierto esmero,
en que se apartaba de los usos aldeanos, era en llevar
guantes. Se conoce que cuida mucho sus manos y que
tal vez pone alguna vanidad en tenerlas muy blancas y
bonitas, con unas uñas lustrosas y sonrosadas; pero si
tiene esa vanidad, es disculpable en la flaqueza humana,
y al fin, si yo no estoy trascordado, creo que Santa Teresa tuvo la misma vanidad cuando era joven, lo cual
no le impidió ser una santa tan grande.

En efecto, yo me explico, aunque no disculpo, esta
pícara vanidad. ¡Es tan distinguido, tan aristocrático tener
una linda mano! Hasta se me figura, a veces, que tiene
algo de simbólico. La mano es el instrumento de nuestras obras, el signo de nuestra nobleza, el medio por donde la inteligencia reviste de forma sus pensamientos artísticos, y da ser a las creaciones de la voluntad, y ejerce
el imperio que Dios concedió al hombre sobre todas las
criaturas. Una mano ruda, nerviosa, fuerte, tal vez ca-
llosa de un trabajador, de un obrero, demuestra noble-
mente ese imperio; pero en lo que tiene de más violento
y mecánico. En cambio, las manos de esta Pepita, que
parecen casi diáfanas como el alabastro, si bien con leves
tintas rosadas, donde cree uno ver circular la sangre pura

y sutil, que da a sus venas un ligero viso azul; estas manos, digo, de dedos afilados y de sin par corrección de
dibujo, parecen el símbolo del imperio mágico, del dominio misterioso que tiene y ejerce el espíritu humano,
sin fuerza material, sobre todas las cosas visibles que
han sido inmediatamente creadas por Dios y que, por
medio del hombre, Dios completa y mejora. Imposible
parece que quien tiene manos como Pepita tenga pensamiento impuro, ni idea grosera, ni proyecto ruin que
esté en discordancia con las limpias manos que deben
ejecutarle.

No hay que decir que mi padre se mostró tan embelesado como siempre de Pepita, y ella tan fina y cariñosa
con él, si bien con un cariño más filial de lo que mi
padre quisiera. Es lo cierto que mi padre, a pesar de la
reputación que tiene de ser por lo común poco respetuoso
y bastante profano con las mujeres, trata a ésta con un
respeto y unos miramientos tales, que ni Amadís los usó
mayores con la señora Oriana[6] en el período más humilde de sus pretensiones y galanteos: ni una palabra que
disuene, ni un requiebro brusco e importuno, ni un
chiste algo amoroso de estos que con tanta frecuencia
suelen permitirse los andaluces. Apenas si se atreve a
decir a Pepita «buenos ojos tienes»; y en verdad que si
lo dijese no mentiría, porque los tiene grandes, verdes
como los de Circe[7], hermosos y rasgados; y lo que más
mérito y valor les da es que no parece sino que ella

---

[6] Oriana es la mujer amada de Amadís, prototipo de caballero
andante, que se encomienda a ella en todas sus aventuras, y a
la que trata con tal respeto que en su presencia se siente «turbado» y apenas se atreve a «mirarla», y en su ausencia no le es
infiel «ni en el pensamiento»: *Amadís de Gaula*, I, 6 y 30, II, 2.

[7] Circe, maga de la mitología griega, hija del Sol y de Perseis,
habitaba en la Isla de Ea, lugar donde desembarca Ulises (*Odisea*,
canto 10), cuyos compañeros son embrujados por aquélla y con-
vertidos en animales. Adoctrinado por Hermes y con la ayuda
de una planta mágica (moly), Ulises contrarresta los efectos del
brebaje ofrecido por Circe y obliga a ésta a desencantar a sus
amigos. Hechas las paces, Ulises gozará, por espacio de un mes,
de la compañía de la maga de los ojos verdes.

no lo sabe, pues no se descubre en ella la menor intención de agradar a nadie ni de atraer a nadie con lo dulce
de sus miradas. Se diría que cree que los ojos sirven
para ver y nada más que para ver. Lo contrario de lo
que yo, según he oído decir, presumo que creen la mayor
parte de las mujeres jóvenes y bonitas, que hacen de los
ojos un arma de combate y como un aparato eléctrico o
fulmínico para rendir corazones y cautivarlos. No son
así, por cierto, los ojos de Pepita, donde hay una serenidad y una paz como del cielo. Ni por eso se puede decir
que miren con fría indiferencia. Sus ojos están llenos de
caridad y de dulzura. Se posan con afecto en un rayo
de luz, en una flor, hasta en cualquier objeto inanimado;
pero con más afecto aún, con muestras de sentir más
blando, humano y benigno, se posan en el prójimo, sin
que el prójimo, por joven, gallardo y presumido que
sea, se atreva a suponer nada más que caridad y amor al
prójimo, y, cuando más, predilección amistosa, en aquella
serena y tranquila mirada.

Yo me paro a pensar si todo esto será estudiado;
si esta Pepita será una gran comedianta; pero sería tan
perfecto el fingimiento y tan oculta la comedia, que me
parece imposible. La misma naturaleza, pues, es la que
guía y sirve de norma a esta mirada y a estos ojos. Pepita, sin duda, amó a su madre primero, y luego las circunstancias la llevaron a amar a don Gumersindo por
deber, como al compañero de su vida; y luego, sin duda,
se extinguió en ella toda pasión que pudiera inspirar
ningún objeto terreno, y amó a Dios, y amó las cosas
todas por amor de Dios, y se encontró quizá en una
situación de espíritu apacible y hasta envidiable, en la
cual, si tal vez hubiese algo que censurar, sería un egoísmo de que ella misma no se da cuenta. Es muy cómodo
amar de este modo suave, sin atormentarse con el amor;
no tener pasión que combatir; hacer del amor y del afecto a los demás un aditamento y como un complemento
del amor propio.

A veces me pregunto a mí mismo si al censurar en mi
interior esta condición de Pepita no soy yo quien me

censuro. ¿Qué sé yo lo que pasa en el alma de esa mujer para censurarla? ¿Acaso, al creer que veo su alma, no es la mía la que veo? Yo no he tenido ni tengo pasión alguna que vencer: todas mis inclinaciones bien dirigidas, todos mis instintos buenos y malos, merced a la sabia enseñanza de usted, van sin obstáculos ni tropiezos encaminados al mismo propósito; cumpliéndole se satisfarían no sólo mis nobles y desinteresados deseos, sino también mis deseos egoístas, mi amor a la gloria, mi afán de saber, mi curiosidad de ver tierras distantes, mi anhelo de ganar nombre y fama. Todo eso se cifra en llegar al término de la carrera que he emprendido. Por este lado se me antoja a veces que soy más censurable que Pepita, aun suponiéndola merecedora de censura.

Yo he recibido ya las órdenes menores; he desechado de mi alma las vanidades del mundo; estoy tonsurado; me he consagrado al altar, y, sin embargo, un porvenir de ambición se presenta a mis ojos, y veo con gusto que puedo alcanzarle y me complazco en dar por ciertas y valederas las condiciones que tengo para ello, por más que a veces llame a la modestia en mi auxilio, a fin de no confiar demasiado. En cambio, esta mujer, ¿a qué aspira ni qué quiere? Yo la censuro de que se cuida las manos, de que mira tal vez con complacencia su belleza; casi la censuro de su pulcritud, del esmero que pone en vestirse, de yo no sé qué coquetería que hay en la misma modestia y sencillez con que se viste. ¡Pues qué! ¿La virtud ha de ser desaliñada? ¿Ha de ser sucia la santidad? Un alma pura y limpia, ¿no puede complacerse en que el cuerpo también lo sea? Es extraña esta malevolencia con que miro el primor y el aseo de Pepita. ¿Será tal vez porque va a ser mi madrastra? ¡Pero si no quiere ser mi madrastra! ¡Si no quiere a mi padre! Verdad es que las mujeres son raras; quién sabe si en el fondo de su alma no se sienta inclinada ya a querer a mi padre y a casarse con él, si bien, atendiendo a aquello de que lo que mucho vale mucho cuesta, se propone, páseme usted la palabra, molerle antes con sus desdenes, tenerle sujeto a su servidumbre, poner a prueba la constancia de su afecto y acabar por darle el plácido sí. ¡Allá veremos!

Ello es que la fiesta en la huerta fue apaciblemente divertida: se habló de flores, de frutos, de injertos, de plantaciones y de otras mil cosas relativas a la labranza, luciendo Pepita sus conocimientos agrónomos en competencia con mi padre, conmigo y con el señor Vicario, que se queda con la boca abierta cada vez que habla Pepita, y jura que en los setenta y pico de años que tiene de edad y en sus largas peregrinaciones, que le han hecho recorrer casi toda la Andalucía, no ha conocido mujer más discreta ni más atinada en cuanto piensa y dice.

Cuando volvemos a casa de cualquiera de estas expediciones, vuelvo a insistir con mi padre en mi ida con usted, a fin de que llegue el suspirado momento de que yo me vea elevado al sacerdocio; pero mi padre está tan contento de tenerme a su lado y se siente tan a agusto en el lugar, cuidando de sus fincas, ejerciendo mero y mixto imperio como cacique, y adorando a Pepita y consultándoselo todo como a su ninfa Egeria [8], que halla siempre, y hallará aún, tal vez durante algunos meses, fundado pretexto para retenerme aquí. Ya tiene que clarificar el vino de yo no sé cuántas pipas de la condiotera; ya tiene que trasegar otro; ya es menester binar los majuelos; ya es preciso arar los olivares y cavar los pies a los olivos; en suma, me retiene aquí contra mi gusto; aunque no debiera yo decir «contra mi gusto», porque le tengo muy grande en vivir con un padre que es para mí tan bueno.

Lo malo es que con esta vida temo materializarme demasiado: me parece sentir alguna sequedad de espíritu durante la oración; mi fervor religioso disminuye; la vida

---

[8] «Tener su ninfa Egeria» es una expresión utilizada para indicar que una persona tiene a otra por inspiradora o consejera. Esta significación proviene de la figura mitológica de Egeria, ninfa latina asociada al culto de Diana como protectora de los bosques. Se le atribuía haber sido consejera del rey Numa en su reforma religiosa. Al morir dicho rey, del torrente de sus lágrimas surgió la fuente en que fue transfigurada.

vulgar va penetrando y se va infiltrando en mi naturaleza. Cuando rezo, padezco distracciones; no pongo en lo
que digo a mis solas, cuando el alma debe elevarse a Dios,
aquella atención profunda que antes ponía. En cambio, la
ternura de mi corazón, que no se fija en objeto condigno,
que no se emplea y consume en lo que debiera, brota y
como que rebosa en ocasiones por objetos y circunstancias que tienen mucho de pueriles, que me parecen ri-
dículos, y de los cuales me avergüenzo. Si me despierto
en el silencio de la alta noche y oigo que algún campesino enamorado canta, al son de su guitarra mal rasguea-
da, una copla de fandango o de rondeñas, ni muy
discreta, ni muy poética, ni muy delicada, suelo enterne-
cerme como si oyera la más celestial melodía. Una compasión loca, insana, me aqueja a veces. El otro día cogieron los hijos del aperador de mi padre un nido de
gorriones, y al ver yo los pajarillos sin plumas aún y
violentamente separados de la madre cariñosa, sentí suma
angustia, y, lo confieso, se me saltaron las lágrimas.
Pocos días antes trajo del campo un rústico una ternerita que se había perniquebrado; iba a llevarla al ma-
tadero y venía a decir a mi padre qué quería de ella para
su mesa; mi padre pidió unas cuantas libras de carne,
la cabeza y las patas; yo me conmoví al ver la ternerita,
y estuve a punto, aunque la vergüenza lo impidió, de
comprársela al hombre, a ver si yo la curaba y conservaba
viva. En fin, querido tío, menester es tener la gran confianza que tengo yo con usted para contarle estas muestras de sentimiento extraviado y vago, y hacerle ver con
ellas que necesito volver a mi antigua vida, a mis estudios, a mis altas especulaciones, y acabar por ser sacerdote para dar al fuego que devora mi alma el alimento
sano y bueno que debe tener.

14 de abril.

Sigo haciendo la misma vida de siempre y detenido
aquí a ruegos de mi padre.

El mayor placer de que disfruto, después del de vivir
con él, es el trato y conversación del señor Vicario, con
quien suelo dar a solas largos paseos. Imposible parece
que un hombre de su edad, que debe tener cerca de
ochenta años, sea tan fuerte, ágil y andador. Antes me
canso yo que él, y no queda vericueto ni lugar agreste,
ni cima de cerro escarpado en estas cercanías adonde no
lleguemos.

El señor Vicario me va reconciliando mucho con el
clero español ,a quien algunas veces he tildado yo, hablando con usted, de poco ilustrado. ¡Cuánto más vale,
me digo a menudo, este hombre, lleno de candor y de
buen deseo, tan afectuoso e inocente, que cualquiera que
haya leído muchos libros y en cuya alma no arda con
tal viveza como en la suya el fuego de la caridad unido
a la fe más sincera y más pura! No crea usted que es
vulgar el entendimiento del señor Vicario: es un espíritu inculto, pero despejado y claro. A veces imagino
que pueda provenir la buena opinión que de él tengo
de la atención con que me escucha; pero, si no es así,
me parece que todo lo entiende con notable perspicacia
y que sabe unir al amor entrañable de nuestra santa
religión el aprecio de todas las cosas buenas que la civilización moderna nos ha traído. Me encantan, sobre todo,
la sencillez, la sobriedad sin hiperbólicas manifestaciones
de sentimentalismo, la naturalidad, en suma, con que el
señor Vicario ejerce las más penosas obras de caridad. No
hay desgracia que no remedie, ni infortunio que no con-
suele, ni humillación que no procure restaurar, ni pobreza
a que no acuda solícito con un socorro.

Para todo esto, fuerza es confesarlo, tiene un poderoso auxiliar en Pepita Jiménez, cuya devoción y natural
compasivo siempre está él poniendo por las nubes.

El carácter de esta especie de culto que el Vicario
rinde a Pepita va sellado, casi se confunde con el ejercicio de mil buenas obras: con las limosnas, el rezo, el
culto público y el cuidado de los menesterosos. Pepita no
da sólo para los pobres, sino también para novenas, sermones y otras fiestas de iglesia. Si los altares de la pa-

rroquia brillan a veces adornados de bellísimas flores, estas flores se deben a la munificencia de Pepita, que las ha hecho traer de su huerto. Si en lugar del antiguo manto, viejo y raído, que tenía la Virgen de los Dolores, luce hoy un flamante y magnífico manto de terciopelo negro bordado de plata, Pepita es quien le ha costeado. Estos y otros tales beneficios, el Vicario está siempre decantándolos y ensalzándolos. Así es que cuando no hablo yo de mis miras, de mi vocación, de mis estudios, lo cual embelesa en extremo al señor Vicario y le trae suspenso de mis labios; cuando es él quien habla y yo quien escucho, la conversación, después de mil vueltas y rodeos, viene a parar siempre en hablar de Pepita Jiménez. Y, al cabo, ¿de quién me ha de hablar el señor Vicario? Su trato con el médico, con el boticario, con los ricos labradores de aquí, apenas da motivo para tres palabras de conversación. Como el señor Vicario posee la rarísima cualidad en un lugareño de no ser amigo de contar vidas ajenas ni lances escandalosos, de nadie tiene que hablar sino de la mencionada mujer, a quien visita con frecuencia y con quien, según se desprende de lo que dice, tiene los más íntimos coloquios.

No sé qué libros habrá leído Pepita Jiménez, ni qué instrucción tendrá; pero de lo que cuenta el señor Vicario se colige que está dotada de un espíritu inquieto e investigador, donde se ofrecen infinitas cuestiones y problemas que anhela dilucidar y resolver, presentándolos para ello al señor Vicario, a quien deja agradablemente confuso. Este hombre, educado a la rústica, clérigo de misa y olla, como vulgarmente suele decirse, tiene el entendimiento abierto a toda luz de verdad, aunque carece de iniciativa, y, por lo visto, los problemas y cuestiones que Pepita le presenta le abren nuevos horizontes y nuevos caminos, aunque nebulosos y mal determinados, que él no presumía siquiera, que no acierta a trazar con exactitud, pero cuya vaguedad, novedad y misterio le encantan.

No desconoce el padre Vicario que esto tiene mucho de peligroso y que él y Pepita se exponen a dar, sin saberlo, en alguna herejía; pero se tranquiliza, porque distando mucho de ser un gran teólogo, sabe su catecismo al dedillo; tiene confianza en Dios, que le iluminará, y espera no extraviarse, y da por cierto que Pepita seguirá sus consejos y no se extraviará nunca.

Así imaginan ambos mil poesías, aunque informes, bellas, sobre todos los misterios de nuestra religión y artículos de nuestra fe. Inmensa es la devoción que tienen a María Santísima, Señora Nuestra, y yo me quedo absorto de ver cómo saben enlazar la idea o el concepto popular de la Virgen con algunos de los más remontados pensamientos teológicos.

Por lo que relata el padre Vicario, entreveo que en el alma de Pepita Jiménez, en medio de la serenidad y calma que aparenta, hay clavado un agudo dardo de dolor: hay un amor de pureza contrariado por su vida pasada. Pepita amó a don Gumersindo como a su compañero, como a su bienhechor, como al hombre a quien todo se lo debía; pero la atormenta, la avergüenza el recuerdo de que don Gumersindo fue su marido.

En su devoción a la Virgen se descubre un sentimiento de humillación dolorosa, un torcedor, una melancolía que influye en su mente el recuerdo de su matrimonio indigno y estéril.

Hasta en su adoración al niño Dios, representado en la preciosa imagen de talla que tiene en su casa, interviene el amor maternal sin objeto, el amor maternal que busca ese objeto en un ser no nacido de pecado y de impureza.

El padre Vicario dice que Pepita adora al niño Jesús como a su Dios, pero que le ama con las entrañas maternales con que amaría a un hijo, si le tuviese, y si en su concepción no hubiera habido cosa de que tuviera ella que avergonzarse. El padre Vicario nota que Pepita sueña con la madre ideal y con el hijo ideal, inmaculados ambos, al rezar a la Virgen Santísima y al cuidar a su lindo niño Jesús de talla.

Aseguro a usted que no sé qué pensar de todas estas extrañezas. ¡Conozco tan poco lo que son las mujeres! Lo que de Pepita me cuenta el padre Vicario me sorprende; y si bien más a menudo entiendo que Pepita es buena, y no mala, a veces me infunde cierto terror por mi padre. Con los cincuenta y cinco años que tiene, creo que está enamorado, y Pepita, aunque buena por reflexión, puede, sin premeditarlo ni calcularlo, ser un instrumento del espíritu del mal; puede tener una coquetería irreflexiva e instintiva, más invencible, eficaz y funesta aún que la que procede de premeditación, cálculo y discurso.

¿Quién sabe, me digo yo a veces, si a pesar de las buenas obras de Pepita, de sus rezos, de su vida devota y recogida, de sus limosnas y de sus donativos para las iglesias, en todo lo cual se puede fundar el afecto que el padre Vicario la profesa, no hay también un hechizo mundano, no hay algo de magia diabólica en este prestigio de que se rodea y con el cual emboba a este cándido padre Vicario, y le lleva y le trae y le hace que no piense ni hable sino de ella a todo momento?

El mismo imperio que ejerce Pepita sobre un hombre tan descreído como mi padre, sobre una naturaleza tan varonil y poco sentimental, tiene, en verdad, mucho de raro.

No explican tampoco las buenas obras de Pepita el respeto y afecto que infunde, por lo general, en estos rústicos. Los niños pequeñuelos acuden a verla las pocas veces que sale a la calle y quieren besarla la mano; las mozuelas le sonríen y la saludan con amor; los hombres todos se quitan el sombrero a su paso y se inclinan con la más espontánea reverencia y con la más sencilla y natural simpatía.

Pepita Jiménez, a quien muchos han visto nacer; a quien vieron todos en la miseria, viviendo con su madre; a quien han visto después casada con el decrépito y avaro don Gumersindo, hace olvidar todo esto, y aparece como un ser peregrino, venido de alguna tierra lejana, de alguna esfera superior, pura y radiante, y obliga y mueve al acatamiento afectuoso, a algo como admiración amantísima a todos sus compatricios.

Veo que distraídamente voy cayendo en el mismo defecto que en el padre Vicario censuro y que no hablo a usted sino de Pepita Jiménez. Pero esto es natural. Aquí no se habla de otra cosa. Se diría que todo el lugar está lleno del espíritu, del pensamiento, de la imagen de esta singular mujer, que yo no acierto aún a determinar si es un ángel o una refinada coqueta, llena de *astucia instintiva,* aunque los términos parezcan contradictorios. Porque lo que es con plena conciencia estoy convencido de que esta mujer no es coqueta ni sueña en ganarse voluntades para satisfacer su vanagloria.

Hay sinceridad y candor en Pepita Jiménez. No hay más que verla para creerlo así. Su andar airoso y reposado, su esbelta estatura, lo terso y despejado de su frente, la suave y pura luz de sus miradas, todo se concierta en un ritmo adecuado, todo se une en perfecta armonía, donde no se descubre nota que disuene.

¡Cuánto me pesa de haber venido por aquí y de permanecer aquí tan largo tiempo! Había pasado la vida en su casa de usted y en el Seminario; no había visto ni tratado más que a mis compañeros y maestros; nada conocía del mundo sino por especulación y teoría; y de pronto, aunque sea en un lugar, me veo lanzado en medio del mundo y distraído de mis estudios, meditaciones y oraciones por mil objetos profanos.

20 de abril.

Las últimas cartas de usted, queridísimo tío, han sido de grata consolación para mi alma. Benévolo, como siempre, me amonesta usted y me ilumina con advertencias útiles y discretas.

Es verdad: mi vehemencia es digna de vituperio. Quiero alcanzar el fin sin poner los medios; quiero llegar al término de la jornada sin andar antes paso a paso el áspero camino.

Me quejo de sequedad de espíritu en la oración, de distraído, de disipar mi ternura en objetos pueriles; an-

sío volar al trato íntimo con Dios, a la contemplación
esencial, y desdeño la oración imaginaria y la meditación
racional y discursiva. ¿Cómo sin obtener la pureza, cómo
sin ver la luz he de lograr el goce del amor?

Hay mucha soberbia en mí, y yo he de procurar hu-
millarme a mis propios ojos, a fin de que el espíritu del
mal no me humille, permitiéndolo Dios, en castigo de mi
presunción y de mi orgullo.

No creo, a pesar de todo, como usted me advierte,
que es tan fácil para mí una fea y no pensada caída.
No confío en mí: confío en la misericordia de Dios y en
su gracia, y espero que no sea.

Con todo, razón tiene usted que le sobra en aconsejarme que no me ligue mucho en amistad con Pepita
Jiménez; pero yo disto bastante de estar ligado con ella.

No ignoro que los varones religiosos y los santos, que
deben servirnos de ejemplo y dechado, cuando tuvieron
gran familiaridad y amor con mujeres fue en la anciani-
dad, o estando ya muy probados y quebrantados por
la penitencia, o existiendo una notable desproporción de
edad entre ellos y las piadosas amigas que elegían, como
se cuenta de San Jerónimo y Santa Paulina [9], y San Juan
de la Cruz y Santa Teresa. Y aun así, y aun siendo el
amor de todo punto espiritual, sé que puede pecar por
demasía. Porque Dios no más debe ocupar nuestra alma,
como su dueño y esposo, y cualquiera otro ser que en
ella more ha de ser sólo a título de amigo o siervo o
hechura del esposo, y en quien el esposo se complace.

No crea usted, pues, que yo me jacte de invencible y
desdeñe los peligros y los desafíe y los busque. En ellos

---

[9] San Jerónimo (347-420 d. C.) es el autor de la traducción
latina del Antiguo Testamento, denominada *Vulgata*. Hombre de
vasta cultura clásica y bíblica y de gran influencia religiosa en la
Roma papal, se retira a la vida monástica y, acompañado de Paula
y Eustaquia por quienes siente un gran afecto, se dirige a Belén.
Allí funda dos monasterios, uno para varones y otro para mujeres, del que será abadesa su amiga Santa Paula (o Paulina). Una
amistad similar viven (siglos más tarde) San Juan de la Cruz y
Santa Teresa, reformadores de su propia orden religiosa.

perece quien los ama. Y cuando el rey profeta [10], con
ser tan conforme al corazón del Señor y tan su valido,
y cuando Salomón, a pesar de su sobrenatural e infusa
sabiduría, fueron conturbados y pecaron, porque Dios
quitó su faz de ellos, ¿qué no debo temer yo, mísero
pecador, tan joven, tan inexperto de las astucias del
demonio, y tan poco firme y adiestrado en las peleas de la
virtud?

Lleno de un provechoso temor de Dios, y con la de
bida desconfianza de mi flaqueza, no olvidaré los consejos y prudentes amonestaciones de usted, rezando con
fervor mis oraciones y meditando en las cosas divinas
para aborrecer las mundanas en lo que tienen de aborre-
cibles; pero aseguro a usted que hasta ahora, por más
que ahondo en mi conciencia y registro con suspicacia sus
más escondidos senos, nada descubro que me haga temer
o que usted teme.

Si de mis cartas anteriores resultan encomios para el
alma de Pepita Jiménez, la culpa es de mi padre y del
señor Vicario, y no mía; porque al principio, lejos de ser
favorable a esta mujer, estaba yo prevenido contra ella
con prevención injusta.

En cuanto a la belleza y donaire corporal de Pepita,
crea usted que lo he considerado todo con entera limpieza de pensamiento. Y aunque me sea costoso el decirlo, y aunque a usted le duela un poco, le confesaré que
si alguna leve mancha ha venido a empañar el sereno y
pulido espejo de mi alma, en que Pepita se reflejaba, ha
sido la ruda sospecha de usted, que casi me ha llevado
por un instante a que yo mismo sospeche.

[10] La conducta inmoral de David («el rey profeta») a la que
alude Valera se deriva de su responsabilidad en la muerte de
Urías, de cuya mujer estaba enamorado el rey. Con tal objeto
envía una misiva a Joab, jefe de sus tropas: «Poned a Urías
frente a lo más reñido de la batalla y retiraos de detrás de él
para que sea herido y muera», *II, Samuel,* 11,15. A Salomón
se le critica, aparte sus desórdenes sexuales, el haber «desviado
su corazón de Yahveh, Dios de Israel» y dado culto a otros dioses, *I, Reyes,* 11,9.

Pero no. ¿Qué he pensado yo, qué he mirado, qué he celebrado en Pepita, por donde nadie pueda colegir que propendo a sentir por ella algo que no sea amistad y aquella inocente y limpia admiración que inspira una obra de arte, y más si la obra es del Artífice soberano, y nada menos que su templo?

Por otra parte, querido tío, yo tengo que vivir en el mundo, tengo que tratar a las gentes, tengo que verlas, y no he de arrancarme los ojos. Usted me ha dicho mil veces que me quiere en la vida activa, predicando la ley divina, difundiéndola por el mundo, y no entregado a la vida contemplativa, en la soledad y el aislamiento. Ahora bien; si esto es así, como lo es, ¿de qué suerte me había yo de gobernar para no reparar en Pepita Jiménez? A no ponerme en ridículo, cerrando en su presencia los ojos, fuerza es que yo vea y note la hermosura de los suyos, lo blanco, sonrosado y limpio de su tez, la igualdad y el nacarado esmalte de los dientes, que descubre a menudo, cuando sonríe, la fresca púrpura de sus labios, la serenidad y tersura de su frente y otros mil atractivos que Dios ha puesto en ella. Claro está que para el que lleva en su alma el germen de los pensamientos livianos, la levadura del vicio, cada una de las impresiones que Pepita produce puede ser como el golpe del eslabón que hiere el pedernal y que hace brotar la chispa que todo lo incendia y devora; pero yendo prevenido contra este peligro, y reparándome y cubriéndome bien con el escudo de la prudencia cristiana, no encuentro que tenga yo nada que recelar. Además, que, si bien es temerario buscar el peligro, es cobardía no saber arrostrarle y huir de él cuando se presenta.

No lo dude usted: yo veo en Pepita Jiménez una hermosa criatura de Dios, y por Dios la amo como a hermana. Si alguna predilección siento por ella, es por las alabanzas que de ella oigo a mi padre, al señor Vicario y a casi todos los de este lugar.

Por amor a mi padre, desearía yo que Pepita desistiese de sus ideas y planes de vida retirada y se casase con él; pero prescindiendo de ésto, y si yo viese que mi padre sólo tenía un capricho, y no una verdadera pasión, me alegraría de que Pepita permaneciese firme en su casta viudez, y cuando yo estuviese muy lejos de aquí, allá en la India o en el Japón, o en algunas misiones más peligrosas, tendría un consuelo en escribirle algo sobre mis peregrinaciones y trabajos. Cuando, ya viejo, volviese yo por este lugar, también gozaría mucho en intimar con ella, que estaría ya vieja, y en tener con ella coloquios espirituales y pláticas por el estilo de las que tiene ahora el padre Vicario. Hoy, sin embargo, como soy mozo, me acerco poco a Pepita; apenas la hablo. Prefiero pasar por encogido, por tonto, por mal criado y arisco, a dar la menor ocasión, no ya a la realidad de sentir por ella lo que no debo, pero ni a la sospecha ni a la maledicencia.

En cuanto a Pepita, ni remotamente convengo en lo que usted deja entrever como vago recelo. ¿Qué plan ha de formar respecto a un hombre que va a ser clérigo dentro de dos o tres meses? Ella, que ha desairado a tantos, ¿por qué había de prendarse de mí? Harto me conozco, y sé que no puedo, por fortuna, inspirar pasiones. Dicen que no soy feo, pero soy desmañado, torpe, corto de genio, poco ameno; tengo trazas de lo que soy: de un estudiante humilde. ¿Qué valgo yo al lado de los gallardos mozos, aunque algo rústicos, que han pretendido a Pepita: ágiles jinetes, discretos y regocijados en la conversación, cazadores como Nemrot [11], diestros en todos los ejercicios del cuerpo, cantadores finos y celebrados en todas las ferias de Andalucía, bailarines apuestos, elegantes y primorosos? Si Pepita ha desairado todo esto, ¿cómo ha de fijarse en mí y ha de concebir el diabólico deseo y más diabólico proyecto de turbar la paz de mi alma, de hacerme abandonar mi vocación, tal vez de perderme? No, no es posible. Yo creo buena a Pepita, y a mí, lo digo sin mentida modestia, me creo insignificante. Ya se entiende que me creo insignificante para

---

[11] Nemrod, personaje bíblico, reconocido como «bravo cazador delante de Yahveh» (Gen. 10,9). Rubén Darío, en su poema «A Roosevelt», compara a éste con Nemrod, y le presenta como «el fuerte cazador...».

enamorarla, no para ser su amigo; no para que ella me estime y llegue a tener un día cierta predilección por mí, cuando yo acierte a hacerme digno de esta predilección con una santa y laboriosa vida.

Perdóneme usted si me defiendo con sobrado calor de ciertas reticencias de la carta de usted, que suenan a acusaciones y a fatídicos pronósticos.

Yo no me quejo de esas reticencias; usted me da avisos prudentes, gran parte de los cuales acepto y pienso seguir. Si va usted más allá de lo justo en el recelar, consiste, sin duda, en el interés que por mí se toma y que yo de todo corazón le agradezco.

4 de mayo.

Extraño es que en tantos días yo no haya tenido tiempo para escribir a usted; pero tal es la verdad. Mi padre no me deja parar y las visitas me asedian.

En las grandes ciudades es fácil no recibir, aislarse, crearse una soledad, una Tebaida[12] en medio del bullicio; en un lugar de Andalucía, y, sobre todo, teniendo la honra de ser hijo del cacique, es menester vivir en público. No ya sólo hasta el cuarto donde escribo, sino hasta mi alcoba penetran, sin que nadie se atreva a oponerse, el señor Vicario, el escribano, mi primo Currito, hijo de doña Casilda, y otros mil que me despiertan si estoy dormido y me llevan donde quieren.

El casino no es aquí mera diversión nocturna, sino de todas las horas del día. Desde las once de la mañana está lleno de gente que charla, que lee por cima algún periódico para saber las noticias y que juegan al tresillo. Personas hay que se pasan diez o doce horas al día jugando a dicho juego. En fin, hay aquí una holganza tan encantadora, que más no puede ser. Las diversiones son

---

12 Tebaida, zona meridional del antiguo Egipto que tiene por centro a Tebas, su capital. Lugar convertido en ámbito monacal donde se retiraban algunos ascetas para vivir su fe en la soledad del desierto. Tabaida es, pues, símbolo de retiro espiritual.

muchas, a fin de entretener dicha holganza. Además del
tresillo, se arma la timbirimba con frecuencia y se juega
al monte. Las damas, el ajedrez y el dominó no se des-
cuidan. Y, por último, hay una pasión decidida por las
riñas de gallos.

Todo esto, con el visiteo, el ir al campo a inspeccionar
las labores, el ajustar todas las noches las cuentas con el
aperador, el visitar las bodegas y candioteras, y el clasificar, trasegar y perfeccionar los vinos, y el tratar con gitanos y chalanes para compra, venta o cambalache de los
caballos, mulas y borricos, o con gente de Jerez que viene
a comprar nuestro vino para trocarle en jerezano, ocupa
aquí de diario a los hidalgos, señoritos o como quieran
llamarse. En ocasiones extraordinarias, hay otras faenas
y diversiones que dan a todo más animación, como el
tiempo de la siega, de la vendimia y de la recolección de
la aceituna; o bien cuando hay feria de toros aquí o en
otro pueblo cercano, o bien cuando hay romería al santuario de alguna milagrosa imagen de María Santísima,
adonde, si acuden no pocos por curiosidad y por divertir-
se y feriar a sus amigas cupidos [13] y escapularios, más
son los que acuden por devoción y en cumplimiento de
voto o promesa. Hay santuario de éstos que está en la
cumbre de una elevadísima sierra, y con todo no faltan
aún mujeres delicadas que suben allí con los pies des-
calzos, hiriéndose con abrojos, espinas y piedras, por el
pendiente y mal trazado sendero.

La vida de aquí tiene cierto encanto. Para quien no
sueña en la gloria, para quien nada ambiciona, comprendo que sea muy descansada y dulce vida. Hasta la soledad puede lograrse aquí haciendo un esfuerzo. Como yo
estoy aquí por una temporada, no puedo ni debo hacerlo;
pero si yo estuviese de asiento, no hallaría dificultad,
sin ofender a nadie, en encerrarme y retraerme durante
muchas horas o durante todo el día, a fin de entregarme a
mis estudios y meditaciones.

---

[13] Cupido, divinidad latina del amor, correspondiente al Eros de
los griegos. Aquí, estatuillas diminutas del dios Amor.

Su nueva y más reciente carta de usted me ha afligido
un poco. Veo que insiste usted en sus sospechas, y no
sé qué contestar para justificarme sino lo que ya he
contado.

Dice usted que la gran victoria en cierto género de
batallas consiste en la fuga: que huir es vencer. ¿Cómo
he de negar yo lo que el Apóstol y tantos santos padres
y doctores han dicho? Con todo, de sobra sabe usted que
el huir no depende de mi voluntad. Mi padre no quiere
que me vaya; mi padre me retiene a pesar mío; tengo
que obedecerle. Necesito, pues, vencer por otros medios
y no por el de la fuga.

Para que usted se tranquilice, repetiré que la lucha
apenas está empeñada; que usted ve las cosas más ade-
lantadas de lo que están.

No hay el menor indicio de que Pepita Jiménez me
quiera. Y aunque me quisiese, sería de otro modo que
como querían las mujeres que usted cita para mi ejemplar
escarmiento. Una señora bien educada y honesta en nuestros días no es tan inflamable y desaforada como esas
matronas de que están llenas las historias antiguas.

El pasaje que aduce usted de San Juan Crisóstomo es
digno del mayor respeto, pero no es del todo apropiado
a las circunstancias. La gran dama que en Of, Tebas o
Dióspolis Magna, se enamoró del hijo predilecto de Jacob
debió ser hermosísima: sólo así se concibe que asegure
el Santo ser mayor prodigio el que Josef no ardiera que
el que los tres mancebos que hizo poner Nabucodonosor
en el horno candente no se redujesen a cenizas [14].

Confieso con ingenuidad que, lo que es en punto a
hermosura, no atino a representarme que supere a Pe-

---

[14] Referencia a dos sucesos narrados por la Biblia: la resistencia moral de José a las solicitaciones de la mujer de Putifar,
en cuya casa servía como mayordomo (Gen. 39), y la liberación
del fuego de los tres jóvenes hebreos (Sadrik, Mesak y Abel-
Nego) encerrados en un horno ardiendo, por no adorar la estatua
de oro erigida por Nabucodonosor. Prefirieron entregar «su cuerpo
antes que servir y adorar a ningún otro fuera de su Dios», Daniel 3,28.

pita Jiménez la mujer de aquel príncipe egipcio, mayordomo mayor o cosa por el estilo del palacio de los Faraones; pero ni yo soy como Josef, agraciado con tantos dones y excelencias, ni Pepita es una mujer sin religión y sin decoro. Y aunque fuera así, aun suponiendo todos estos errores, no me explico la ponderación de San Juan Crisóstomo sino porque vivía en la capital corrompida, y semigentílica aún, del Bajo Imperio; en aquella corte, cuyos vicios tan crudamente censuró, y donde la propia emperatriz Eudoxia[15] daba ejemplo de corrupción y de escándalo. Pero hoy, que la moral evangélica ha penetrado más profundamente en el seno de la sociedad cristiana, me parece exagerado creer más milagroso el casto desdén del hijo de Jacob que la incombustibilidad material de los tres mancebos de Babilonia.

Otro punto toca usted en su carta que me anima y lisonjea en extremo. Condena usted como debe el sentimentalismo exagerado y la propensión a enternecerse y a llorar por motivos pueriles de que le dije padecía a veces; pero esta afeminada pasión de ánimo, ya que existe en mí, importando desecharla, celebra usted que no se mezcle con la oración y la meditación y las contamine. Usted reconoce y aplaude en mí la energía verdaderamente varonil que debe haber en el afecto y en la mente que anhelan elevarse a Dios. La inteligencia que pugna por comprenderle ha de ser briosa; la voluntad que se somete por completo es porque triunfa de sí misma, riñendo bravas batallas con todos los apetitos y derrotando y poniendo en fuga todas las tentaciones; el mismo afecto acendrado y ardiente que, aun en criaturas simples y cuitadas, puede encumbrarse hasta Dios, por un rapto de amor, logrando conocerle por iluminación sobrenatural, es hijo, a más de la gracia divina, de un carácter firme y entero. Esa languidez, ese quebranto de la vo-

---

[15] Eudoxia, enérgica e intrigante emperatriz de Constantinopla, casada con el emperador Arcadio (a. 395), fue censurada por San Juan Crisóstomo (obispo dotado de gran sensibilidad social), a causa de la frivolidad, lujo y despilfarro de que dieron muestras ella y su Corte.

luntad, esa ternura enfermiza, nada tienen que hacer con
la caridad, con la devoción y con el amor divino. Aquello
es atributo de menos que mujeres; éstas son pasiones,
si pasiones pueden llamarse, de más que de hombres, de
ángeles. Sí; tiene usted razón de confiar en mí y de
esperar que no he de perderme porque una piedad relajada y muelle abra las puertas de mi corazón a los vicios,
transigiendo con ellos. Dios me salvará y yo combatiré
por salvarme con su auxilio; pero, si me pierdo, los enemigos del alma y los pecados mortales no han de entrar
disfrazados ni por capitulación en la fortaleza de mi conciencia, sino con banderas desplegadas, llevándolo todo
a sangre y fuego y después de acérrimo combate.

En estos últimos días he tenido ocasión de ejercitar
mi paciencia en grande y de mortificar mi amor propio
del modo más cruel.

Mi padre quiso pagar a Pepita el obsequio de la huerta, y la convidó a visitar su quinta del Pozo de la Solana. La expedición fue el 22 de abril. No se me olvidará
esa fecha.

El Pozo de la Solana dista más de dos leguas de este
lugar, y no hay hasta allí sino camino de herradura. Tuvimos todos que ir a caballo. Yo, como jamás he aprendido a montar, he acompañado a mi padre en todas las
anteriores excursiones en una mulita de paso, muy mansa,
y que, según la expresión de Dientes, el mulero, es más
noble que el oro y más serena que un coche. En el viaje
al Pozo de la Solana fui en la misma cabalgadura.

Mi padre, el escribano, el boticario y mi primo Currito
iban en buenos caballos. Mi tía doña Casilda, que pesa
más de diez arrobas, en una enorme y poderosa burra
con sus jamugas. El señor Vicario en una mula mansa y
serena como la mía.

En cuanto a Pepita Jiménez, que imaginaba yo que
vendría también en burra con jamugas, pues ignoraba
que montase, me sorprendió, apareciendo en un caballo
tordo muy vivo y fogoso, vestida de amazona, y manejando el caballo con destreza y primor notables.

Me alegré de ver a Pepita tan gallarda a caballo; pero,
desde luego, presentí y empezó a mortificarme el desairado papel que me tocaba hacer al lado de la robusta tía
doña Casilda y del padre Vicario, yendo nosotros a reta-
guardia, pacíficos y *serenos,* como en coche, mientras
que la lucida cabalgata caracolearía, correría, trotaría y
haría mil evoluciones y escarceos.

Al punto se me antojó que Pepita me miraba compasiva, al ver la facha lastimosa que sobre la mula debía
yo tener. Mi primo Currito me miró con sonrisa burlona,
y empezó en seguida a embromarme y atormentarme.

Aplauda usted mi resignación y mi valerosa paciencia.
A todo me sometí de buen talante, y pronto hasta las
bromas de Currito acabaron al notar cuán invunerable
yo era. Pero ¡cuánto sufrí por dentro! Ellos corrieron,
galoparon, se nos adelantaron a la ida y a la vuelta. El
Vicario y yo permanecimos siempre *serenos,* como las
mulas, sin salir del paso y llevando a doña Casilda en
medio.

Ni siquiera tuve el consuelo de hablar con el padre
Vicario, cuya conversación me es tan grata, ni de encerrarme dentro de mí mismo y fantasear y soñar, ni de
admirar a mis solas la belleza del terreno que recorría-
mos. Doña Casilda es de una locuacidad abominable, y
tuvimos que oírla. Nos dijo cuanto hay que saber de chis-
mes del pueblo, y nos habló de todas sus posibilidades
y nos explicó el modo de hacer salchichas, morcillas de
sesos, hojaldres y otros mil guisos y regalos. Nadie la
vence en negocios de cocina y de matanza de cerdos, según ella, sino Antoñona, la nodriza de Pepita Jiménez
y hoy su ama de llaves y directora de su casa. Yo conozco ya a la tal Antoñona, pues va y viene a casa con
recados, y, en efecto, es muy lista; tan parlanchina como
la tía Casilda, pero cien mil veces más discreta.

El camino hasta el Pozo de la Solana es delicioso;
pero yo iba tan contrariado, que no acerté a gozar de él.
Cuando llegamos a la casería y nos apeamos, se me quitó
de encima un gran peso, como si fuese yo quien hubiese
llevado a la mula y no la mula a mí.

Ya a pie, recorrimos la posesión, que es magnífica, variada y extensa. Hay allí más de 120 fanegas de viña vieja y majuelo, todo bajo una linde; otro tanto o más de olivar, y, por último, un bosque de encinas de las más corpulentas que aún quedan en pie en toda Andalucía. El agua del Pozo de la Solana forma un arroyo claro y abundante, donde vienen a beber todos los pajarillos de las cercanías, y donde se cazan a centenares por medio de espartos con liga o con red, en cuyo centro se colocan el cimbel y el reclamo. Allí recordé mis diversiones de la niñez y cuantas veces había ido yo a cazar pajarillos de la manera expresada.

Siguiendo el curso del arroyo, y sobre todo en las hondonadas, hay muchos álamos y otros árboles altos que, con las matas y hierbas, crean un intrincado laberinto y una sombría espesura. Mil plantas silvestres y olorosas crecen allí de un modo espontáneo, y por cierto que es difícil imaginar nada más esquivo, agreste y verdaderamente solitario, apacible y silencioso que aquellos lugares. Se concibe allí en el fervor del mediodía, cuando el sol vierte a torrentes la luz desde un cielo sin nubes, en las calurosas y reposadas siestas, el mismo terror misterioso de las horas nocturnas. Se concibe allí la vida de los antiguos patriarcas y de los primitivos héroes y pastores, y las apariciones y visiones que tenían de ninfas, de deidades y de ángeles, en medio de la claridad meridiana.

Andando por aquella espesura hubo un momento en el cual, no acierto a decir cómo, Pepita y yo nos encontramos solos; yo, al lado de ella; los demás se habían quedado atrás.

Entonces sentí por todo mi cuerpo un estremecimiento. Era la primera vez que me veía a solas con aquella mujer y en sitio tan apartado, y cuando yo pensaba en las apariciones meridianas, ya siniestras, ya dulces, y siempre sobrenaturales, de los hombres de las edades remotas.

Pepita había dejado en la casería la larga falda de montar y caminaba con un vestido corto que no estorbaba

la graciosa ligereza de sus movimientos. Sobre la cabeza
llevaba un sombrerillo andaluz colocado con gracia; en
la mano, el látigo, que se me antojó como varita de virtudes con que pudiera hechizarme aquella maga.

No temo repetir aquí los elogios de su belleza. En
aquellos sitios agrestes se me pareció más hermosa. La
cautela que recomiendan los ascetas, de pensar en ella,
afeada por los años y por las enfermedades; de figurár-
mela muerta, llena de hedor y podredumbre y cubierta
de gusanos, vino, a pesar mío, a mi imaginación; y digo
a pesar mío, porque no entiedo que tan terrible cautela
fuese indispensable. Ninguna idea mala en lo material,
ninguna sugestión del espíritu turbó entonces mi razón
ni logró inficcionar mi voluntad y mis sentidos.

Lo que sí se me ocurrió fue un argumento para inva-
lidar, al menos en mí, la virtud de esa cautela. La hermosura, obra de un arte soberano y divino, puede ser
caduca y efímera, desaparecer en el instante; pero su
idea es eterna, y en la mente del hombre vive vida in-
mortal una vez percibida. La belleza de esta mujer, tal
como hoy se me manifiesta, desaparecerá dentro de breves años; ese cuerpo elegante, esas formas esbeltas, esa
noble cabeza, tan gentilmente erguida sobre los hombros,
todo será pasto de gusanos inmundos; pero si la materia
ha de transformarse, la forma, el pensamiento artístico,
la hermosura misma, ¿quién la destruirá? ¿No está en
la mente divina? Percibida y conocida por mí, ¿no vivirá
en mi alma, vencedora de la vejez y aun de la muerte?

Así meditaba yo cuando Pepita y yo nos acercamos.
Así serenaba yo mi espíritu y mitigaba los recelos que
usted ha sabido infundirme. Yo deseaba y no deseaba,
a la vez, que llegasen los otros. Me complacía y me afli-
gía al mismo tiempo de estar solo con aquella mujer.

La voz argentina de Pepita rompió el silencio, y, sa-
cándome de mis meditaciones, dijo:

—¡Qué callado y qué triste está usted, señor don
Luis! Me apesadumbra el pensar que tal vez por culpa
mía, en parte al menos, da a usted hoy un mal rato su
padre trayéndole a estas soledades y sacándole de otras

más apartadas, donde no tendrá usted nada que le distraiga de sus oraciones y piadosas lecturas.

Yo no sé lo que contesté a esto. Hube de contestar alguna sandez, porque estaba turbado; y ni quería hacer un cumplimiento a Pepita, diciendo galanterías profanas, ni quería tampoco contestar de un modo grosero.

Ella prosiguió:

—Usted me ha de perdonar si soy maliciosa; pero se me figura que, además del disgusto de verse usted separado hoy de sus ocupaciones favoritas, hay algo más que contribuye poderosamente a su mal humor.

—¿Qué es ese algo más? —dije yo—, pues usted lo descubre todo o cree descubrirlo.

—Ese algo más —replicó Pepita— no es sentimiento propio de quien va a ser sacerdote tan pronto; pero sí lo es de un joven de veintidós años.

Al oír esto sentí que la sangre me subía al rostro y que el rostro me ardía. Imaginé mil extravagancias; me creí presa de una obsesión. Me juzgué provocado por Pepita, que iba a darme a entender que conocía que yo gustaba de ella. Entonces mi timidez se trocó en atrevida soberbia, y la miré de hito en hito. Algo de ridículo hubo de haber en mi mirada; pero o Pepita no lo advirtió o lo disimuló con benévola prudencia, exclamando del modo más sencillo:

—No se ofenda usted porque yo le descubra alguna falta. Ésta que he notado me parece leve. Usted está lastimado de las bromas de Currito y de hacer (hablando profanamente) un papel poco airoso, montando en una mula mansa, como el señor Vicario, con sus ochenta años, y no en un brioso caballo, como debiera un joven de su edad y circunstancias. La culpa es del señor deán, que no ha pensado en que usted aprenda a montar. La equitación no se opone a la vida que usted piensa seguir, y yo creo que su padre de usted, ya que está usted aquí, debiera en pocos días enseñarle. Si usted va a Persia o a China, allí no hay ferrocarriles aún, y hará usted una triste figura cabalgando mal. Tal vez se desacredite el misionero entre aquellos bárbaros, merced a esa torpeza, y luego sea más difícil de lograr el fruto de las predicaciones.

Éstos y otros razonamientos más adujo Pepita para que yo aprendiese a montar a caballo; y quedé tan convencido de lo útil que es la equitación para un misionero, que le prometí aprender en seguida, tomando a mi padre por maestro.

—En la primera nueva expedición que hagamos —le dije— he de ir en el caballo más fogoso de mi padre, y no en la mulita de paso en que voy ahora.

—Mucho me alegraré —replicó Pepita con una sonrisa de indecible suavidad.

En esto llegaron todos al sitio en que estábamos, y yo me alegré en mis adentros, no por otra cosa, sino por temor de no acertar a sostener la conversación y de salir con doscientas mil simplicidades por mi poca o ninguna práctica de hablar con mujeres.

Después del paseo, sobre la fresca hierba y en el más lindo sitio junto al arroyo, nos sirvieron los criados de mi padre una rústica y abundante merienda. La conversación fue muy animada, y Pepita mostró mucho ingenio y discreción. Mi primo Currito volvió a embromarme sobre mi manera de cabalgar y sobre la mansedumbre de mi mula; me llamó *teólogo* y me dijo que sobre aquella mula parecía que iba yo repartiendo bendiciones. Esta vez, ya con el firme propósito de hacerme jinete, contesté a las bromas con desenfado picante. Me callé, con todo, el compromiso contraído de aprender la equitación. Pepita, aunque en nada habíamos convenido, pensó sin duda, como yo, que importaba el sigilo para sorprender luego, cabalgando bien, y nada dijo de nuestra conversación. De aquí provino, natural y sencillamente, que existiera un secreto entre ambos, lo cual produjo en mi ánimo extraño efecto.

Nada más ocurrió aquel día que merezca contarse.

Por la tarde volvimos al lugar como habíamos venido. Yo, sin embargo, en mi mula mansa y al lado de la tía Casilda, no me aburrí ni entristecí a la vuelta como a la ida. Durante todo el viaje oí a la tía sin cansancio

referir sus historias, y por momentos me distrajo en
vagas imaginaciones.

Nada de lo que en mi alma pasa debe ser un misterio
para usted. Declaro que la figura de Pepita era como
el centro o, mejor dicho, como el núcleo y el foco de
estas imaginaciones vagas.

Su meridiana aparición en lo más intrincado, umbrío
y silencioso de la verde enramada me trajo a la memoria
todas las apariciones, buenas o malas, de seres portentosos y de condición superior a la nuestra, que había yo
leído en los autores sagrados y los clásicos proganos.
Pepita, pues, se me mostraba en los ojos y en el teatro
interior de mi fantasía, no como iba a caballo delante de
nosotros, sino de un modo ideal y etéreo, en el retiro
nemoroso, como a Eneas su madre, como a Calímaco
Palas, como al pastor bohemio Kroco la sílfide que luego
concibió a Libusa, como Diana al hijo de Aristeo, como
al patriarca los ángeles en el valle de Mambré, como a
San Antonio el hipocentauro en la soledad del yermo[16].

Encuentro tan natural como el de Pepita se trocaba
en mi mente en algo de prodigio. Por un momento, al
notar la consistencia de esta imaginación, me creí obseso;
me figuré, como era evidente, que en los pocos minutos
que había estado a solas con Pepita junto al arroyo de

---

[16] Valera evoca estos personajes (extraídos de la mitología, historia y leyenda) como base de la visión idealizadora de Pepita Jiménez por parte de don Luis. A Eneas, hijo de Aquiles y de Afrodita (la Venus latina) se le aparece su madre Venus. Calimaco, escritor griego del siglo IV, es autor de un poema dedicado a Palas. Krok y Libussa son personajes de una leyenda bohemia. El hijo de Aristeo es Acteón, a quien Diana (en castigo por haberla observado desnuda mientras se estaba bañando) lo convierte en ciervo, que será devorado por sus propios perros. El patriarca es Abrahán y la aparición es de Yahveh («Aparecióle Yahveh en el encinar de Mambré», Gen. 18,1) acompañado de dos hombres a los que en Gen. 19,1 se les considera «ángeles». San Antonio Abad (siglo III), retirado al desierto de la Tebaida donde lleva vida monástica como «ermitaño», se vio asediado por múltiples «tentaciones» del demonio, que se hicieron famosas en la tradición ascética. Entre ellas destaca la visión del monstruo compuesto de hombre y caballo (hipocentauro).

la Solana nada había ocurrido que no fuese natural y
vulgar; pero que después, conforme iba yo caminando
tranquilo en mi mula, algún demonio se agitaba invisible
en torno mío, sugiriéndome mil disparates.

Aquella noche dije a mi padre mi deseo de aprender
a montar. No quise ocultarle que Pepita me había excitado a ello. Mi padre tuvo una alegría extraordinaria.
Me abrazó, me besó, me dijo que ya no era usted solo
mi maestro; que él también iba a tener el gusto de enseñarme algo. Me aseguró, por último, que en dos o tres
semanas haría de mí el mejor caballista de toda Andalucía, capaz de ir a Gibraltar por contrabando y de volver
de allí, burlando al resguardo con una coracha de tabaco
y con un buen alijo de algodones; apto, en suma, para
pasmar a todos los jinetes que se lucen en las ferias de
Sevilla y de Mairena, y para oprimir los lomos de *Babieca,* de *Bucéfalo* y aun de los propios caballos del Sol
si por acaso bajaban a la tierra y podía yo asirlos de la
brida [17].

Ignoro qué pensará usted de este arte de la equitación
que estoy aprendiendo; pero presumo que no le tendrá
por malo.

¡Si viera usted qué gozoso está mi padre y cómo se
deleita enseñándome! Desde el día siguiente al de la
expedición que he referido, doy dos lecciones diarias. Día
hay durante el cual la lección es perpetua, porque nos le
pasamos a caballo. La primera semana fueron las lecciones en el corralón de la casa, que está desempedrado y
sirvió de picadero.

Ya salimos al campo, pero procurando que nadie nos
vea. Mi padre no quiere que me muestre en público
hasta que pasme por lo bien plantado, según él dice. Si
su vanidad de padre no le engaña, esto será muy pronto,

---

[17] Alusión a los caballos (Pirois, Eco, Faetón y Flegonte) que
tiraban del carro de fuego en el que Helio (personificación del
Sol, lo mismo que Apolo) realizaba su viaje celeste, vigilando a
los mortales. *Babieca* es el caballo del Cid y *Bucéfalo* el de Alejandro Magno.

porque tengo una disposición maravillosa para ser buen
jinete.

—¡Bien se ve que eres mi hijo! —exclama mi padre
con júbilo al contemplar mis adelantos.

Es tan bueno mi padre, que espero que usted le perdonará su lenguaje profano y sus chistes irreverentes. Yo
me aflijo en lo interior de mi alma, pero lo sufro todo.

Con las continuadas y largas lecciones, estoy que da
lástima de agujetas. Mi padre me recomienda que escriba
a usted que me abro las carnes a disciplinazos.

Como dentro de poco sostiene que me dará por enseñado, y no desea jubilarse de maestro, me propone otros
estudios extravagantes y harto impropios de un futuro
sacerdote. Unas veces quiere enseñarme a derribar para
llevarme luego a Sevilla, donde dejaré bizcos a los ternes
y gente de bronce, con la garrocha en la mano, en los
llanos de Tablada. Otras veces se acuerda de sus mocedades y de cuando fue guardia de Corps [18], y dice que
va a buscar sus floretes, guantes y caretas y a enseñarme
la esgrima. Y, por último, presumiendo también mi padre de manejar como nadie una navaja, ha llegado a
ofrecerme que me comunicará esta habilidad.

Ya se hará usted cargo de lo que yo contesto a tama-
ñas locuras. Mi padre replica que en los buenos tiempos
antiguos, no ya los clérigos, sino hasta los obispos anda-
ban a caballo acuchillando infieles. Yo observo que eso
podía suceder en las edades bárbaras; pero que ahora no
deben los ministros del Altísimo saber esgrimir más armas que las de la persuasión. «Y cuando la persuasión
no basta —añade mi padre—, ¿no viene bien corroborar
un poco los argumentos a linternazos?» El misionero
completo, según entiende mi padre, debe en ocasiones
apelar a estos medios heroicos; y como mi padre ha leído
muchos romances e historias, cita ejemplos en apoyo de
su opinión. Cita en primer lugar a Santiago, quien, sin
dejar de ser apóstol, más acuchilla a los moros que les

---

[18] Cuerpo militar creado según el modelo francés en tiempos
de Felipe V para dar protección al monarca.

predica y persuade en su caballo blanco; cita a un señor
de la Vera, que fue con una embajada de los Reyes Católicos para Boabdil, y que en el patio de los Leones se
enredó con los moros en disputas teológicas, y, apurado
ya de razones, sacó la espada y arremetió contra ellos
para acabar de convertirlos; y cita, por último, al hidalgo
vizcaíno don Íñigo de Lozoya, el cual, en una controversia que tuvo con un moro sobre la pureza de María Santísima, harto ya de las impías y horrorosas blasfemias
con que el moro le contradecía, se fue sobre él espada
en mano, y si el moro no se salva por pies, le infunde
el convencimiento en el alma por estilo tremendo. Sobre
el lance de San Ignacio contesto yo a mi padre que fue
antes de que el santo se hiciera sacerdote, y sobre todos
los otros ejemplos digo que no hay paridad.

En suma, yo me defiendo como puedo de las bromas
de mi padre y me limito a ser buen jinete sin estudiar
esas otras artes, tan impropias de los clérigos, aunque mi
padre asegura que no pocos clérigos españoles las saben
y las ejercen a menudo en España, aun en el día de hoy,
a fin de que la fe triunfe y se conserve o restaure la unidad católica.

Me pesa en el alma de que mi padre sea así: de que
hable con irreverencia y de burla de las cosas más serias;
pero no incumbe a un hijo respetuoso el ir más allá de
lo que voy en reprimir sus desahogos un tanto volterianos [19]. Los llamo un tanto volterianos porque no acierto

---

[19] El adjetivo volteriano (aplicado a personas que mantienen
una actitud cáustica e irreverente respecto de cosas comúnmente
respetadas en política y religión) deriva de Voltaire (seudónimo
de F. M. Arrouet), escritor francés del siglo XVIII, caracterizado
por una actitud intelectual lúcida e independiente y una crítica
sarcástica al régimen establecido (*Lettres Philosophiques* o *Lettres
anglaises,* 1734) y a las creencias y símbolos religiosos de su
país (como el poema burlesco sobre Santa Juana de Arco: *La
pucelle,* 1755). Especialmente irónico fue con el fanatismo clerical
(«l'infame»). A Valera se le asignó también el tópico de «volteriano» por su talante «enciclopedista» y sus críticas a la religio-
sidad conservadora y a los Neos.

a calificarlos bien. En el fondo, mi padre es buen católico, y esto me consuela.

Ayer fue día de la Cruz y estuvo el lugar muy animado. En cada calle hubo seis o siete cruces de mayo llenas de flores, si bien ninguna tan bella como la que puso Pepita en la puerta de su casa. Era un mar de flores el que engalanaba la cruz.

Por la noche tuvimos fiesta en casa de Pepita. La Cruz que había estado en la calle se colocó en una gran sala baja, donde hay piano, y nos dio Pepita un espectáculo sencillo y poético que yo había visto cuando niño, aunque no le recordaba.

De la cabeza de la cruz pendían siete listones o cintas anchas, dos blancas, dos verdes y tres encarnadas, que son los colores simbólicos de las virtudes teologales. Siete niños de cinco o seis años, representando los siete Sacramentos, asidos de las siete cintas que pendían de la cruz, bailaron a modo de una contradanza muy bien ensayada. El Bautismo era un niño vestido de catecúmeno con su túnica blanca; el Orden, otro niño, de sacerdote; la Confirmación, un obispito; la Extremaunción, un peregrino con bordón y esclavina llena de conchas; el Matrimonio, un novio y una novia, y un Nazareno con cruz y corona de espinas, la Penitencia.

El baile, más que baile, fue una serie de reverencias, pasos, evoluciones y genuflexiones al compás de una música no mala, de algo como marcha, que el organista tocó en el piano con bastante destreza.

Los niños, hijos de criados y familiares de la casa de Pepita, después de hacer su papel, se fueron a dormir muy regalados y agasajados.

La tertulia continuó hasta las doce, y hubo refresco; esto es, tacillas de almíbar, y, por último, chocolate con torta de bizcocho y agua con azucarillos.

El retiro y la soledad de Pepita van olvidándose desde que volvió la primavera, de lo cual mi padre está muy contento. De aquí en adelante Pepita recibirá todas las noches, y mi padre quiere que yo sea de la tertulia.

Pepita ha dejado el luto, y está ahora más galana y vistosa con trajes ligeros y casi de verano, aunque siempre muy modestos.

Tengo la esperanza de que lo más que mi padre me retendrá ya por aquí será todo este mes. En junio nos iremos juntos a la ciudad, y ya usted verá cómo libre de Pepita, que no piensa en mí ni se acordará de mí para malo ni para bueno, tendré el gusto de brazar a usted y de lograr la dicha de ser sacerdote.

7 de mayo.

Todas las noches, de nueve a doce, tenemos, como ya indiqué a usted, tertulia en casa de Pepita. Van cuatro o cinco señoras y otras tantas señoritas del lugar, contando con la tía Casilda, y van también seis o siete caballeritos, que suelen jugar a juegos de prendas con las niñas. Como es natural, hay tres o cuatro noviazgos.

La gente formal de la tertulia es la de siempre. Se compone, como si dijéramos, de los altos funcionarios: de mi padre, que es el cacique; del boticario, del médico, del escribano y del señor Vicario.

Pepita juega al tresillo con mi padre, con el señor Vicario y con algún otro.

Yo no sé de qué lado ponerme. Si me voy con la gente joven, estorbo con mi gravedad en sus juegos y enamoramientos. Si me voy con el estado mayor, tengo que hacer el papel de mirón en una cosa que no entiendo. Yo no sé más juego de naipes que el burro ciego, el burro con vista y un poco de tute o brisca cruzada.

Lo mejor sería que yo no fuese a la tertulia; pero mi padre se empeña en que vaya. Con no ir, según él, me pondría en ridículo.

Muchos extremos de admiración hace mi padre al notar mi ignorancia de ciertas cosas. Esto de que yo no sepa jugar al tresillo, siquiera al tresillo, le tiene maravillado.

—Tu tío te ha criado —me dice— debajo de un
fanal, haciéndote tragar teología y más teología y de-
jándote a oscuras de lo demás que hay que saber. Por
lo mismo que vas a ser clérigo y que no podrás bailar
ni enamorar en las reuniones, necesitas jugar al tresillo.
Si no, ¿qué vas a hacer, desdichado?

A estos y otros discursos por el estilo he tenido que
rendirme, y mi padre me está enseñando en casa a jugar
al tresillo, para que, no bien lo sepa, le juegue en la
tertulia de Pepita. También, como ya le dije a usted, ha
querido enseñarme la esgrima, y después a fumar y a
tirar a la pistola y a la barra; pero en nada de esto he
consentido yo.

—¡Qué diferencia —exclama mi padre— entre tu mocedad y la mía!

Y luego añade riéndose:

—En sustancia, todo es lo mismo. Yo también tenía
mis horas canónicas [20] en el cuartel de Guardias de Corps;
el cigarro era el incensario, la baraja el libro de coro, y
nunca me faltaban otras devociones y ejercicios más o
menos espirituales.

Aunque usted me tenía prevenido acerca de estas ge-
nialidades de mi padre y de que por ellas había estado
yo con usted doce años, desde los diez a los veintidós,
todavía me aturden y desazonan los dichos de mi padre,
sobrado libres a veces. Pero ¿qué le hemos de hacer?
Aunque no puedo censurárselos, tampoco se los aplaudo
ni se los río.

Lo singular y plausible es que mi padre es otro hombre cuando está en casa de Pepita. Ni por casualidad se
le escapa una sola frase, un solo chiste de estos que
prodiga tanto en otros lugares. En casa de Pepita es mi
padre el propio comedimiento. Cada día parece, además,
más prendado de ella y con mayores esperanzas de
triunfo.

---

[20] Trasvase del lenguaje eclesiástico al militar. Los monjes or-
ganizan sus rezos comunitarios en las llamadas horas *canónicas*,
que jalonan la vida diaria: maitines, laudes, prima, tercia, nona,
vísperas y completas.

Sigue mi padre contentísimo de mí como discípulo
de equitación. Dentro de cuatro o cinco días asegura que
podré ya montar y montaré en Lucero, caballo negro,
hijo de un caballo árabe y de una yegua de casta de
Guadalcázar, saltador, corredor, lleno de fuego y adiestrado en todo linaje de corvetas.

—Quien eche a Lucero los calzones encima —dice
mi padre—, ya puede apostarse a montar con los propios centauros; y tú le echarás los calzones encima dentro de poco.

Aunque me paso todo el día en el campo a caballo, en
el casino y en la tertulia, robo algunas horas al sueño,
ya voluntariamente, ya porque me desvelo, y medito en
mi posición y hago examen de conciencia. La imagen de
Pepita está siempre presente en mi alma. ¿Será esto
amor?, me pregunto.

Mi compromiso moral, mi promesa de consagrarme a
los altares, aunque no confirmada, es para mí valedera
y perfecta. Si algo que se oponga al cumplimiento de
esa promesa ha penetrado en mi alma, es necesario com-
batirlo.

Desde luego noto, y no me acuse usted de soberbio
porque le digo lo que noto, que el imperio de mi voluntad, que usted me ha enseñado a ejercer, es omnímodo
sobre todos mis sentidos. Mientras Moisés en la cumbre
del Sinaí conversaba con Dios, la baja plebe en la llanura
adoraba rebelde el becerro [21]. A pesar de mis pocos años,
no teme mi espíritu rebeldías semejantes. Bien pudiera
conversar con Dios con plena seguridad si el enemigo
no viniese a pelear contra mí en el mismo santuario. La
imagen de Pepita se me presenta en el alma. Es un espíritu quien hace guerra a mi espíritu; es la idea de su
hermosura en toda su inmaterial pureza la que se me

[21] Ante la ausencia prolongada de Moisés, los hebreos funden
sus alhajas y moldean un becerro de oro, al que convierten en su
dios protector: «Al día siguiente se levantaron de madrugada y
ofrecieron holocaustos y presentaron sacrificios de comunión. Luego se sentó el pueblo a comer y beber, y después se levantaron
para solazarse». Exodo, 32,6.

ofrece en el camino que guía al abismo profundo del
alma donde Dios asiste, y me impide llegar a él.

No me obceco, con todo. Veo claro, distingo, no me
alucino. Por cima de esta inclinación espiritual que me
arrastra hacia Pepita está el amor de lo infinito y de lo
eterno. Aunque yo me represente a Pepita como una
idea, como una poesía, no deja de ser la idea, la poesía
de algo finito, limitado, concreto, mientras que el amor
de Dios y el concepto de Dios todo lo abarcan. Pero por
más esfuerzos que hago no acierto a revestir de una
forma imaginaria ese concepto supremo, objeto de un
afecto superiorísimo, para que luche con la imagen, con
el recuerdo de la verdad caduca y efímera que de continuo me atosiga. Fervorosamente pido al Cielo que se
despierte en mí la fuerza imaginativa y cree una semejanza, un símbolo de ese concepto que todo lo comprende, a fin de que absorba y ahogue la imagen, el recuerdo
de esta mujer. Es vago, es oscuro, es indescriptible, e
como tiniebla profunda el más alto concepto, blanco de
mi amor, mientras que ella se me representa con determinados contornos, clara, evidente, luminosa, con la luz
velada que resisten los ojos del espíritu, no luminosa con
la otra luz intensísima que para los ojos del espíritu es
como tinieblas.

Toda otra consediración, toda otra forma, no destruye
la imagen de esta mujer. Entre el crucifijo y yo se interpone, entre la imagen devotísima de la Virgen y yo se
interpone, sobre la página del libro espiritual que leo
viene también a interponerse.

No creo, sin embargo, que estoy herido de lo que
llaman amor en el siglo. Y aunque lo estuviera, yo lu-
charía y vencería.

La vista diaria de esa mujer y el oír cantar sus alabanzas de continuo, hasta al padre Vicario, me tiene
preocupado; divierten mi espíritu hacia lo profano y
alejan de su debido recogimiento; pero no, yo no amo a
Pepita todavía. Me iré y la olvidaré.

Mientras aquí permanezca combatiré con valor. Combatiré con Dios, para vencerle por el amor y el rendi-

miento. Mis clamores llegarán a Él como inflamadas sae-
tas, y derribarán el escudo con que se defiende y oculta
a los ojos de mi alma. Yo pelearé, como Israel, en el
silencio de la noche, y Dios me llagará en el muslo y
me quebrantará en ese combate para que yo sea vencedor
siendo vencido [22].

12 de mayo.

Antes de lo que yo pensaba, querido tío, me decidió
mi padre a que montase en Lucero. Ayer, a las seis de
la mañana, cabalgué en esta hermosa fiera, como le llama
mi padre, y me fui con mi padre al campo. Mi padre iba
caballero en una jaca alazana.

Lo hice tan bien, fui tan seguro y apuesto en aquel
soberbio animal, que mi padre no pudo resistir a la ten-
ación de lucir a su discípulo; y después de reposarnos
en un cortijo que tiene media legua de aquí, y a eso de
las once, me hizo volver al lugar y entrar por lo más
concurrido y céntrico, metiendo mucha bulla y desem-
edrando las calles. No hay que afirmar que pasamos por
la de Pepita, que de algún tiempo a esta parte se va
haciendo algo ventanera, y estaba a la reja, en una ven-
ana baja, detrás de la verde celosía.

No bien sintió Pepita el ruido y alzó los ojos y nos
vio, se levantó, dejó la costura que traía entre manos y se
puso a mirarnos. Lucero, que, según he sabido después,
tiene ya la costumbre de hacer piernas cuando pasa por
delante de la casa de Pepita, empezó a retozar y a le-
vantarse un poco de manos. Yo quise calmarle; pero
como extrañase las mías, y también extrañase al jinete,
despreciándole tal vez, se alborotó más y más, empezó
a dar resoplidos, a hacer corvetas y aun a dar algunos

[22] Este texto, que alude al combate de Jacob «hasta rayar el
ba» con un ser misterioso (Dios) que le hiere en la «articula-
ón femoral» (Gen. 32,26), recuerda una glosa del mismo texto
alizada por Santa Teresa. *Exclamaciones,* en *Escritos de Santa
resa,* Madrid, BAE, 1952, p. 495.

botes; pero yo me tuve firme y sereno, mostrándole que era su amo, castigándole con la espuela, tocándole con el látigo en el pecho y reteniéndole por la brida. *Lucero*, que casi se había puesto de pie sobre los cuartos traseros, se humilló entonces hasta doblar mansamente las rodillas haciendo una reverencia.

La turba de curiosos, que se había agrupado alrededor, rompió en estrepitosos aplausos. Mi padre dijo:

—¡Bien por los mozos crudos y de arrestos!

Y notando después que Currito, que no tiene otro oficio que el de paseante, se hallaba entre el concurso, se dirigió a él con estas palabras:

—Mira, arrastrado; mira al *teólogo* ahora, y en vez de burlarte, quédate patitieso de asombro.

En efecto, Currito estaba con la boca abierta, inmóvil, verdaderamente asombrado.

Mi triunfo fuy grande y solemne, aunque impropio de mi carácter. La inconveniencia de este triunfo me infundió vergüenza. El rubor coloreó mis mejillas. Debí ponerme encendido como la grana, y más aún cuando advertí que Pepita me aplaudía y me saludaba cariñosa sonriendo y agitando sus lindas manos.

En fin, he ganado la patente de hombre recio y de jinete de primera calidad.

Mi padre no puede estar más satisfecho y orondo; asegura que está completando mi educación; que usted le ha enviado en mí un libro muy sabio, pero en borrador y desencuadernado, que él está poniéndome en limpio y encuadernándome.

El tresillo, si es parte de la encuadernación y de la limpieza, también está ya aprendido.

Dos noches he jugado con Pepita.

La noche que siguió a mi hazaña ecuestre, Pepita me recibió entusiasmada e hizo lo que nunca se había atrevido a hacer conmigo: me alargó la mano.

No crea usted que no recordé lo que recomiendan tantos y tantos moralistas y ascetas; pero allí en mi mente pensé que exageraban el peligro. Aquello del Espíritu Santo de que el que echa mano a una mujer se expone como si cogiera un escorpión [23], me pareció dicho en otro sentido. Sin duda que en los libros devotos, con la más sana intención, se interpretan harto duramente ciertas frases y sentencias de la Escritura. ¿Cómo entender, si no, que la hermosura de la mujer, obra tan perfecta de Dios, es causa de perdición siempre? ¿Cómo entender tampoco, en sentido general y constante, que la mujer es más amarga que la muerte? ¿Cómo entender que el que toca a una mujer, en toda ocasión y con cualquier pensamiento que sea, no saldrá sin mancha?

En fin, respondí rápidamente dentro de mi alma a estos y otros avisos, y tomé la mano que Pepita cariñosamente me alargaba, y la estreché en la mía. La suavidad de aquella mano me hizo comprender mejor su delicadeza y primor, que hasta entonces no conocía sino por los ojos.

Según los usos del siglo, dada ya la mano una vez, la debe uno dar siempre cuando llega y cuando se despide. Espero que en esta ceremonia, en esta prueba de amistad, en esta manifestación de afecto, si se procede con pureza y sin el menor átomo de liviandad, no verá usted nada malo ni peligroso.

Como mi padre tiene que estar muchas noches con el aperador y con otra gente de campo, y hasta las diez y media o las once suele no verse libre, yo le sustituyo en la mesa del tresillo al lado de Pepita. El señor Vicario y el escribano son casi siempre los otros tercios. Jugamos a décimo de real, de modo que un duro o dos es lo más que se atraviesa en la partida.

Mediado como media tan poco interés en el juego, le interrumpimos continuamente con agradables conversaciones y hasta con discusiones sobre puntos extraños al

---

[23] «Yugo mal sujeto es la mujer mala, tratar de dominarla es como agarrar un escorpión», se dice en la Biblia (*Eclesiástico*, 26,7). Adviértase que en los vers. 1-4 del mismo libro se hace un elogio a la «mujer buena», con lo que se excluye el posible antifeminismo que podría derivarse de la interpretación globalizadora del texto bíblico aludido por Valera.

mismo juego, en todo lo cual demuestra siempre Pepita
una lucidez de entendimiento, una viveza de imaginación
y una tan extraordinaria gracia en el decir, que no pueden menos de maravillarme.

No hallo motivo suficiente para variar de opinión respecto a lo que ya he dicho a usted contestando a sus
recelos de que Pepita pueda sentir cierta inclinación hacia mí. Me trata con el afecto natural que debe tener al
hijo de su pretendiente don Pedro de Vargas y con la
timidez y encogimiento que inspira un hombre de mis
circunstancias, que no es sacerdote aún, pero que pronto va a serlo.

Quiero y debo, no obstante, decir a usted, ya que le
escribo siempre como si estuviese de rodillas delante de
usted, a los pies del confesionario, una rápida impresión
que he sentido dos o tres veces; algo que tal vez sea
una alucinación o un delirio, pero que he notado.

Ya he dicho a usted en otras cartas que los ojos de
Pepita, verdes como los de Circe, tienen un mirar tranquilo y honestísimo. Se diría que ella ignora el poder
de sus ojos, y no sabe que sirven más que para ver.
Cuando fija en alguien la vista, es tan clara, franca y
pura la dulce luz de su mirada, que en vez de hacer
nacer ninguna mala idea parece que crea pensamientos
limpios; que deja en reposo grato a las almas inocentes y
castas, y mata y destruye todo incentivo en las almas que
no lo son. Nada de pasión ardiente, nada de fuego hay
en los ojos de Pepita. Como la tibia luz de la luna es
el rayo de su mirada.

Pues bien; a pesar de esto, yo he creído notar dos
o tres veces un resplandor instantáneo, un relámpago,
una llama fugaz devoradora en aquellos ojos que se po-
saban en mí .¿Será vanidad ridícula sugerida por el mismo demonio?

Me parece que sí; quiero creer y creo que sí.

Lo rápido, lo fugitivo de la impresión, me induce
a conjeturar que no ha tenido nunca realidad extrínseca,
que ha sido ensueño mío.

La calma del cielo, el frío de la indiferencia amorosa, si bien templado por la dulzura de la amistad y de la caridad, es lo que descubro siempre en los ojos de Pepita.

Me atormenta, no obstante, este ensueño, esta alucinación de la mirada extraña y ardiente.

Mi padre dice que no son los hombres, sino las mujeres las que toman la iniciativa, y que la toman sin responsabilidad, y pudiendo negar y volverse atrás cuando quieren. Según mi padre, la mujer es quien se declara por medio de miradas fugaces, que ella misma niega más tarde a su propia conciencia, si es menester, y de las cuales, más que leer, logra el hombre a quien van dirigidas adivinar el significado. De esta suerte, casi por medio de una conmoción eléctrica, casi por medio de una sutilísima e inexplicable intuición, se percata el que es amado de que es amado, y luego, cuando se resuelve a hablar, va ya sobre seguro y con plena confianza de la correspondencia.

¿Quién sabe si estas teorías de mi padre, oídas por mí, porque no puedo menos de oírlas, son las que me han calentado la cabeza y me han hecho imaginar lo que no hay?

De todos modos, me digo a veces, ¿sería tan absurdo, tan imposible que lo hubiera? Y si lo hubiera, si yo agradase a Pepita de otro modo que como amigo; si la mujer a quien mi padre pretende se prendase de mí, ¿no sería espantosa mi situación?

Desechemos estos temores, fraguados, sin duda, por la vanidad. No hagamos de Pepita una Fedra y de mí un Hipólito [24].

---

[24] Fedra, hija de Minos y Pasifae, y esposa de Teseo, se enamoró de su hijastro Hipólito. Desdeñada por éste, le acusa de haber intentado violarla. Arrojado Hipólito al mar, fue despedazado por un monstruo marino, lo que provoca el remordimiento de Fedra, que acaba suicidándose. El tema es llevado al teatro por Sófocles, Eurípides (*Hipólito coronado*), Séneca, Racine y Unamuno (*Fedra*).

Lo que sí empieza a sorprenderme es el descuido y plena seguridad de mi padre. Perdone usted, pídale a Dios que perdone mi orgullo; de vez en cuando me pica y enoja la tal seguridad. Pues qué, me digo, ¿soy tan adefesio para que mi padre no tema que, a pesar de mi supuesta santidad, o por mi misma supuesta santidad, no pueda yo enamorar, sin querer, a Pepita?

Hay un curioso raciocinio que yo me hago, y por donde me explico, sin lastimar mi amor propio, el descuido paterno en este asunto importante. Mi padre, aunque sin fundamento, se va considerando ya como marido de Pepita, y empieza a participar de aquella ceguedad funesta que Asmodeo [25] u otro demonio más torpe infunde a los maridos. Las historias profanas y eclesiásticas están llenas de esta ceguedad que Dios permite, sin duda, para fines providenciales. El ejemplo más egregio quizá es el del emperador Marco Aurelio, que tuvo mujer tan liviana y viciosa como Faustina, y, siendo varón tan sabio y tan agudo filósofo, nunca advirtió lo que de todas las gentes que formaban el imperio romano era sabido; por donde, en las meditaciones o memorias que sobre sí mismo compuso, da infinitas gracias a los dioses inmortales porque le habían concedido mujer tan fiel y tan buena, y provoca la risa de sus contemporáneos y de las futuras generaciones. Desde entonces no se ve otra cosa todos los días sino magnates y hombres principales que hacen sus secretarios y dan todo su valimiento a los que le tienen con su mujer. De esta suerte me explico que mi padre se descuide y no recele que, hasta a pesar mío, pudiera tener un rival en mí.

Sería una falta de respeto, pecaría yo de presumido e insolente si advirtiese a mi padre del peligro que no ve. No hay medio de que yo le diga nada. Además, ¿qué

---

[25] Nombre con el que se alude al demonio. En el libro de Tobías se dice de Sarra (la hija de Raquel, pariente de Tobías) que «había sido dada en matrimonio a siete hombres, pero el malvado Asmodeo los había matado antes de que se unieran a ella como casados» (Tob. 3,8). Asmodeo se llama también el demonio que aparece en *El diablo cojuelo,* de Vélez de Guevara.

había yo de decirle? ¿Que se me figura que una o dos veces Pepita me ha mirado de otra manera que como suele mirar? ¿No puede ser esto ilusión mía? No; no tengo la menor prueba de que Pepita desee siquiera coquetear conmigo.

¿Qué es, pues, lo que entonces podría yo decir a mi padre? ¿Había de decirle que yo soy quien está enamorado de Pepita, que yo codicio el tesoro que ya él tiene por suyo? Esto no es verdad; y sobre todo, ¿cómo declarar esto a mi padre, aunque fuera verdad, por mi desgracia y por mi culpa?

Lo mejor es callarme; combatir en silencio, si la tentación llega a asaltarme de veras, y tratar de abandonar cuanto antes este pueblo y de volverme con usted.

19 de mayo.

Gracias a Dios y a usted por las nuevas cartas y nuevos consejos que me envía. Hoy los necesito más que nunca.

Razón tiene la mística doctora Santa Teresa cuando pondera los grandes trabajos de las almas tímidas que se dejan turbar por la tentación; pero es mil veces más trabajoso el desengaño para quienes han sido, como yo, confiados y soberbios.

Templos del Espíritu Santo son nuestros cuerpos; mas si se arrima fuego a sus paredes, aunque no ardan, se tiznan.

La primera sugestión es la cabeza de la serpiente. Si no la hollamos con planta valerosa y segura, el ponzoñoso reptil sube a esconderse en nuestro seno.

El licor de los deleites mundanos, por inocentes que sean, suele ser dulce al paladar, y luego se trueca en hiel de dragones y veneno de áspides.

Es cierto; ya no puedo negárselo a usted. Yo no debí poner los ojos con tanta complacencia en esta mujer peligrosísima.

No me juzgo perdido, pero me siento conturbado.

Como el corzo sediendo [26] desea y busca el manantial de las aguas, así mi alma busca a Dios todavía. A Dios se vuelve para que le dé reposo, y anhela beber en el torrente de sus delicias, cuyo ímpetu alegra el Paraíso, y cuyas ondas claras ponen más blanco que la nieve; pero un abismo llama a otro abismo, y mis pies se han clavado en el cieno que está en el fondo.

Sin embargo, aún me quedan voz y aliento para clamar con el Salmista: ¡Levántate, gloria mía! Si te pones a mi lado, ¿quién prevalecerá contra mí? [27].

Yo digo a mi alma pecadora, llena de quiméricas imaginaciones y de vanos deseos, que son sus hijos bastardos: ¡Oh, hija miserable de Babilonia, bienaventurado el que te dará tu galardón, bienaventurado el que deshará contra las piedras a tus pequeñuelos! [28].

Las mortificaciones, el ayuno, la oración, la penitencia serán las armas de que me revista para combatir y vencer con el auxilio divino.

No era sueño, no era locura: era realidad. Ella me mira a veces con la ardiente mirada de que ya he hablado a usted. Sus ojos están dotados de una atracción magnética inexplicable. Me atrae, me seduce, y se fijan en ella los míos. Mis ojos deben arder entonces, como los suyos, con una llama funesta; como los de Amón cuando

---

[26] La imagen del ciervo o corzo sediento en busca de la fuente es empleada metafóricamente por los místicos para significar la búsqueda anhelante de Dios por parte del alma. Dicha imagen es de origen bíblico: «Como jadea el ciervo tras las corrientes de agua, así suspira mi alma por ti mi Dios...», *Salmo* 42-43,2. «Dios, tú mi Dios, yo te busco, sed de ti tiene mi alma...», *Salmo* 63,2.

[27] En los *Salmos* son frecuentes las imprecaciones a Dios («Levántate, Yahveh», 7,7; 9,20; 17,13, etc.) de cuyo auxilio se espera la salvación (*Salmos,* 46,2; 121,2; 124,8; 56,12: «En Dios confío y ya no temo, ¿qué puede hacerme el hombre?).

[28] «Hija de Babel, devastadora, feliz quien te devuelva el mal que nos hiciste, feliz quien agarre y estrelle contra la roca a tus pequeñuelos», Salmo 137,8-9.

se fijaban en Tamar; como los del príncipe de Siquén
cuando se fijaban en Dina [29].

Al mirarnos así, hasta de Dios me olvido. La imagen
de ella se levanta en el fondo de mi espíritu, vencedora
de todo. Su hermosura resplandece sobre toda hermosura;
los deleites del cielo me parecen inferiores a su cariño;
una eternidad de penas creo que no paga la bienaventuranza infinita que vierte sobre mí en un momento con
una de estas miradas que pasan cual relámpago.

Cuando vuelvo a casa, cuando me quedo solo en mi
cuarto, en el silencio de la noche, reconozco todo el horror de mi situación y formo buenos propósitos, que luego
se quebrantan.

Me prometo a mí mismo fingirme enfermo, buscar
cualquier otro pretexto para no ir a la noche siguiente
a casa de Pepita, y, sin embargo, voy.

Mi padre, confiado hasta lo sumo, sin sospechar lo
que pasa en mi alma, me dice cuando llega la hora:

—Vete a la tertulia. Yo iré más tarde, luego que des-
pache al aperador.

Yo no atino con la excusa, no hallo el pretexto, y en
vez de contestar: «No puedo ir», tomo el sombrero y
voy a la tertulia.

Al entrar, Pepita y yo nos damos la mano, y al dárnos-
la me hechiza. Todo mi ser se muda. Penetra hasta mi
corazón un fuego devorante, y ya no pienso más que en
ella. Tay vez soy yo mismo quien provoca las miradas
si tardan en llegar. La miro con insano ahínco, por un
estímulo irresistible, y a cada instante creo descubrir en
ella nuevas perfecciones: ya los hoyuelos de sus mejillas
cuando sonríe, ya la blancura sonrosada de la tez, ya la

---

[29] Amón, hijo de David, fascinado por la belleza de su her-
manastra Tamar ,acaba forzándola, lo que provoca la venganza de
Absalón, hermano de Tamar, que asesina a Amón. El tema fue
llevado al teatro por Tirso de Molina (*La venganza de Tamar*) y
Calderón (*Los cabellos de Absalón*). Siquem, enamorado a su vez
de Dina, hija de Jacob, la viola, lo que concita la ira de Simón
y Leví, hermanos de la muchacha, que ejecutan a Siquem, a su
padre y a «todo varón» que encuentran en la ciudad, de la
que eran huéspedes; *Génesis*, 34.

forma recta de la nariz, ya la pequeñez de la oreja, ya la suavidad de contornos y admirable modelado de la garganta.

Entro en su casa, a pesar mío, como evocado por un conjuro, y no bien entro en su casa caigo bajo el poder de su encanto; veo claramente que estoy dominado por una maga cuya fascinación es ineluctable.

No es ella grata a mis ojos solamente, sino que sus palabras suenan en mis oídos como la música de las esferas, revelándome toda la armonía del universo, y hasta imagino percibir una sutilísima fragancia que su limpio cuerpo despide y que supera al olor de los mastranzos que crecen a orillas de los arroyos y al aroma silvestre del tomillo que en los montes se cría.

Excitado de esta suerte, no sé cómo juego al tresillo, ni hablo, ni discurro con juicio, porque estoy todo en ella.

Cada vez que se encuentran nuestras miradas se lanzan en ellas nuestras almas, y en los rayos que se cruzan se me figura que se unen y compenetran. Allí se descubren mil inefables misterios de amor; allí se comunican sentimientos que por otro medio no llegarían a saberse, y se recitan poesías que no caben en lengua humana, y se cantan canciones que no hay voz que exprese ni acordada cítara que module.

Desde el día en que vi a Pepita en el Pozo de la Solana no he vuelto a verla a solas. Nada le he dicho ni me ha dicho, y, sin embargo, nos lo hemos dicho todo.

Cuando me sustraigo a la fascinación, cuando estoy solo por la noche en mi aposento, quiero mirar con frialdad el estado en que me hallo, y veo abierto a mis pies el precipicio en que voy a sumirme, y siendo que me resbalo y que me hundo.

Me recomienda usted que piense en la muerte; no en la de esta mujer, sino en la mía. Me recomienda usted que piense en lo inestable, en lo inseguro de nuestra existencia y en lo que hay más allá. Pero esta consideración y esa meditación ni me atemorizan ni me arredran. ¿Cómo he de temer la muerte cuando deseo morir? El amor y la muerte son hermanos. Un sentimiento de abne-

gación se alza en las profundidades de mi ser, y me llama
a sí, y me dice que todo mi ser debe darse y perderse
por el objeto amado. Ansío confundirme en una de sus
miradas; diluir y evaporar toda mi esencia en el rayo de
luz que sale de sus ojos; quedarme muerto mirándola,
aunque me condene.

Lo que es aún eficaz en mí contra el amor no es el
temor, sino el amor mismo. Sobre este amor determina-
do, que ya veo con evidencia que Pepita me inspira, se
levanta en mi espíritu el amor divino en consurrección
poderosa. Entonces todo se cambia en mí, y aun me promete la victoria. El objeto de mi amor superior se ofrece
a los ojos de mi mente como el sol que todo lo enciende
y alumbra, llenando de luz los espacios; y el objeto de mi
amor más bajo, como átomo de polvo que vaga en el
ambiente y que el sol dora. Toda su beldad, todo su es-
plendor, todo su atractivo no es más que el reflejo de
ese sol increado; no es más que la chispa brillante, tran-
sitoria, inconsistente de aquella infinita y perenne hoguera.

Mi alma, abrasada de amor, pugna por criar alas, y
tender el vuelo, y subir a esa hoguera, y consumir allí
cuanto hay en ella de impuro.

Mi vida, desde hace algunos días, es una lucha constante. No sé cómo el mal que padezco no me sale a la
cara. Apenas me alimento, apenas duermo. Si el sueño
cierra mis párpados, suelo despertar azorado, como si me
hallase peleando en una batalla de ángeles rebeldes y
ángeles buenos. En esta batalla de la luz contra las tinieblas yo combato por la luz; pero tal vez imagino que
me paso al enemigo, que soy un desertor infame, y oigo
la voz del águila de Patmos [30] que dice: «Y los hombres
prefirieron las tinieblas a la luz», y entonces me lleno
de terror y me juzgo perdido.

No me queda más recurso que huir. Si en lo que falta

---

[30] San Juan, uno de los cuatro evangelistas, reconocido bajo el
símbolo del águila. La tradición le presenta como desterrado al
final de su vida en la isla de Patmos, enclavada en el mar Egeo.

para terminar el mes mi padre no me da su venia y no
viene conmigo, me escapo como un ladrón; me fugo sin
decir nada.

                                            23 de mayo.

Soy un vil gusano y no un hombre; soy el oprobio y
la abyección de la humanidad; soy un hipócrita.

Me han circundado dolores de muerte, y torrentes de
iniquidad me han conturbado.

Vergüenza tengo de escribir a usted, y no obstante le
escribo. Quiero confesarlo todo.

No logro enmendarme. Lejos de dejar de ir a casa de
Pepita, voy más temprano todas las noches. Se diría que
los demonios me agarran de los pies y me llevan allí sin
que yo quiera.

Por dicha, no hallo sola nunca a Pepita. No quisiera
hallarla sola. Casi siempre se me adelanta el excelente
padre Vicario, que atribuye nuestra amistad a la semejanza de gustos piadosos, y la funda en la devoción, como
la amistad inocentísima que él la profesa.

El progreso de mi mal es rápido. Como piedra que se
desprende de lo alto del templo y va aumentando su
velocidad en la caída, así va mi espíritu ahora.

Cuando Pepita y yo nos damos la mano no es ya como
al principio. Ambos hacemos un esfuerzo de voluntad,
y nos transmitimos, por nuestras diestras enlazadas, todas
las palpitaciones del corazón; se diría que, por arte diabólico, obramos una transfusión y mezcla de lo más
sutil de nuestra sangre. Ella debe de sentir circular mi
vida por sus venas, como yo siento en las mías la suya.

Si estoy cerca de ella, la amo; si estoy lejos, la odio.
A su vista, en su presencia, me enamora, me atrae, me
rinde con suavidad, me pone un yugo dulcísimo.

Su recuerdo me mata. Soñando con ella, sueño que me
divide la garganta, como Judit al capitán de los asirios [31],

---

[31] Holofernes, general de Nabucodonosor, rey de los asirios,
puso sitio a Betulia, ciudad natal de Judit. Esta hermosa mujer,

o que me atraviesa las sienes con un clavo, como Jael a
Sisara; pero a su lado, me parece la esposa del *Cantar
de los Cantares*; y la llamo con voz interior, y la ben-
digo, y la juzgo fuente sellada, huerto cerrado, flor del
valle, lirio de los campos, paloma mía y hermana [32].

Quiero libertarme de esta mujer y no puedo. La abo-
rrezco y casi la adoro. Su espíritu se infunde en mí al
punto que la veo, y me posee, y me domina, y me humilla.

Todas las noches salgo de su casa diciendo: «Esta será
la última noche que vuelva aquí», y vuelvo a la noche
siguiente.

Cuando habla y estoy a su lado, mi alma queda como
colgada de su boca; cuando sonríe, se me antoja que un
rayo de luz inmaterial se me entra en el corazón y se
alegra.

A veces, jugando al tresillo, se han tocado por acaso
nuestras rodillas, y he sentido un indescriptible sacudi-
miento.

Sáqueme usted de aquí. Escriba usted a mi padre que
me dé licencia para irme. Si es menester, dígaselo todo.
¡Socórrame usted! ¡Sea usted mi amparo!

30 de mayo.

Dios me ha dado fuerzas para resistir, y he resistido.

Hace días que no pongo los pies en casa de Pepita,
que no la veo.

---

invitada por el general a un banquete, aprovechó la embriaguez
de éste para degollarlo en su cámara. Conocida la noticia por el
ejército sitiador, abandonó, consternado, el cerco (*Judit*, 13-15).

[32] En *El Cantar de los Cantares* abundan las metáforas eróticas
de gran belleza en un marco pastoril. Se compara el cabello de
la amada a un «rebaño de cabras que ondulan por el monte Ga-
laad», y sus dientes con «un rebaño de ovejas esquiladas» y sus
mejillas como «cortes de granada» y sus pechos con «dos crías
mellizas de gacela». Don Luis aplica a Pepita Jiménez expresiones
tomadas de dicho libro en las que el amado dice a la amada:
«Huerto eres cerrado, hermana mía, esposa, huerto cerrado, fuente
sellada...», *Cantar de los Cantares*, 4,12.

Casi no tengo que pretextar una enfermedad, porque realmente estoy enfermo. Estoy pálido y ojeroso; y mi padre, lleno de afectuoso cuidado, me pregunta qué padezco y me muestra el interés más vivo.

El reino de los cielos cede a la violencia, y yo quiero conquistarle. Con violencia llamo a sus puertas para que se me abran.

Con ajenjo me alimenta Dios para probarme, y en balde le pido que aparte de mí ese cáliz de amargura; pero he pasado y paso en vela muchas noches entregado a la oración, y ha venido a endulzar lo amorgo del cáliz una inspiración amorosa del espíritu consolador y soberano.

He visto con los ojos del alma la nueva patria, y en lo más íntimo de mi corazón ha resonado el cántico nuevo de la Jerusalén celeste.

Si al cabo logro vencer, será gloriosa la victoria; pero se la deberé a la Reina de los Angeles, a quien me encomiendo. Ella es mi refugio y mi defensa; torre y alcázar de David de que penden mil escudos y armaduras de valerosos campeones; cedro del Líbano que pone en fuga a las serpientes.

En cambio, a la mujer que me enamora de un modo mundanal procuro menospreciarla y abatirla en mi pensamiento, recordando las palabras del Sabio y aplicándoselas.

Eres lazo de cazadores, la digo; tu corazón es red engañosa, y tus manos cordeles que atan; quien ama a Dios huirá de ti, y el pecador será por ti aprisionado.

Meditando sobre el amor, hallo mil motivos para amar a Dios y no amarla.

Siento en el fondo de mi corazón una inefable energía que me convence de que yo lo despreciaría todo por el amor de Dios: la fama, la honra, el poder y el imperio. Me hallo capaz de imitar a Cristo y si el enemigo tentador me llevase a la cumbre de la montaña y me ofreciese todos los reinos de la tierra por que doblase ante él la rodilla, yo no la doblaría[33]; pero cuando me ofrece a esta mujer, vacilo aún y no le rechazo. ¿Vale más esta mujer a mis ojos que todos los reinos de la tierra; más que la fama, la honra, el poder y el imperio?

¿La virtud del amor, me pregunto a veces, es la misma siempre, aunque aplicada a diversos objetos, o bien hay dos linajes y condiciones de amores? Amar a Dios me parece la negación del egoísmo y del exclusivismo. Amándole, puedo y quiero amarlo todo por Él, y no me enojo ni tengo celos de que Él lo ame todo. No estoy celoso ni envidioso de los santos, de los mártires, de los bien-aventurados ni de los mismos serafines. Mientras mayor me represento el amor de Dios a las criaturas y los favores y regalos que les hace, menos celoso estoy y más le amo, y más cercano a mí le juzgo, y más amoroso y fino me parece que está conmigo. Mi hermandad, mi más que hermandad con todos los seres, resalta entonces de un modo dulcísimo. Me parece que soy uno con todo, y que todo está enlazado con lazada de amor por Dios y en Dios.

Muy al contrario cuando pienso en esta mujer y en el amor que me inspira. Es un amor de odio que me aparta de todos menos de mí. La quiero para mí, toda para mí y yo todo para ella. Hasta la devoción y el sacrificio por ella son egoístas. Morir por ella sería por desespe-ración de no lograrla de otra suerte, o por esperanza de no gozar de su amor por completo sino muriendo y confundiéndome con ella en un eterno abrazo.

Con todas estas consideraciones procuro hacer aborre-cible el amor de esta mujer; pongo en este amor mucho de infernal y de horriblemente ominoso; pero como si tu-viese yo dos almas, dos entendimientos, dos voluntades y dos imaginaciones, pronto surge dentro de mí la idea contraria; pronto me niego lo que acabo de afirmar, y

---

[33] Alusión a una de las tentaciones de Cristo en el desierto: «Todavía le lleva consigo el diablo a un monte muy alto, le mues-tra todos los reinos del mundo y su gloria y le dice: 'Todo esto te daré si te postras y me adoras'», *Marcos*, 4,8-9.

procuro conciliar locamente los dos amores. ¿Por qué no
huir de ella y seguir amándola sin dejar de consagrarme
fervorosamente al servicio de Dios? Así como el amor de
Dios no excluye el amor de la patria, el amor de la humanidad, el amor de la ciencia, el amor de la hermosura
en la naturaleza y en el arte, tampoco debe excluir este
amor si es espiritual e inmaculado. Yo haré de ella, me
digo, un símbolo, una alegoría, una imagen de todo lo
bueno y hermoso. Será para mí como Beatriz para Dante:
figura y representación de mi patria, del saber y de la
belleza.

Esto me hace caer en una horrible imaginación, en un
monstruoso pensamiento. Para hacer de Pepita ese símbolo, esa vaporosa y etérea imagen, esa cifra y resumen
de cuanto puedo amar por bajo de Dios, en Dios y subor-
dinándolo a Dios, me la finjo muerta, como Beatriz estaba muerta cuando Dante la cantaba.

Si la dejo entre los vivos, no acierto a convertirla en
idea pura, y para convertirla en idea pura la asesino en
mi mente.

Luego la lloro, luego me horrorizo de mi crimen, y me
acerco en ella en espíritu, y con el calor de mi corazón
le vuelvo la vida, y la veo, no vagarosa, diáfana, casi es-
fumada entre nubes de color de rosa y flores celestiales,
como el feroz Gibelino a su amada en la cima del Purgatorio [34], sino consistente, sólida, bien delineada en el
ambiente sereno y claro, como las obras más perfectas del
cincel helénico; como Galatea, animada ya por el afecto

---

[34] Don Luis evoca la aparición de Beatriz en el Canto 33 del
Purgatorio (*Divina Comedia*) descrita por Dante (el «feroz Gibelino») en estos versos:

> «Io vidi gia nel cominciar del giorno
> la parte oriental *tutta rosata* (...)
> cosí dentro una *nuvola di fiori*
> che dalle mani angeliche saliva
> e ricadeva in giri dentro e di fori,
> sovra candido vel cinta d'uliva
> donna m'apparve, sotto verde manto
> vestita de color de *fiamma viva*.»

de Pigmalión [35], y bajando llena de vida, respirando amor,
lozana de juventud y de hermosura, de su pedestal de
mármol.

Entonces exclamo desde el fondo de mi conturbado
corazón: «Mi virtud desfallece; Dios mío, no me abandones. Apresúrate a venir en mi auxilio. Muéstrame tu
cara y seré salvo [36].»

Así recobro las fuerzas para resistir a la tentación. Así
renace en mí la esperanza de que volveré al antiguo reposo no bien me aparte de estos sitios.

El demonio anhela con furia tragarse las aguas puras
del Jordán, que son las personas consagradas a Dios.
Contra ellas se conjura el infierno y desencadena todos
sus monstruos. San Buenaventura lo ha dicho: «No debemos admirarnos de que estas personas pecaron, sino de
que no pecaron.» Yo, con todo, sabré resistir y no pecar.
Dios me protege.

6 de junio.

La nodriza de Pepita, hoy su ama de llaves, es, como
dice mi padre, una buena pieza de arrugadillo: picotera,
alegre y hábil como pocas. Se casó con el hijo del maestro Cencias, y ha heredado del padre lo que el hijo no
heredó: una portentosa facilidad para las artes y los oficios. La diferencia está en que el maestro Cencias com-
ponía un husillo de lagar, arreglaba las ruedas de una ca-
rreta o hacía un arado, y esta nuera suya hace dulces,
arropes y otras golosinas. El suegro ejercía las artes de

---

[35] Pigmalión, legendario rey de Chipre, esculpió en mármol
una estatua de mujer de tal hermosura que se prendó de ella.
Afrodita dio vida a la estatua y la confirió el nombre de Galatea.
La leyenda termina con el casamiento de Pigmalión y Galatea.
[36] Esta advocación responde a la reiterada petición de auxilio
por parte del creyente en varios Salmos (80, 86, 88, etc.) en los
que pide a Dios que no se aparte («Oh Dios, no me abandones»,
70,18) y vuelva sus ojos («... brille tu rostro para que seamos sal-
vos», 80,20) al necesitado de auxilio.

utilidad; la nuera, las del deleite, aunque deleite inocente o lícito al menos.

Antoñana, que así se llamaba, tiene, o se toma, la mayor confianza con todo el señorío. En todas las casas entra y sale como en la suya. A todos los señoritos y señoritas de la edad de Pepita, o de cuatro o cinco años más, los tutea, los llama niños y niñas, y los trata como si los hubiera criado a sus pechos.

A mí me habla de «mira» como a los otros. Viene a verme, entra en mi cuarto, y ya me ha dicho varias veces que soy un ingrato, y que hago mal en no ir a ver a su señora.

Mi padre, sin advertir nada, me acusa de extravagante; me llama búho, y se empeña también en que vuelva a la tertulia. Anoche no pude ya resistirme a sus repetidas instancias, y fui muy temprano, cuando mi padre iba a hacer las cuentas con el aperador.

¡Ojalá no hubiera ido!

Pepita estaba sola. Al vernos, al saludarnos, nos pusimos los dos colorados. Nos dimos la mano con timidez, sin decirnos palabra.

Yo no estreché la suya; ella no estrechó la mía, pero las conservamos unidas un breve rato.

En la mirada que Pepita me dirigió nada había de amor, sino de amistad, de simpatía, de honda tristeza.

Había adivinado toda mi lucha interior; presumía que el amor divino había triunfado en mi alma; que mi resolución de no amarla era firme e invencible.

No se atrevía a quejarse de mí; no tenía derecho a quejarse de mí; conocía que la razón estaba de mi parte. Un suspiro, apenas perceptible, que se escapó de sus frescos labios entreabiertos, manifestó cuánto lo deploraba.

Nuestras manos seguían unidas aún. Ambos, mudos. ¿Cómo decirle que yo no era para ella ni ella para mí; que importaba separarnos para siempre?

Sin embargo, aunque no se lo dije con palabras, se lo dije con los ojos. Mi severa mirada confirmó sus temores; la persuadió de la irrevocable sentencia.

De pronto se nublaron sus ojos; todo su rostro hermoso, pálido ya de una palidez translúcida, se contrajo con una bellísima expresión de melancolía. Parecía la madre de los dolores. Dos lágrimas brotaron lentamente de sus ojos y empezaron a deslizarse por sus mejillas.

No sé lo que pasó en mí. ¿Ni cómo describirlo, aunque lo supiera?

Acerqué mis labios a su cara para enjugar el llanto, y se unieron nuestras bocas en un beso.

Inefable embriaguez, desmayo fecundo en peligros invadió todo mi ser y el ser de ella. Su cuerpo desfallecía y la sostuve entre mis brazos.

Quiso el cielo que oyésemos los pasos y la tos del padre Vicario que llegaba, y nos separamos al punto.

Volviendo en mí, y reconcentrando todas las fuerzas de mi voluntad, pude entonces llenar con estas palabras, que pronuncié en voz baja e intensa, aquella terrible escena silenciosa.

—¡El primero y el último!

Yo aludía al beso profano; mas, como si hubieran sido mis palabras una evocación, se ofreció en mi mente la visión apocalíptica en toda su terrible majestad. Vi al que es por cierto el primero y el último, y con la espada de dos filos que salía de su boca me hería en el alma, llena de maldades, de vicios y de pecados [37].

Toda aquella noche la pasé en un frenesí, en un delirio interior que no sé cómo disimulaba.

Me retiré de casa de Pepita muy temprano.

En la soledad fue mayor mi amargura.

Al recordarme de aquel beso y de aquellas palabras de despedida, me comparaba yo con el traidor Judas, que vendía besando, y con el sanguinario y alevoso asesino Joab cuando, al besar a Amasá, le hundió el hierro agudo en las entrañas.

---

[37] «Yo soy el Alfa y el Omega (primera y última letra del alfabeto griego), dice el Señor Dios» (...). «Tenía en su mano derecha siete estrellas y de su boca salía una espada aguda de dos filos...» (*Apocalipsis*, 1,8 y 16).

Había incurrido en dos traiciones y en dos falsías.

Había faltado a Dios y a ella.

Soy un ser abominable.

11 de junio.

Aún es tiempo de remediarlo todo. Pepita sanará de su amor y olvidará la flaqueza que ambos tuvimos.

Desde aquella noche no he vuelto a su casa.

Antoñana no aparece por la mía.

A fuerza de súplicas he logrado de mi padre la promesa formal de que partiremos de aquí el 25, pasado el día da San Juan, que aquí se celebra con fiestas lucidas, en cuya víspera hay una famosa velada.

Lejos de Pepita me voy serenando y creyendo que tal vez ha sido una prueba este comienzo de amores.

En todas estas noches he rezado, he velado, me he mortificado mucho.

La persistencia de mis plegarias, la honda contricción de mi pecho han hallado gracia delante del Señor, quien ha mostrado su gran misericordia.

El Señor, como dice el Profeta, ha enviado fuego a lo más robusto de mi espíritu, ha alumbrado mi inteligencia, ha encendido lo más alto de mi voluntad y me ha enseñado.

La actividad del amor divino, que está en la voluntad suprema, ha podido en ocasiones, sin yo merecerlo, llevarme hasta la oración de quietud afectiva. Ha desnudado las potencias inferiores de mi alma de toda imagen, hasta de la imagen de esa mujer, y he creído, si el orgullo no me alucina, que he conocido y gozado en paz, con la inteligencia y con el afecto, del bien supremo que está en el centro y abismo del alma.

Ante este bien todo es miseria; ante esta hermosura es fealdad todo; ante esta felicidad todo es infortunio; ante esta altura todo es bajeza. ¿Quién no olvidará y despreciará por el amor de Dios todos los demás amores?

Sí; la imagen profana de esa mujer saldrá definitivamente y para siempre de mi alma. Yo haré un azote durísimo de mis oraciones y penitencias, y con él la arrojaré de allí, como Cristo arrojó del templo a los condenados mercaderes.

18 de junio.

Esta será la última carta que yo escriba a usted.

El 25 saldré de aquí sin falta. Pronto tendré el gusto de dar a usted un abrazo.

Cerca de usted estaré mejor; usted me infundirá ánimo y me prestará la energía de que carezco.

Una tempestad de encontradas afecciones combate ahora en mi corazón.

El desorden de mis ideas se conocerá en el desorden de lo que estoy escribiendo.

Dos veces he vuelto a casa de Pepita. He estado frío, severo, como debía estar; pero ¡cuánto me ha costado!

Ayer me dijo mi padre que Pepita está indispuesta y que no recibe.

En seguida me asaltó el pensamiento de que su amor mal pagado podría ser la causa de la enfermedad.

¿Por qué la he mirado con las mismas miradas de fuego con que ella me miraba? ¿Por qué la he engañado vilmente? ¿Por qué la he hecho creer que la quería? ¿Por qué mi boca infame buscó la suya y se abrasó y la abrasó con las llamas del infierno?

Pero no: mi pecado no ha de traer como indefectible consecuencia otro pecado.

Lo que ya fue no puede dejar de haber sido, pero puede y debe remediarse.

El 25, repito, partiré sin falta.

La desenvuelta Antoñona acaba de entrar a verme.

Escondí la carta como si fuera una maldad escribir a usted.

Sólo un minuto ha estado aquí Antoñona.

Yo me levanté de la silla para hablar con ella de pie
y que la visita fuera corta.

En tan corta visita me ha dicho mil locuras que me
afligen profundamente.

Por último, ha exclamado al despedirse, en su jerga
medio gitana:

—¡Anda, fullero de amor, *indinote, maldecío* seas; *malos chuqueles te tagelen el drupo* [38], que has puesto enferma a la niña y con tus retrecherías la estás matando!

Dicho esto, la endiablada mujer me aplicó, de una manera indecorosa y plebeya, por bajo de las espaldas, seis
o siete feroces pellizcos, como si quisiera sacarme a túr-
digas el pellejo. Después se largó echando chispas.

No me quejo; merezco esta broma brutal, dado que sea
broma. Merezco que me atenacen los demonios con tena-
zas hechas ascuas.

¡Dios mío, haz que Pepita me olvide; haz, si es menester, que ame a otro y sea con él dichosa!

¿Puedo pedirte más, Dios mío?

Mi padre no sabe nada, no sospecha nada. Más vale así.

Adiós. Hasta dentro de pocos días, que nos veremos y
abrazaremos.

¡Qué mudado va usted a encontrarme! ¡Qué lleno de
amargura mi corazón! ¡Cuán perdida la inocencia! ¡Qué
herida y qué lastimada mi alma!

---

[38] Expresión «caló»: «Malos perros devoren tu cuerpo». Mal-
dición utilizada por los gitanos andaluces, según testimonio de
A. Machado Alvarez en *Maldiciones gitanas,* Sevilla, 1901, p. 229.
Expresiones similares aparecen en Diccionarios gitanos: «Malos
chuqueles te jamen», «malos mengues (diablos) te tajelen» (C. Clavería).

No hay más cartas de don Luis de Vargas que las que hemos transcrito. Nos quedaríamos, pues, sin averiguar el término que tuvieron estos amores, y esta sencilla y apasionada historia no acabaría, si un sujeto, perfectamente enterado de todo, no hubiese compuesto la relación que sigue.

Nadie extrañó en el lugar la indisposición de Pepita, ni menos pensó en buscarle una causa que sólo nosotros, ella, don Luis, el señor deán y la discreta Antoñona sabemos hasta la presente.

Más bien hubieran podido extrañarse la vida alegre, las tertulias diarias y hasta los paseos campestres de Pepita durante algún tiempo. El que volviese Pepita a su retiro habitual era naturalísimo.

Su amor por don Luis, tan silencioso y tan reconcentrado, se ocultó a las miradas investigadoras de doña Casilda, de Currito y de todos los personajes del lugar que en las cartas de don Luis se nombran. Menos podía saberlo el vulgo. A nadie le cabía en la cabeza, a nadie le pasaba por la imaginación que el *teólogo,* el santo, como llamaban a don Luis, rivalizase con su padre, y hubiera conseguido lo que no había conseguido el terrible y poderoso don Pedro de Vargas: enamorar a la linda, elegante, esquiva y zahareña viudita.

A pesar de la familiaridad que las señoras del lugar tienen con los criados, Pepita nada había dejado traslucir a ninguna de las suyas. Sólo Antoñona, que era un lince para todo, y más aún para las cosas de su niña, había penetrado el misterio.

Antoñona no calló a Pepita su descubrimiento, y Pepita no acertó a negar la verdad a aquella mujer que la había criado, que la idolatraba y que, si bien se complacía en descubrir y referir cuanto pasaba en el pueblo, siendo modelo de maldicientes, era sigilosa y leal como pocas para lo que importaba a su dueña.

De esta suerte se hizo Antoñona la confidente de Pepita, la cual hallaba gran consuelo en desahogar su corazón con quien, si era vulgar o grosera en la expresión o en el lenguaje, no lo era en los sentimiento y en las ideas que expresaba y formulaba.

Por lo dicho, se explican las visitas de Antoñona a don Luis, sus palabras y hasta los feroces, poco respetuosos y mal colocados pellizcos con que maceró sus carnes y atormentó su dignidad la última vez que estuvo a verle.

Pepita no sólo no había excitado a Antoñona a que fuese a don Luis con embajadas, pero ni sabía siquiera que hubiese ido.

Antoñona había tomado la iniciativa, y había hecho papel en este asunto porque así lo quiso.

Como ya se dijo, se había enterado de todo con perspicacia maravillosa.

Cuando la misma Pepita apenas se había dado cuenta de que amaba a don Luis, ya Antoñona lo sabía. Apenas empezó Pepita a lanzar sobre él aquellas ardientes, furtivas e involuntarias miradas que tanto destrozo hicieron miradas que nadie sorprendió de los que estaban presentes, Antoñana, que no lo estaba, habló a Pepita de las miradas. Y no bien las miradas recibieron dulce pago, también lo supo Antoñona.

Poco tuvo, pues, la señora que confiar a una criada tan penetrante y tan zahorí de cuanto pasaba en lo más escondido de su pecho.

A los cinco días de la fecha de la última carta que hemos leído empieza nuestra narración.

Eran las once de la mañana. Pepita estaba en una sala alta al lado de su alcoba y de su tocador, donde nadie, salvo Antoñona, entraba jamás sin que llamase ella.

Los muebles de aquella sala eran de poco valor, pero cómodos y aseados. Las cortinas y el forro de los sillones, sofás y butacas eran de tela de algodón pintada de flores; sobre una mesita de caoba había recado de escribir y papeles; y en un armario, de caoba también, bastantes libros de devoción y de historia. Las paredes se veían adornadas con cuadros, que eran estampas de asuntos religiosos; pero con el buen gusto, inaudito, raro, casi inverosímil en un lugar de Andalucía, de que dichas estampas no fuesen malas litografías francesas, sino grabados de nuestra Calcografía, como el Pasmo de Sicilia, de Rafael; el San Ildefonso y la Virgen, la Concepción, el San Bernardo y los dos medios puntos, de Murillo.

Sobre una antigua mesa de roble, sostenida por columnas salomónicas, se veía un contadorcillo o papelera con embutidos de concha, nácar, marfil y bronce, y muchos cajoncitos donde guardaba Pepita cuentas y otros documentos. Sobre la misma mesa había dos vasos de porcelana con muchas flores. Colgadas en la pared había, por último, algunas macetas de loza de la Cartuja sevillana, con geranio-hiedra y otras plantas, y tres jaulas doradas con canarios y jilgueros.

Aquella sala era el retiro de Pepita, donde no entraban de día sino el médico y el padre Vicario, y donde a prima noche entraba sólo el aperador a dar sus cuentas. Aquella sala era y se llamaba despacho.

Pepita estaba sentada, casi recostada en un sofá, delante del cual había un velador pequeño con varios libros.

Se acababa de levantar y vestía una ligera bata de verano. Su cabello rubio, mal peinado aún, parecía más hermoso en su mismo desorden. Su cara, algo pálida y con ojeras, si bien llena de juventud, lozanía y frescura, parecía más bella con el mal que le robaba colores.

Pepita mostraba impaciencia: aguardaba a alguien.

Al fin llegó, y entró sin anunciarse la persona que aguardaba, que era el padre Vicario.

Después de los saludos de costumbre, y arrellanado el padre Vicario en una butaca al lado de Pepita, se entabló la conversación.

—Me alegro, hija mía, de que me hayas llamado; pero sin que te hubieras molestado en llamarme, ya iba yo a venir a verte. ¡Qué pálida estás! ¿Qué padeces? ¿Tienes algo importante que decirme?

A esta serie de preguntas cariñosas empezó a contestar Pepita con un hondo suspiro. Después dijo:

—¿No adivina usted mi enfermedad? ¿No descubre usted la causa de mi padecimiento?

El Vicario se encogió de hombros y miró a Pepita con cierto susto, porque nada sabía, y le llamaba la atención la vehemencia con que ella se expresaba.

Pepita prosiguió:

—Padre mío, yo no debí llamar a usted, sino ir a la iglesia y hablar con usted en el confesonario, y allí confesar mis pecados. Por desgracia, no estoy arrepentida; mi corazón se ha endurecido en la maldad, y no he tenido valor ni me he hallado dispuesta para hablar con el confesor, sino con el amigo.

—¿Qué dices de pecados ni de dureza de corazón? ¿Estás loca? ¿Qué pecados han de ser los tuyos, si eres tan buena?

—No, padre, yo soy mala. He estado engañando a usted, engañándome a mí misma, queriendo engañar a Dios.

—Vamos, cálmate, serénate; habla con orden y con juicio para no decir disparates.

—¿Y cómo no decirlos cuando el espíritu del mal me posee?

—¡Ave María Purísima! Muchacha, no desatines. Mira,
hija mía: tres son los demonios más temibles que se apo-
deran de las almas, y ninguno de ellos, estoy seguro, se
puede haber atrevido a llegar hasta la tuya. El uno es
Leviatán, o el espíritu de la soberbia; el otro, Mamón,
o el espíritu de la avaricia; el otro, Asmodeo, o el espíritu
de los amores impuros.

—Pues de los tres soy víctima; los tres me dominan.

—¡Qué horror!... Repito que te calmes. De lo que tú
eres víctima es de un delirio.

—¡Pluguiese a Dios que así fuera! Es, por mi culpa,
lo contrario. Soy avariciosa, porque poseo cuantiosos bienes y no hago las obras de caridad que debiera hacer;
soy soberbia, porque he despreciado a muchos hombres,
no por virtud, no por honestidad, sino porque no los hallaba acreedores a mi cariño. Dios me ha castigado; Dios
ha permitido que ese tercer enemigo de que usted habla
se apodere de mí.

—¿Cómo es eso, muchacha? ¿Qué diablura se te ocurre? ¿Estás enamorada quizá? Y si lo estás, ¿qué mal
hay en ello? ¿No eres libre? Cásate, pues, y déjate de
tonterías. Seguro estoy de que mi amigo don Pedro de
Vargas ha hecho el milagro. ¡El demonio es el tal don
Pedro! Te declaro que me asombra. No juzgaba yo el
asunto tan mollar y tan maduro como estaba.

—Pero si no es de don Pedro de Vargas de quien estoy
enamorada.

—¿Pues de quién entonces?

Pepita se levantó de su asiento; fue hacia la puerta; la
abrió; miró para ver si alguien escuchaba desde fuera;
la volvió a cerrar; se acercó luego al padre Vicario, y toda
acongojada, con voz trémula, con lágrimas en los ojos,
dijo casi al oído del buen anciano:

—Estoy perdidamente enamorada de su hijo.

—¿De qué hijo? —interrumpió el padre Vicario, que
aún no quería creerlo.

—¿De qué hijo ha de ser? Estoy perdida, frenética-
mente enamorada de don Luis.

La consternación, la sorpresa más dolorosa se pintó en el rostro del cándido y afectuoso sacerdote.

Hubo un momento de pausa. Después dijo el Vicario:

—Pero ése es un amor sin esperanza; un amor imposible... Don Luis no te querrá.

Por entre las lágrimas que nublaban los hermosos ojos de Pepita brilló un alegre rayo de luz; su linda y fresca boca, contraída por la tristeza, se abrió con suavidad, dejando ver las perlas de sus dientes y formando una sonrisa.

—Me quiere —dijo Pepita con un ligero y mal disimulado acento de satisfacción y de triunfo, que se alzaba por encima de su dolor y de sus escrúpulos.

Aquí subieron de punto la consternación y el asombro del padre Vicario. Si el santo de su mayor devoción hubiera sido arrojado del altar y hubiera caído a sus pies, y se hubiera hecho cien mil pedazos, no se hubiera el Vicario consternado tanto. Todavía miró a Pepita con incredulidad, como dudando de que aquello fuese cierto, y no una alucinación de la vanidad mujeril. Tan de firme creía en la santidad de don Luis y en su misticismo.

—¡Me quiere! —dijo otra vez Pepita, contestando a aquella incrédula mirada.

—¡Las mujeres son peores que Pateta! —dijo el Vicario—. Echáis la zancadilla al mismísimo mengue.

—¿No se lo decía yo a usted? ¡Yo soy muy mala!

—¡Sea todo por Dios! Vamos, sosiégate. La misericordia de Dios es infinita. Cuéntame lo que ha pasado.

—¿Qué ha de haber pasado? Que le quiero, que le amo, que le adoro; que él me quiere también, aunque lucha por sofocar su amor y tal vez lo consiga; y que usted, sin saberlo, tiene mucha culpa de todo.

—¡Pues no faltaba más! ¿Cómo es eso de que tengo yo mucha culpa?

—Con la extremada bondad que le es propia, no ha hecho usted más que alabarme a don Luis, y tengo cierto que a don Luis le habrá usted hecho de mí mayores elogios aún, si bien harto menos merecidos. ¿Qué había de suceder? ¿Soy yo de bronce? ¿Tengo más de veinte años?

—Tienes razón que te sobra. Soy un mentecato. He contribuido poderosamente a esta obra de Lucifer.

El padre Vicario era tan bueno y tan humilde, que al decir las anteriores frases estaba confuso y contrito, como si él fuese el reo y Pepita la juez.

Conoció Pepita el egoísmo rudo con que había hecho cómplice y punto menos que autor principal de su falta al padre Vicario, y le habló de esta suerte:

—No se aflija usted, padre mío; no se aflija usted, por amor de Dios. ¡Mire usted si soy perversa! ¡Cometo pecados gravísimos y quiero hacer responsable de ellos al mejor y más virtuoso de los hombres! No han sido las alabanzas que usted me ha hecho de don Luis, sino mis ojos y mi poco recato los que me han perdido. Aunque usted no me hubiera hablado jamás de las prendas de don Luis, de su saber, de su talento y de su entusiasta corazón, yo lo hubiera descubierto todo oyéndole hablar, pues al cabo no soy tan tonta ni tan rústica. Me he fijado además en la gallardía de su persona, en la natural distinción y no aprendida elegancia de sus modales, en sus ojos llenos de fuego y de inteligencia, en todo él, en suma, que me parece amable y deseable. Los elogios de usted han venido sólo a lisonjear mi gusto, pero no a despertarle. Me han encantado porque coincidían con mi parecer y eran como el eco adulador, harto amortiguado y debilísimo, de lo que yo pensaba. El más elocuente encomio que me ha hecho usted de don Luis no ha llegado, ni con mucho, al encomio que sin palabras me hacía yo de él a cada minuto, a cada segundo, dentro del alma.

—¡No te exaltes, hija mía! —interrumpió el padre Vicario.

Pepita continuó con mayor exaltación:

—Pero ¡qué diferencia entre los encomios de usted y mis pensamientos! Usted veía y trazaba en don Luis el modelo ejemplar del sacerdote, del misionero, del varón apostólico; ya predicando el Evangelio en apartadas regiones y convirtiendo infieles, ya trabajando en España para

realzar la cristiandad, tan perdida hoy por la impiedad de
los unos y la carencia de virtud, de caridad y de ciencia
de los otros. Yo, en cambio, me lo representaba galán,
enamorado, olvidando a Dios por mí, consagrándome su
vida, dándome su alma, siendo mi apoyo, mi sostén, mi
dulce compañero. Yo anhelaba cometer un robo sacrílego.
Soñaba con robárselo a Dios y a su templo, como el ladrón, enemigo del cielo, que roba la joya más rica de la
venarada Custodia. Para cometer este robo he desechado
los lutos de la viudez y de la orfandad y me he vestido
galas profanas; he abandonado mi retiro y he buscado
y llamado a mí a las gentes; he procurado estar hermosa;
he cuidado con infernal esmero de todo este cuerpo miserable, que ha de hundirse en la sepultura y ha de convertirse en polvo vil, y he mirado, por último, a don
Luis con miradas provocantes, y, al estrechar su mano, he
querido transmitir de mis venas a las suyas este fuego
inextinguible en que me abraso.

—¡Ay, niña! ¡Qué pena me da lo que te oigo! ¡Quién
lo hubiera podido imaginar siquiera!

—Pues hay más todavía —añadió Pepita—. Logré que
don Luis me amase. Me lo declaraba con los ojos. Sí; su
amor era tan profundo, tan ardiente como el mío. Su virtud, su aspiración a los bienes eternos, su esfuerzo varonil trataba de vencer esta pasión insana. Yo he procurado
impedirlo. Una vez, después de muchos días que faltaba
de esta casa, vino a verme y me halló sola. Al darme la
mano lloré; sin hablar me inspiró el infierno una maldita
elocuencia muda, y le di a entender mi dolor porque me
desdeñaba, porque no me quería, porque prefería a mi
amor otro amor sin mancilla. Entonces no supo él resistir
a la tentación y acercó su boca a mi rostro para secar mis
lágrimas. Nuestras bocas se unieron. Si Dios no hubiera
dispuesto que llegase usted en aquel instante, ¿qué hubiera sido de mí?

—¡Qué vergüenza, hija mía! ¡Qué vergüenza! —dijo
el padre Vicario.

Pepita se cubrió el rostro con entrambas manos y empezó a sollozar como una Magdalena. Las manos eran, en

efecto, tan bellas, más bellas que lo que don Luis había
dicho en sus cartas. Su blancura, su transparencia nítida,
lo afilado de los dedos, los sonrosado, pulido y brillante
de las uñas de nácar, todo era para volver loco a cualquier hombre.

El virtuoso Vicario comprendió, a pesar de sus ochenta
años, la caída o tropiezo de don Luis.

—¡Muchacha —exclamó—, no seas extremosa! ¡No
me partas el corazón! Tranquilízate. Don Luis se ha arre-
pentido, sin duda, de su pecado. Arrepiéntete tú también,
y se acabó. Dios os perdonará y os hará unos santos.
Cuando don Luis se va pasado mañana, clara señal es de
que la virtud ha triunfado en él, y huye de ti, como debe,
para hacer penitencia de su pecado, cumplir su promesa
y acudir a su vocación.

—Bueno está eso —replicó Pepita—: cumplir su promesa..., acudir a su vocación... ¡y matarme a mí antes!
¿Por qué me ha querido, por qué me ha engañado? Su
beso fue marca, fue hierro candente con que me señaló
y selló como a su esclava. Ahora, que estoy marcada y
esclavizada, me abandona, y me vende, y me asesina.
¡Feliz principio quiere dar a sus misiones, predicaciones
y triunfos evangélicos! ¡No será! ¡Vive Dios que no será!

Este arranque de ira y de amoroso despecho, aturdió
al padre Vicario.

Pepita se había puesto de pie. Su ademán, su gesto
tenían una animación trágica. Fulguraban sus ojos como
dos puñales; relucían como dos soles. El Vicario callaba
y la miraba casi con terror. Ella recorrió la sala a grandes
pasos. No parecía ya tímida gacela, sino iracunda leona.

—Pues qué —dijo, encarándose de nuevo con el padre
Vicario—, ¿no hay más que burlarse de mí, destrozarme
el corazón, humillármele, pisoteármele después de haber-
mele robado por engaño? ¡Se acordará de mí! ¡Me las
pagará! Si es tan santo, si es tan virtuoso, ¿por qué me
miró prometiéndomelo todo con su mirada? Si ama tanto
a Dios, ¿por qué hace mal a una pobre criatura de Dios?
¿Es esto caridad? ¿Es religión esto? No; es egoísmo sin
entrañas.

La cólera de Pepita no podía durar mucho. Dichas las últimas palabras, se trocó en desfallecimiento. Pepita se dejó caer en una butaca, llorando más que antes, con una verdadera congoja.

El Vicario sintió la más tierna compasión; pero recobró su brío al ver que el enemigo se rendía.

—Pepita, niña —dijo—, vuelve en ti; no te atormentes de ese modo. Considera que él habrá luchado mucho para vencerse; que no te ha engañado; que te quiere con toda el alma, pero que Dios y su obligación están antes. Esta vida es muy breve y pronto se pasa. En el cielo os reuniréis y os amaréis como se aman los ángeles. Dios aceptará vuestro sacrificio y os premiará y recompensará con usura. Hasta tu amor propio debe estar satisfecho. ¡Qué no valdrás tú cuando has hecho vacilar y aun pecar a un hombre como don Luis! ¡Cuán honda herida no habrá logrado hacer en su corazón! Bástete con esto. ¡Sé generosa, sé valiente! Compite con él en firmeza. Déjale partir; lanza de tu pecho el fuego del amor impuro; ámale como a tu prójimo, por el amor de Dios. Guarda su imagen en tu mente, pero como la criatura predilecta, reservando al Creador la más noble parte del alma. No sé lo que te digo, hija mía, porque estoy muy turbado; pero tú tienes mucho talento y mucha discreción, y me comprendes por medias palabras. Hay además motivos mundanos poderosos que se opondrían a estos absurdos amores, aunque la vocación y promesa de don Luis no se opusieran. Su padre te pretende: aspira a tu mano, por más que tú no le ames. ¿Estará bien visto que salgamos ahora con que el hijo es rival del padre? ¿No se enojará el padre contra el hijo por amor tuyo? Mira cuán horrible es todo esto, y domínate por Jesús Crucificado y por su bendita madre María Santísima.

—¡Qué fácil es dar consejos! —contestó Pepita sosegándose un poco—. ¡Qué difícil me es seguirlos, cuando hay como una fiera y desencadenada tempestad en mi cabeza! ¡Si me da miedo de volverme loca!

—Los consejos que te doy son por tu bien. Deja que don Luis se vaya. La ausencia es gran remedio para el mal de amores. El sanará de su pasión entregándose a sus estudios y consagrándose al altar. Tú, así que esté lejos don Luis, irás poco a poco serenándote, y conservarás de él un grato y melancólico recuerdo, que no te hará daño. Será como una hermosa poesía que dorará con su luz tu existencia. Si todos tus deseos pudieran cumplirse..., ¿quién sabe?... Los amores terrenales son poco consistentes. El deleite que la fantasía entrevé, con gozarlo y apurarlo hasta las heces, nada vale comparado con los amargos dejos. ¡Cuánto mejor es que vuestro amor, apenas contaminado y apenas impurificado, se pierda y evapore ahora, subiendo al cielo como nube de incienso, que no el que muera, una vez satisfecho, a manos del hastío! Ten valor para apartar la copa de tus labios cuando apenas has gustado el licor que contiene. Haz con ese licor una libación y una ofrenda al Redentor Divino. En cambio, te dará El de aquella bebida que ofreció a la Samaritana, bebida que no cansa, que satisface la sed y que produce vida eterna [39].

—¡Padre mío! ¡Padre mío! ¡Qué bueno es usted! Sus santas palabras me prestan valor. Yo me dominaré; yo me venceré. Sería bochornoso, ¿no es verdad que sería bochornoso que don Luis supiera dominarse y vencerse, y yo fuera liviana y no me venciera? Que se vaya. Se va pasado mañana. Vaya bendito de Dios. Mire usted su tarjeta. Ayer estuvo a despedirse con su padre y no le he recibido. Ya no le veré más. No quiero conservar ni el recuerdo poético de que usted habla. Estos amores han sido una pesadilla. Yo la arrojaré lejos de mí.

—¡Bien, muy bien! Así te quiero yo, enérgica, valiente.

—¡Ay, padre mío! Dios ha derribado mi soberbia con este golpe; mi entendimiento era insolentísimo, y han sido

---

[39] El texto de las palabras de Cristo es como sigue: «Todo el que beba de esta agua (la que se dispone a sacar del pozo la Samaritana) volverá a tener sed; pero el que beba del agua que yo le dé, no tendrá sed jamás, sino que el agua que yo le dé se convertirá en él en fuente de agua que brota para la vida eterna», *Juan*, 4,13-14.

indispensables los desdenes de ese hombre para que sea
yo todo lo humilde que debo. ¿Puedo estar más postrada
ni más resignada? Tiene razón don Luis: yo no le merezco. ¿Cómo por más esfuerzos que hiciera habría yo de
elevarme hasta él, y comprenderle, y poner en perfecta
comunicación mi espíritu con el suyo? Yo soy zafia aldeana, inculta, necia; él no hay ciencia que no comprenda,
ni arcano que ignore, ni esfera encumbrada del mundo
intelectual adonde no suba. Allá se remonta en alas de su
genio, y a mí, pobre y vulgar mujer, me deja por acá,
en este bajo suelo, incapaz de seguirle ni siquiera con una
levísima esperanza y con mis desconsolados suspiros.

—Pero, Pepita, por los clavos de Cristo, no digas eso,
ni lo pienses. ¡Si don Luis no te desdeña por zafia, ni
porque es muy sabio y tú no le entiendes, ni por esas ma-
jaderías que ahí estás ensartando! El se va porque tiene
que cumplir con Dios; y tú debes alegrarte de que se
vaya, porque sanarás del amor y Dios te dará el premio de
tan grande sacrificio.

Pepita, que ya no lloraba y que se había enjugado las
lágrimas con el pañuelo, contestó tranquila:

—Está bien, padre; yo me alegraré; casi me alegro ya
de que se vaya. Deseando estoy que pase el día de mañana, y que, pasado, venga Antoñona a decirme cuando
yo despierte: «Ya se fue don Luis.» Usted verá cómo
renacen entonces la calma y la serenidad antigua en mi
corazón.

—Así sea —dijo el padre Vicario, y convencido de que
había hecho un prodigio y de que había curado casi el mal
de Pepita, se despidió de ella y se fue a su casa, sin
poder resistir ciertos estímulos de vanidad al considerar
la influencia que ejercía sobre el noble espíritu de aquella
preciosa muchacha.

Pepita, que se había levantado para despedir al padre
Vicario, no bien volvió a cerrar la puerta y quedó sola,
de pie, en medio de la estancia, permaneció un rato inmóvil, con la mirada fija, aunque sin fijarla en ningún

objeto, y con los ojos sin lágrimas. Hubiera recordado a
un poeta o a un artista la figura de Ariadna [40], como la
describe Catulo, cuando Teseo la abandonó en la isla de
Naxos. De repente, como si lograse desatar un nudo que
le apretaba la garganta, como si quebrase un cordel que
la ahogaba, rompió Pepita en lastimeros gemidos, vertió
un raudal de llanto y dio con su cuerpo, tan lindo y delicioso, sobre las losas frías del pavimento. Allí, cubierta
la cara con las manos, desatada la trenza de sus cabellos
y en desorden la vestidura, continuó en sus sollozos y en
sus gemidos.

Así hubiera seguido largo tiempo si no llega Antoñona.
Antoñona la oyó gemir, antes de entrar y verla, y se pre-
cipitó en la sala. Cuando la vio tendida en el suelo, hizo
Antoñona mil extremos de furor.

—¡Vea usted —dijo—, ese zángano, pelgar, vejete,
tonto, qué maña se da para consolar a sus amigas! ¡Habrá
largado alguna barbaridad, algún buen par de coces a esta
criaturita de mi alma, y me la ha dejado aquí medio muerta, y él se ha vuelto a la iglesia a preparar lo conveniente
para cantarla el gorigori, y rociarla con el hisopo y ente-
rrármela sin más ni más!

Antoñona tendría cuarenta años, y era dura en el trabajo, briosa y más forzuda que muchos cavadores. Con
frecuencia levantaba poco menos que a pulso una co-
rambre con tres arrobas y media de aceite o de vino, y la
plantaba sobre el lomo de un mulo, o bien cargaba con
un costal de trigo y lo subía al alto del desván, donde estaba el granero. Aunque Pepita no fuese una paja, Antoñona la alzó del suelo en sus brazos, como si lo fuera, y
la puso con mucho tiento sobre el sofá, como quien co-
loca la alhaja más frágil y primorosa para que no se
quiebre.

---

[40] Ariadna, personaje mitológico, hija de Minos, rey de Creta, y
de Pasifae. Enamorada de Teseo (llegado a la isla a luchar contra
el Minotauro) le ayuda en su entrada al laberinto. Huye después
con él hacia Atenas, pero en la Isla de Naxos es abandonada
mientras dormía. Al despertar divisa, apenada, la barca en que se
alejaba su amante, sin comprender las razones de su abandono.

—¿Qué soponcio es éste? —preguntó Antoñona—. Apuesto cualquier cosa a que este zanguango de Vicario te ha echado un sermón de acíbar y te ha destrozado el alma a pesadumbres.

Pepita seguía llorando y sollozando sin contestar.

—¡Ea! Déjate de llanto y dime lo que tienes. ¿Qué te ha dicho el Vicario?

—Nada ha dicho que pueda ofenderme —contestó al fin Pepita.

Viendo luego que Antoñona aguardaba con interés a que ella hablase y deseando desahogarse con quien simpatizaba mejor con ella y más *humanamente* la comprendía, Pepita habló de esta manera:

—El padre Vicario me amonesta con dulzura para que me arrepienta de mis pecados; para que deje partir en paz a don Luis; para que me alegre de su partida; para que le olvide. Yo he dicho que sí a todo. He prometido alegrarme de que don Luis se vaya. He querido olvidarle y hasta aborrecerle, pero mira, Antoñona, no puedo; es un empeño superior a mis fuerzas. Cuando el Vicario estaba aquí, juzgué que tenía yo bríos para todo, y no bien se fue, como si Dios me dejara de su mano, perdí los bríos y me caí en el suelo desolada. Yo había soñado una vida venturosa al lado de este hombre que me enamora; yo me veía ya elevada hasta él por obra milagrosa del amor; mi pobre inteligencia en comunión perfectísima con su inteligencia sublime; mi voluntad siendo una con la suya; con el mismo pensamiento ambos; latiendo nuestros corazones acordes. ¡Dios me lo quita y se le lleva, y yo me quedo sola, sin esperanza ni consuelo! ¿No es verdad que es espantoso? Las razones del padre Vicario son justas, discretas... Al pronto me convencieron. Pero se fue, y todo el valor de aquellas razones me parece nulo; vano juego de palabras; mentiras, enredos y argucias. Yo amo a don Luis, y esta razón es más poderosa que todas las razones. Y si él me ama, ¿por qué no lo deja todo y me busca, y se viene a mí y quebranta promesas y anula compromisos? No sabía yo lo que era amor.

Ahora lo sé: no hay nada más fuerte en la tierra y en el cielo. ¿Qué no haría yo por don Luis? Y él por mí nada hace. Acaso no me ama. No, don Luis no me ama. Yo me engañé: la vanidad me cegó. Si don Luis me amase, me sacrificaría sus propósitos, sus votos, su fama, sus aspiraciones a ser un santo y a ser una lumbrera de la Iglesia; todo me lo sacrificaría. Dios me lo perdone...; es horrible lo que voy a decir, pero lo siento aquí en el centro del pecho; me arde aquí, en la frente calenturienta: yo por él daría hasta la salvación de mi alma.

—...¡Jesús, María y José! —interrumpió Antoñona.

—Es cierto, Virgen Santa de los Dolores, ¡perdonadme, perdonadme...; estoy loca..., no sé lo que digo, y blasfemo!

—Sí, hija mía, ¡estás algo empecatada! ¡Válgame Dios y cómo te ha trastornado el juicio ese teólogo pisaverde! Pues si yo fuera tú, no lo tomaría contra el cielo, que no tiene la culpa, sino contra el mequetrefe del colegial, y me las pagaría o me borraría el nombre que tengo. Ganas me dan de ir a buscarle y traértele aquí de una oreja, y obligarle a que te pida perdón y a que te bese los pies de rodillas.

—No, Antoñona. Veo que mi locura es contagiosa y que tú deliras también. En resolución, no hay más recurso que hacer lo que me aconseja el padre Vicario. Lo haré aunque me cueste la vida. Si muero por él, él me amará, él guardará mi imagen en su memoria, mi amor en su corazón; y Dios, que es tan bueno, hará que yo vuelva a verle en el cielo con los ojos del alma, y que allí nuestros espíritus se amen y se confundan.

Antoñona, aunque era recia de veras y nada sentimental, sintió, al oír esto, que se le saltaban las lágrimas.

—Caramba, niña —dijo Antoñona—, vas a conseguir que suelte yo el trapo a llorar y que berree como una vaca. Cálmate y no pienses en morirte ni de chanza. Veo que tienes muy excitados los nervios. ¿Quieres que traiga una taza de tila?

—No, gracias. Déjame...; ya ves cómo estoy sosegada.

—Te cerraré les ventanas, a ver si duermes. Si no duermes hace días, ¿cómo has de estar? ¡Mal haya el tal don Luis y su manía de meterse cura! ¡Buenos supiripandos te cuesta!

Pepita había cerrado los ojos; estaba en calma y en silencio, harta ya de coloquio con Antoñona.

Esta, creyéndola dormida, o deseando que durmiera, se inclinó hacia Pepita, puso con lentitud y suavidad un beso sobre su blanca frente, le arregló y plegó el vestido sobre el cuerpo, entornó las ventanas para dejar el cuarto a media luz y salió de puntillas, cerrando la puerta sin hacer el menor ruido.

Mientras que ocurrían estas cosas en casa de Pepita, no estaba más alegre y sosegado en la suya el señor don Luis de Vargas.

Su padre, que no dejaba casi ningún día de salir al campo a caballo, había querido llevarle en su compañía; pero don Luis se había excusado con que le dolía la cabeza, y don Pedro se fue sin él. Don Luis había pasado solo toda la mañana, entregado a sus melancólicos pensamientos, y más firme que roca en su resolución de borrar de su alma la imagen de Pepita y de consagrarse a Dios por completo.

No se crea, con todo, que no amaba a la joven viuda. Ya hemos visto por las cartas la vehemencia de su pasión; pero él seguía enfrenándola con los mismos afectos piadosos y consideraciones elevadas de que en las cartas da larga muestra, y que podemos omitir aquí para no pecar de prolijos.

Tal vez, si profundizamos con severidad en este negocio, notaremos que contra el amor de Pepita no luchaban sólo en el alma de don Luis el voto hecho ya en su interior, aunque no confirmado; el amor de Dios, el respeto a su padre, de quien no quería ser rival, y la vocación, en suma, que sentía por el sacerdocio. Había otros motivos de menos depurados quilates y de más baja ley.

Don Luis era pertinaz, era terco; tenía aquella condición que, bien dirigida, constituye lo que se llama firmeza de carácter, y nada había que le rebajase más a sus propios ojos que el variar de opinión y de conducta. El propósito de toda su vida, lo que había sostenido y declarado ante cuantas personas le trataban, su figura moral, en una palabra, que era ya la de un aspirante a santo, la de un hombre consagrado a Dios, la de un sujeto imbuido en las más sublimes filosofías religiosas, todo esto no podía caer por tierra sin gran mengua de don Luis, como caería si se dejase llevar del amor de Pepita Jiménez. Aunque el precio era sin comparación mucho más subido, a don Luis se le figuraba que si cedía iba a remedar a Esaú, y a vender su primogenitura y a deslustrar su gloria [41].

Por lo general, los hombres solemos ser juguetes de las circunstancias; nos dejamos llevar de la corriente, y no nos dirigimos sin vacilar a un punto. No elegimos papel, sino tomamos y hacemos el que nos toca, el que la ciega fortuna nos depara. La profesión, el partido político, la vida entera de muchos hombres depende de casos fortuitos, de lo eventual, de lo caprichoso y no esperado de la suerte.

Contra esto se rebelaba el orgullo de don Luis, con titánica pujanza. ¿Qué se diría de él, y, sobre todo, qué pensaría él de sí mismo si el ideal de su vida —el hombre nuevo que había creado en su alma—, si todos sus planes de virtud, de honra y hasta de santa ambición se desvaneciesen en un instante, se derritiesen al calor de una mirada, por la llama fugitiva de unos lindos ojos, como la escarcha se derrite con el rayo débil aún del sol matutino?

Estas y otras razones de un orden egoísta militaban también contra la viuda, a par de las razones legítimas y de sustancia; pero todas las razones se revestían del mismo hábito religioso, de manera que el propio don Luis no acertaba a reconocerlas y distinguirlas, creyendo

---

[41] Esaú cedió a Jacob sus derechos de primogenitura a cambio de una comida consistente en pan, bebida y un «guiso de lentejas», Gen. 25,34.

amor de Dios, no sólo lo que era amor de Dios, sino
asimismo el amor propio. Recordaba, por ejemplo, las
vidas de muchos santos, que habían resistido tentaciones
mayores que las suyas, y no quería ser menos que ellos.
Y recordaba, sobre todo, aquella entereza de San Juan
Crisóstomo, que supo desestimar los halagos de una madre amorosa y buena, y su llanto y sus quejas dulcísimas,
y todas las elocuentes y sentidas palabras que le dijo
para que no la abandonase y se hiciese sacerdote, llevan-
dole para ello a su propia alcoba, y haciéndole sentar
junto a la cama en que lo había parido. Y después de
fijar en esto la consideración, don Luis no se sufría a sí
propio el no menospreciar las súplicas de una mujer extraña a quien hacía tan poco tiempo que conocía, y el
vacilar aún entre su deber y el atractivo de una joven,
tal vez más que enamorada, coqueta.

Pensaba luego don Luis en la alteza soberana de la
dignidad del sacerdocio a que estaba llamado, y la veía
por cima de todas las instituciones y de las míseras co-
ronas de la tierra; porque no ha sido hombre mortal,
ni capricho del voluble y servil populacho, ni irrupción
o avenida de gente bárbara, ni violencia de amotinadas
huestes movidas de la codicia, ni ángel, ni arcángel, ni
potestad criada, sino el mismo Paráclito [42] quien la ha
fundado. ¿Cómo por el liviano incentivo de una mozuela,
por una lagrimilla quizá mentida, despreciar esa dignidad
augusta, esa potestad que Dios no concedió ni a los ar-
cángeles que están más cerca de su trono? ¿Cómo bajar
a confundirse entre la oscura plebe, y ser uno del rebaño, cuando ya soñaba ser pastor, atando y desatando en
la tierra para que Dios ate y desate en el cielo, perdo-
nando los pecados, regenerando a las gentes por el agua
y por el espíritu, adoctrinándolas en nombre de una autoridad infalible, dictando sentencias que el Señor de las
alturas ratifica luego y confirma, siendo iniciador y agente

---

[42] Paráclito, término procedente del griego «paracletos» (defen-
sor, consolador) que se aplica a la tercera persona de la divinidad
cristiana, denominada Espíritu Santo.

de tremendos misterios, inasequibles a la razón humana, y
haciendo descender del cielo, no como Elías la llama que
consume la víctima, sino al Espíritu Santo, al Verbo
hecho carne y el torrente de la gracia que purifica los corazones y los deja limpios como el oro? [43].

Cuando don Luis reflexionaba sobre todo esto, se eleva-
ba su espíritu, se encumbraba por cima de las nubes en
la región empírea, y la pobre Pepita Jiménez quedaba
allá muy lejos, y apenas si él la veía.

Pero pronto se abatía el vuelo de su imaginación, y el
alma de don Luis tocaba a la tierra y volvía a ver a Pepita, tan graciosa, tan joven, tan candorosa y tan enamorada, y Pepita combatía dentro de su corazón contra sus
más fuertes y arraigados propósitos, y don Luis temía
que diese al traste con ellos.

Así se atormentaba don Luis con encontrados pensamientos que se daban guerra cuando entró Currito en
su cuarto sin decir oxte ni moxte.

Currito, que no estimaba gran cosa a su primo mientras no fue más que teólogo, le veneraba, le admiraba y
formaba de él un concepto sobrehumano desde que le
había visto montar tan bien en Lucero.

Saber teología y no saber montar desacreditaba a don
Luis a los ojos de Currito; pero cuando Currito advirtió
que sobre la ciencia y sobre todo aquello que él no entendía, si bien presumía difícil y enmarañado, era don
Luis capaz de sostenerse tan bizarramente en las espaldas de una fiera, ya su veneración y su cariño a don
Luis no tuvieron límites. Currito era un holgazán, un per-

---

[43] Referencia a los poderes o funciones sacramentales que se
atribuye al sacerdote («pastor»): juicio y perdón de los pecados
en la confesión («dictando sentencias», «atando y desatando»),
infundir nueva vida moral en el bautismo («regenerando a las
gentes por el agua y por el espíritu»), celebrar la Eucaristía
(«haciendo descender del cielo... al verbo hecho carne...») y
predicar el Evangelio y la doctrina de la Iglesia «en nombre de
una autoridad infalible».

dido, un verdadero mueble, pero tenía un corazón afectuoso y leal. A don Luis, que era el ídolo de Currito,
le sucedía como a todas las naturalezas superiores con los
seres inferiores que se les aficionan. Don Luis se dejaba
querer, esto es, era dominado despóticamente por Currito en los negocios de poca importancia. Y como para
hombres como don Luis casi no hay negocios que la
tengan en la vida vulgar y diaria, resultaba que Currito
llevaba y traía a don Luis como un zarandillo.

—Vengo a buscarte —le dijo— para que me acompa-
ñes al casino, que está animadísimo hoy y lleno de gente.
¿Qué haces aquí solo, tonteando y hecho un papamoscas?

Don Luis, casi sin replicar, y como si fuera mandato,
tomó su sombrero y su bastón, y diciendo: «Vámonos
donde quieras», siguió a Currito, que se adelantaba, tan
satisfecho de aquel dominio que ejercía.

El casino, en efecto, estaba de bote en bote, gracias
a la solemnidad del día siguiente, que era el día de San
Juan. A más de los señores del lugar, había muchos forasteros, que habían venido de los lugares inmediatos para
concurrir a la feria y velada de aquella noche.

El centro de la concurrencia era el patio, enlosado de
mármol, con fuente y surtidos en medio y muchas macetas de dompedros, gala-de-Francia, rosas, claveles y al-
bahaca. Un toldo de lona doble cubría el patio, preser-
vándole del sol. Un corredor o galería, sostenida por columnas de mármol, le circundaba; y así en la galería como
en varias salas a que la galería daba paso, había mesas
de tresillo, otras con periódicos, otras para tomar café
o refrescos, y, por último, sillas, banquillos y algunas
butacas. Las paredes estaban blancas como la nieve del
frecuente enjalbiego, y no faltaban cuadros que las ador-
nasen. Eran litografías francesas iluminadas, con circuns-
tanciada explicación bilingüe escrita por bajo. Unas re-
presentaban la vida de Napoleón I, desde Toulon a Santa
Elena; otras las aventuras de Matilde y Malek-Adel;
otras, los lances de amor y guerra del Templario, Rebeca,
Lady Rowena e Ivanhoe, y otras, los galanteos, travesu-

ras, caídas y arrepentimientos de Luis XIV y la señorita
de la Vallière [44].

Currito llevaba a don Luis, y don Luis se dejó llevar,
a la sala donde estaba la flor y nata de los elegantes,
dandies y *cocodés* [45] del lugar y de toda la comarca.
Entre ellos descollaba el conde de Genazahar, de la ve-
cina ciudad de... Era un personaje ilustre y respetado.
Había pasado en Madrid y en Sevilla largas temporadas,
y se vestía con los mejores sastres, así de majo como
de señorito. Había sido diputado dos veces, y había hecho
una interpelación al Gobierno sobre un atropello de un
alcalde-corregidor.

Tendría el conde de Genazahar treinta y tantos años;
era buen mozo y lo sabía, y se jactaba además de tremendo en paz y en lides, en desafíos y en amores. El
conde, no obstante, y a pesar de haber sido uno de los
más obstinados pretendientes de Pepita, había recibido
las confitadas calabazas que ella solía propinar a quienes
la requebraban y aspiraban a su mano.

La herida que aquel duro y amargo confite había abierto en su endiosado corazón no estaba cicatrizada todavía.
El amor se había vuelto odio, y el conde se desahogaba
a menudo, poniendo a Pepita como chupa de dómine.

En este ameno ejercicio se hallaba el conde cuando
quiso la mala ventura que don Luis y Currito llegasen
y se metiesen en el corro, que se abrió para recibirlos,
de los que oían el extraño sermón de honras. Don Luis,
como si el mismo diablo lo hubiera dispuesto, se encontró cara a cara con el conde, que decía de este modo:

---

[44] Se cita a personajes históricos (Napoleón, conducido desde
Toulon al destierro en la isla de Santa Elena, y la duquesa de
La Vallière, amante de Luis XIV desde 1661 a 1667) y de ficción,
pertenecientes a novelas de S. Cottin (Matilde y Malek-Adel,
de *Matilde o Memorias sacadas de las cruzadas,* Madrid, Imp. J.
Brugada, 1821) y de W. Scott (de *Ivanhoe*).
[45] Términos con los que se designa en inglés y francés, respec-
tivamente, a las personas que en su conducta y porte exterior
muestran una exquisitez y elegancia refinadas.

—No es mala pécora la tal Pepita Jiménez. Con más fantasías y más humos que la infanta Micomicona [46], quiere hacernos olvidar que nació y vivió en la miseria hasta que se casó con aquel pelele, con aquel vejestorio, con aquel maldito usurero, y le cogió los ochavos. La única cosa buena que ha hecho en su vida la tal viuda es concertarse con Satanás para enviar pronto al infierno a su galopín de marido, y librar la tierra de tanta infección y de tanta peste. Ahora le ha dado a Pepita por la virtud y por la castidad. ¡Bueno estará todo ello! Sabe Dios si estará enredada de ocultis con algún gañán, y burlándose del mundo como si fuese la reina Artemisa [47].

A las personas recogidas, que no asisten a reuniones de hombres solos, escandalizará sin duda este lenguaje, les parecerá desbocado y brutal hasta la inverosimilitud; pero los que conocen el mundo confesarán que este lenguaje es muy usado en él, y que las damas más bonitas, las más agradables mujeres, las más honradas matronas suelen ser blanco de tiros no menos infames y soeces, si tienen un enemigo, y aun sin tenerle, porque a menudo se murmura o, mejor dicho, se injuria y se deshonra a veces para mostrar chiste y desenfado.

Don Luis, que desde niño había estado acostumbrado a que nadie se descompusiese en su presencia, ni le dijese cosas que pudieran enojarle, porque durante su niñez le rodeaban criados, familiares y gente de la clientela de su padre, que atendían sólo a su gusto, y después en el Seminario, así por sobrino del Deán como por lo mucho que él merecía, jamás había sido contrariado, sino considerado y adulado, sintió un aturdimiento singular, se que-

---

[46] Personaje femenino del *Quijote,* de nombre Dorotea, que se aviene con el cura y el barbero a fingir el papel de «doncella menesterosa» que precisa del auxilio del caballero andante don Quijote, para que «desfaga un tuerto o agravio que un gigante le tiene fecho». Le imponen el sobrenombre de «princesa Micomicona, porque llamándose su reino Micomicón, claro está que ella se ha de llamar así», *Quijote,* I, 29.

[47] Divinidad griega, correspondiente a la Diana latina, que, dedicada a la caza, vive, desdeñosa de los hombres, en perpetua virginidad.

dó como herido por un rayo cuando vio al insolente conde arrastrar por el suelo, mancillar y cubrir de inmundo lodo la honra de la mujer que amaba.

¿Cómo defenderla, no obstante? No se le ocultaba que, si bien no era marido, ni hermano, ni pariente de Pepita, podría sacar la cara por ella como caballero; pero veía el escándalo que esto causaría cuando no había allí ningún profano que defendiese a Pepita, antes bien, todos reían al conde la gracia. Él, casi ministro ya de un Dios de paz, no podía dar un mentís y exponerse a una riña con aquel desvergonzado.

Don Luis estuvo por enmudecer e irse; pero no lo consintió su corazón, y pugnando por revestirse de una autoridad que ni sus años juveniles, ni su rostro, donde había más bozo que barbas; ni su presencia en aquel lugar consentían, se puso a hablar con verdadera elocuencia contra los maldicientes y a echar en rostro al conde, con libertad cristiana y con acento severo, la fealdad de su ruin acción.

Fue predicar en desierto, o peor que predicar en desierto. El conde contestó con pullas y burletas a la homilía; la gente, entre la que había no pocos forasteros, se puso del lado del burlón, a pesar de ser don Luis el hijo del cacique; el propio Currito, que no valía para nada y era un blandengue, aunque no se rió, no defendió a su primo, y éste tuvo que retirarse, vejado y humillado bajo el peso de la chacota.

—¡Esta flor le faltaba al ramo! —murmuró entre dientes el pobre don Luis cuando llegó a su casa, y volvió a meterse en su cuarto, mohíno y maltratado por la rechifla que él se exageraba y se figuraba insufrible. Se echó de golpe en un sillón, abatido y descorazonado, y mil ideas contrarias asaltaron su mente.

La sangre de su padre, que hervía en sus venas, le despertaba la cólera y le excitaba a ahorcar los hábitos, como al principio le aconsejaban en el lugar, y dar luego su merecido al señor conde; pero todo el porvenir que se había creado se deshacía al punto, y veía al Deán que renegaba de él; y hasta el Papa, que había enviado ya la dispensa pontificia para que se ordenase antes de la edad, y el Prelado diocesano, que había apoyado la solicitud de la dispensa en su probada virtud, ciencia sólida y firmeza de vocación, se le aparecían para reconvenirle.

Pensaba luego en la teoría chistosa de su padre sobre el complemento de la persuasión de que se valían el apóstol Santiago, los obispos de la Edad Media, don Íñigo de Loyola y otros personajes, y no le parecía tan descabellada la teoría, arrepintiéndose casi de no haberla practicado.

Recordaba entonces la costumbre de un doctor ortodoxo, insigne filósofo persa contemporáneo, mencionada en un libro reciente escrito sobre aquel país; costumbre que consistía en castigar con duras palabras a los discípulos y oyentes cuando se reían de las lecciones o no las entendían, y, si esto no bastaba, descender de la cátedra sable en mano y dar a todos una paliza. Este método era eficaz, principalmente en la controversia, si bien dicho filósofo había encontrado una vez a otro contrincante del mismo orden, que le había hecho un chirlo descomunal en la cara.

Don Luis, en medio de su mortificación y mal humor, se reía de lo cómico del recuerdo; hallaba que no faltarían en España filósofos que adoptarían de buena gana el método persiano; y si él no le adoptaba también, no era a la verdad por miedo del chirlo, sino por consideraciones de mayor valor y nobleza.

Acudían, por último, mejores pensamientos a su alma y le consolaban un poco.

—Yo he hecho muy mal —se decía— en predicar allí; debí haberme callado. Nuestro Señor Jesucristo lo ha dicho: «No deis a los perros las cosas santas, ni arrojéis margaritas a los cerdos, porque los cerdos se revolverán contra vosotros y os hollarán con sus asquerosas pezuñas» [48]. Pero no, ¿por qué me he de quejar? ¿Por qué

---

[48] El texto bíblico dice así: «No déis a los perros lo que es santo ni echéis vuestras perlas delante de los puercos, no sea

he de volver injuria por injuria? ¿Por qué me he de
dejar vencer de la ira? Muchos santos Padres lo han
dicho: «La ira es peor aún que la lascivia en los sacerdotes.» La ira de los sacerdotes ha hecho verter muchas
lágrimas y ha causado males horribles. Esta ira, consejera
tremenda, tal vez los ha persuadido de que era menester
que los pueblos sudaran sangre bajo la presión divina,
y ha traído a sus encarnizados ojos la visión de Isaías,
y han visto y han hecho ver a sus secuaces fanáticos al
manso Cordero convertido en vengador inexorable, des-
cendiendo de la cumbre de Edón, soberbio con la mu-
chedumbre de su fuerza, pisoteando a las naciones como
el pisador pisa las uvas en el lagar, y con la vestimenta
levantada y cubierto de sangre hasta los muslos [49]. ¡Ah,
no, Dios mío! Voy a ser tu ministro; Tú eres un Dios
de paz, y mi primera virtud debe ser la mansedumbre.
Lo que enseñó tu Hijo en el sermón de la Montaña tiene
que ser mi norma. No ojo por ojo ni diente por diente,
sino amar a nuestros enemigos. Tú amaneces sobre justos
y pecadores, y derramas sobre todos la lluvia fecunda
de tus inexhaustas bondades. Tú eres nuestro Padre, que
estás en el cielo, y debemos ser perfectos como Tú, per-
donando a quienes nos ofendan, y pidiéndote que los
perdones porque no saben lo que se hacen. Yo debo
recordar las bienaventuranzas [50]. Bienaventurados cuando

---

que las pisoteen con sus patas, y después, volviéndose, os despe-
dacen», Mateo, 7,6.
[49] Concepción belicosa y fanática de la religión que en el siglo XIX era compartida por los neocatólicos. En la carta del 4 de
mayo alude don Luis a los clérigos guerrilleros que acuden a las
armas «a fin de que la fe triunfe». Esta imagen de un Dios jus-
ticiero y vengador aparece en la metáfora del lagar utilizada por
Isaías, 63,6; «Pisoteé a pueblos en mi ira, los pisé con furia e
hice correr por tierra su zumo».
[50] Todo este soliloquio de don Luis está impregnado de literatura bíblica y gira en torno a la proclamación de la Nueva Ley
centrada en las bienaventuranzas («Bienaventurados los pobres,
porque vuestro es el reino de los cielos...», Lucas, 6,20 y ss.) y
en la contraposición de preceptos de la moral del Nuevo frente
al Antiguo Testamento: «Habéis oído que se dijo: *Ojo por ojo
y diente por diente.* Pues yo os digo que no resistáis al mal» (...).

os ultrajaren y persiguieren y dijeren todo mal de vosotros. El sacerdote, el que va a ser sacerdote, ha de
ser humilde, pacífico, manso de corazón. No como la
encina, que se levanta orgullosa hasta que el rayo la
hiere, sino como las hierbecillas fragantes de las selvas
y las modestas flores de los prados, que dan más suave
y grato aroma cuando el villano las pisa.

En estas y otras meditaciones por el estilo transcu-
rrieron las horas hasta que dieron las tres, y don Pedro,
que acababa de volver del campo, entró en el cuarto de
su hijo para llamarle a comer. La alegre cordialidad del
padre, sus chistes, sus muestras de afecto, no pudieron
sacar a don Luis de la melancolía ni abrirle el apetito.
Apenas comió; apenas habló en la mesa.

Si bien disgustadísimo con la silenciosa tristeza de su
hijo, cuya salud, aunque robusta, pudiera resentirse, como
don Pedro era hombre que se levantaba al amanecer y
bregaba mucho durante el día, luego que acabó de fumar
un buen cigarro abano de sobremesa, acompañándole con
su taza de café y su capita de aguardiente de anís doble,
se sintió fatigado, y, según costumbre, se fue a dormir
sus dos o tres horas de siesta.

Don Luis tuvo buen cuidado de no poner en noticia de
su padre la ofensa que le había hecho el conde de Genazahar. Su padre, que no iba a cantar misa y que tenía
una índole poco sufrida, se hubiera lanzado al instante
a tomar la venganza que él no tomó.

Solo ya don Luis, dejó el comedor para no ver a nadie,
y volvió al retiro de su estancia para abismarse más profundamente en sus ideas.

Abismado en ellas estaba hacía largo rato, sentado
junto al bufete, los codos sobre él, y en la derecha mano
apoyada la mejilla, cuando sintió cerca ruido. Alzó los

«Habéis oído que se dijo: Amarás a tu prójimo y odiarás a tu
enemigo. Pues yo os digo: amad a vuestros enemigos y rogad por
los que os persigan para que seáis hijos de vuestro Padre Celestial
que hace salir su sol sobre malos y buenos y llover sobre justos
e injustos» (Mateo, 5,38 y 43-45).

ojos y vio a su lado a la entrometida Antoñona, que
había penetrado como una sombra, aunque tan maciza,
y que le miraba con atención y con cierta mezcla de
piedad y de rabia.

Antoñona se había deslizado hasta allí sin que nadie lo
advirtiese, aprovechando la hora en que comían los criados y don Pedro dormía, y había abierto la puerta del
cuarto y la había vuelto a cerrar tras sí con tal suavidad,
que don Luis, aunque no hubiera estado tan absorto, no
hubiera podido sentirla.

Antoñona venía resuelta a tener una conferencia muy
seria con don Luis; pero no sabía a punto fijo lo que
iba a decirle. Sin embargo, había pedido, no se sabe si al
cielo o al infierno, que desatase su lengua y que le diese
habla, y habla no chabacana y grotesca, como la que
usaba por lo común, sino culta, elegante e idónea, para
las nobles reflexiones y bellas cosas que ella imaginaba
que le convenía expresar.

Cuando don Luis vio a Antoñona arrugó el entrecejo,
mostró bien en el gesto lo que le contrariaba aquella visita, y dijo con tono brusco:

—¿A qué vienes aquí? Vete.

—Vengo a pedirte cuenta de mi niña —contestó Antoñona sin turbarse—, y no me he de ir hasta que me
la des.

En seguida acercó una silla a la mesa y se sentó en-
frente de don Luis con aplomo y descaro.

Viendo don Luis que no había remedio, mitigó el enojo, se armó de paciencia, y, ya con acento menos cruel,
exclamó:

—Di lo que tengas que decir.

—Tengo que decir —prosiguió Antoñona— que lo que
estás maquinando contra mi niña es una maldad. Te estás
portando como un tuno. La has hechizado; la has dado
un bebedizo maligno. Aquel angelito se va a morir. No
come, ni duerme, ni sosiega por culpa tuya. Hoy ha tenido dos o tres soponcios sólo de pensar en que te vas.
Buena hacienda dejas antes de ser clérigo. Dime, conde-
nado, ¿por qué viniste por aquí y no te quedaste por

allá con tu tío? Ella, tan libre, tan señora de su voluntad, avasallando la de todos y no dejándose cautivar de
ninguno, ha venido a caer en tus traidoras redes. Esta
santidad mentida fue, sin duda, el señuelo de que te
valiste. Con tus teologías y tiquismiquis celestiales has
sido como el pícaro y desalmado cazador que atrae con el
silbato a los zorzales bobalicones para que se ahorquen
en la percha.

—Antoñona —contestó don Luis—, déjame en paz.
Por Dios, no me atormentes. Yo soy un malvado, lo
confieso. No debí mirar a tu ama. No debí darle a entender que la amaba; pero yo la amaba y la amo aún con
todo mi corazón, y no le he dado bebedizo ni filtro,
sino el mismo amor que la tengo. Es menester, sin em-
cargo, desechar, olvidar este amor. Dios me lo manda.
¿Te imaginas que no es, que no está siendo, que no será
inmenso el sacrificio que hago? Pepita debe revestirse
de fortaleza y hacer el mismo sacrificio.

—Ni siquiera das ese consuelo a la infeliz —replicó
Antoñona—. Tú sacrificas voluntariamente en el altar a
esa mujer que te ama, que es ya tuya, a tu víctima; pero
ella, ¿dónde te tiene a ti para sacrificarte? ¿Qué joya
tira por la ventana, qué lindo primor echa en la hoguera
sino un amor mal pagado? ¿Cómo ha de dar a Dios lo
que no tiene? ¿Va a engañar a Dios y a decirle: «Dios
mío, puesto que él no me quiere, ahí te le sacrifico; no
le querré yo tampoco»? Dios no se ríe; si Dios se riera,
se reiría de tal presente.

Don Luis, aturdido, no sabía qué objetar a estos ra-
ciocinios de Antoñona, más atroces que sus pellizcos
pasados. Además, le repugnaba entrar en materia de amor
con aquella sirvienta.

—Dejemos a un lado —dijo— esos vanos discursos.
Yo no puedo remediar el mal de tu dueña. ¿Qué he
de hacer?

—¿Qué has de hacer? —interrumpió Antoñona, ya
más blanda y afectuosa y con voz insinuante—. Yo te
diré lo que has de hacer. Si no remediares el mal de mi
niña, le aliviarás al menos. ¿No eres tan santo? Pues

los santos son compasivos y además valerosos. No huyas
como un cobarde grosero, sin despedirte. Ven a ver a
mi niña, que está enferma. Haz esta obra de misericordia.

—¿Y qué conseguiré con esa visita? Agravar el mal
en vez de sanarle.

—No será así; no estás en el busilis. Tú irás allí, y
con esa cháchara que gastas y esa labia que Dios te ha
dado, le infundirás en los cascos la resignación y la de-
jarás consolada; y si le dices que la quieres y que por
Dios sólo la dejas, al menos su vanidad de mujer no
quedará ajada.

—Lo que me propones es tentar a Dios; es peligroso
para mí y para ella.

—¿Y por qué ha de ser tentar a Dios? Pues si Dios
ve la rectitud y la pureza de tus intenciones, ¿no te dará
su favor y su gracia para que no te pierdas en esta ocasión
en que te pongo con sobrado motivo? ¿No debes volar
a librar a mi niña de la desesperación y traerla al buen
camino? Si se muriera de pena por verse así desdeñada,
o si rabiosa agarrase un cordel y se colgase de una viga,
créeme, tus remordimientos serían peores que las llamas
de pez y azufre de las calderas de Lucifer.

—¡Qué horror! No quiero que se desespere. Me reves-
tiré de todo mi valor; iré a verla.

—¡Bendito seas! ¡Si me lo decía el corazón! ¡Si eres
bueno!

—¿Cuándo quieres que vaya?

—Esta noche, a las diez en punto. Yo estaré en la
puerta de la calle aguardándote y te llevaré donde está.

—¿Sabe ella que has venido a verme?

—No lo sabe. Ha sido todo ocurrencia mía; pero yo la
prepararé con buen arte, a fin de que tu visita, la sorpresa, el inesperado gozo, no la hagan caer en desmayo.
¿Me prometes que irás?

—Iré.

—¡Adiós! No faltes. A las diez de la noche en punto.
Estaré en la puerta.

Y Antoñona echó a correr, bajó la escalera de dos en
dos escalones y se plantó en la calle.

No se puede negar que Antoñona estuvo discretísima
en esta ocasión, y hasta su lenguaje fue tan digno y urbano que no faltaría quien le calificase de apócrifo, si no
se supiese con la mayor evidencia todo esto que aquí se
refiere, y si no constasen, además, los prodigios de que
es capaz el ingénito despejo de una mujer cuando le sirve
de estímulo un interés o una pasión grande.

Grande era, sin duda, el afecto de Antoñona por su
niña, y viéndola tan enamorada y tan desesperada, no
pudo menos de buscar remedio a sus males. La cita a
que acababa de comprometer a don Luis fue un tributo
inesperado. Así es que Antoñona, a fin de sacar provecho
del triunfo, tuvo que disponerlo todo de improviso, con
profunda ciencia mundana.

Señaló Antoñona para la cita la hora de las diez de
la noche, porque ésta era la hora de la antigua y ya su-
primida o suspendida tertulia en que don Luis y Pepita
solían verse. La señaló, además, para evitar murmura-
ciones y escándalo, porque ella había oído decir a un
predicador que, según el Evangelio, no hay nada tan malo
como el escándalo y que a los escandalosos es menester
arrojarlos al mar con una piedra de molino atada al
pescuezo [51].

Volvió, pues, Antoñona a casa de su dueña, muy sa-
tisfecha de sí misma y muy resuelta a disponer las cosas
con tino para que el remedio que había buscado no fuese
inútil, o no agravase el mal de Pepita en vez de sanarle.

A Pepita no pensó ni determinó prevenirla sino a lo
último, diciéndole que don Luis espontáneamente le había pedido hora para hacerle una visita de despedida, y
que ella había señalado las diez.

A fin de que no se originasen habladurías si en la
casa veían entrar a don Luis, pensó en que no le viesen
entrar, y para ello era también muy propia la hora y la

[51] El texto preciso del Evangelio es: «Pero al que escandalice
a uno de estos pequeños que creen en mí, más le vale que le
cuelguen al cuello una de esas piedras de molino que mueven
los asnos y le hundan en lo profundo del mar», *Mateo*, 18,6.

disposición de la casa. A las diez estaría llena de gente
la calle con la velada, y por lo mismo repararían menos en
don Luis cuando pasase por ella. Penetrar en el zaguán
sería obra de un segundo, y ella, que estaría allí aguardando, llevaría a don Luis hasta el despacho sin que nadie le viese.

Todas o la mayor parte de las casas de los ricachos
lugareños de Andalucía son como dos casas en vez de
una, y así era la casa de Pepita. Cada casa tiene su puerta. Por la principal se pasa al patio enlosado y con columnas, a las salas y demás habitaciones señoriles; por
la otra, a los corrales, caballeriza y cochera, cocinas, molino, lagar, graneros, trojes donde se conserva la aceituna
hasta que se muele; bodegas donde se guarda el aceite,
el mosto, el vino de quema, el aguardiente y el vinagre
en grandes tinajas, y candioteras o bodegas donde está
en pipas y toneles el vino bueno y ya hecho o rancio.
Esta segunda casa o parte de casa, aunque esté en el
centro de una población de veinte o veinticinco mil almas,
se llama casa de campo. El aperador, los capataces, el mulero, los trabajadores principales y más constantes en el
servicio del amo, se juntan allí por la noche; en invierno,
en torno a una enorme chimenea de una gran cocina, y
en verano, al aire libre o en algún cuarto muy ventilado
y fresco, y están holgando y de tertulia hasta que los
señores se recogen.

Antoñona imaginó que el coloquio y la explicación
que ella deseaba que tuviesen su niña y don Luis reque-
rían sosiego y que no viniesen a interrumpirlos, y así
determinó que aquella noche, por ser la velada de San
Juan, las chicas que servían a Pepita vacasen en todos
sus quehaceres y oficios, y se fuesen a solazar a la casa
de campo, armando con los rústicos trabajadores un *jaleo
probe,* de fandangos, lindas coplas, repiqueteo de castañuelas, brincos y mudanzas.

De esta suerte la casa señoril quedaría casi desierta y
silenciosa, sin más habitantes que ella y Pepita, y muy
a propósito para la solemnidad, trascendencia y no turbado sosiego que eran necesarios en la entrevista que

ella tenía preparada, y de la que dependía quizá, o de seguro, el destino de dos personas de tanto valer.

Mientras Antoñona iba rumiando y concertando en su mente todas esas cosas, don Luis, no bien se quedó solo, se arrepintió de haber procedido tan de ligero y de haber sido tan débil en conceder la cita que Antoñona le había pedido.

Don Luis se paró a considerar la condición de Antoñona, y le pareció más aviesa que la de Enone y la de Celestina [52]. Vio delante de sí todo el peligro a que voluntariamente se aventuraba, y no vio ventaja alguna en hacer recatadamente y a hurto de todos uno visita a la linda viuda.

Ir a verla para ceder y caer en sus redes, burlándose de sus votos, dejando mal al Obispo, que había recomendado su solicitud de dispensa, y hasta al Sumo Pontífice, que la había concedido, y desistiendo de ser clérigo, le parecía un desdoro muy enorme. Era además una traición contra su padre, que amaba a Pepita y deseaba casarse con ella. Ir a verla para desengañarla más aún se le antojaba mayor refinamiento de crueldad que partir sin decirle nada.

Impulsado por tales razones, lo primero que pensó don Luis fue faltar a la cita sin dar excusa ni aviso, y que Antoñona le aguardase en balde en el zaguán; pero Antoñona anunciaría a su señora la visita, y él faltaría no sólo a Antoñona, sino a Pepita, dejando de ir, con una grosería incalificable.

Discurrió entonces escribir a Pepita una carta muy afectuosa y discreta, excusándose de ir, justificando su conducta, consolándola, manifestando sus tiernos sentimientos por ella, si bien haciendo ver que la obligación y el cielo eran antes que todo, y procurando dar ánimo

---

[52] Celestina, la alcahueta mediadora en los amores de Calisto y Melibea, y Enone, la confidente de Fedra (en la obra de Eurípides), son los modelos recordados por don Luis para calificar a Antoñona. Sobre su carácter celestinesco y el de otros personajes de la novela véase nota 12 de la Introducción.

a Pepita para que hiciese el mismo sacrificio que él hacía.

Cuatro o cinco veces se puso a escribir esta carta. Emborronó mucho papel, le rasgó en seguida, y la carta no salía jamás a su gusto. Ya era seca, fría, pedantesca, como un mal sermón o como la plática de un dómine; ya se deducía de su contenido un miedo pueril y ridículo, como si Pepita fuese un monstruo pronto a devorarle; ya tenía el escrito otros defectos y lunares no menos lastimosos. En suma, la carta no se escribió, después de haberse consumido en las tentativas unos cuantos pliegos.

—No hay más recurso —dijo para sí don Luis—, la suerte está echada. Valor, y vamos allá.

Don Luis confortó su espíritu con la esperanza de que iba a tener mucha serenidad y de que Dios iba a poner en sus labios un raudal de elocuencia, por donde persuadiría a Pepita, que era tan buena, de que ella misma le impulsase a cumplir con su vocación, sacrificando el amor mundanal y haciéndose semejante a las santas mujeres que ha habido, las cuales, no ya han desistido de unirse con un novio o con un amante, sino hasta de unirse con el esposo, viviendo con él como con un hermano, según se refiere, por ejemplo, en la vida de San Eduardo, rey de Inglaterra. Y después de pensar en esto se sentía don Luis más consolado y animado, y ya se figuraba que él iba a ser como San Eduardo, y que Pepita era como la reina Edita, su mujer; y bajo la forma y condición de la tal reina, virgen a par de esposa, le parecía Pepita, si cabe, mucho más gentil, elegante y poética.

No estaba, sin embargo, don Luis todo lo seguro y tranquilo que debiera estar después de haberse resuelto a imitar a San Eduardo. Hallaba aún cierto no sé qué de criminal en aquella visita que iba a hacer sin que su padre lo supiera y estaba por ir a despertarle de su siesta y a descubrírselo todo. Dos o tres veces se levantó de su silla y empezó a andar en busca de su padre; pero luego se detenía y creía aquella revelación indigna, la creía una vergonzosa chiquillada. Él podía revelar sus secretos; pero revelar los de Pepita para ponerse bien con su padre, era bastante feo. La fealdad y lo cómico y miserable de la acción se aumentaban, notando que el temor de no ser bastante fuerte para resistir era lo que a hacerla le movía. Don Luis se calló, pues, y no reveló nada a su padre.

Es más: ni siquiera se sentía con la desenvoltura y la seguridad convenientes para presentarse a su padre, habiendo de por medio aquella cita misteriosa. Estaba asimismo tan alborotado y fuera de sí por culpa de las encontradas pasiones que se disputaban el dominio de su alma, que no cabía en el cuarto, y como si brincase o volase, le andaba y recorría todo en tres o cuatro pasos, aunque era grande, por lo cual temía darse de calabazadas contra las paredes. Por último, si bien tenía abierto el balcón por ser verano, le parecía que iba a ahogarse allí por falta de aire, y que el techo le pesaba sobre la cabeza, y que para respirar necesitaba de toda la atmósfera, y para andar de todo el espacio sin límites, y para alzar la frente y exhalar sus suspiros y encumbrar sus pensamientos, de no tener sobre sí sino la inmensa bóveda del cielo.

Aguijoneado de esta necesidad, tomó su sombrero y su bastón y se fue a la calle. Ya en la calle, huyendo de toda persona conocida y buscando la soledad, se salió al campo y se internó por lo más frondoso y esquivo de las alamedas, huertas y sendas que rodean la población y hace un paraíso de sus alrededores en un radio de más de media legua.

Poco hemos dicho hasta ahora de la figura de don Luis. Sépase, pues, que era un buen mozo en toda la extensión de la palabra: alto, ligero, bien formado, cabello negro, ojos negros también y llenos de fuego y de dulzura. La color trigueña, la dentadura blanca, los labios finos, aunque relevados, lo cual le daba un aspecto desdeñoso, y algo de atrevido y varonil en todo el ademán, a pesar del recogimiento y de la mansedumbre clericales. Había, por último, en el porte y continente de don Luis aquel indescriptible sello de distinción y de hidalguía que parece, aunque no lo sea siempre, privativa calidad y exclusivo privilegio de las familias aristocráticas.

Al ver a don Luis, era menester confesar que Pepita Jiménez sabía de estética por instinto.

Corría, que no andaba, don Luis por aquellas sendas, saltando arroyos y fijándose apenas en los objetos casi como toro picado del tábano. Los rústicos con quienes se encontró, los hortelanos que le vieron pasar, tal vez le tuvieran por loco.

Cansado ya de caminar sin propósito, se sentó al pie de una cruz de piedra, junto a las ruinas de un antiguo convento de San Francisco de Paula, que dista más de tres kilómetros del lugar, y allí se hundió en nuevas meditaciones, pero tan confusas que ni él mismo se daba cuenta de lo que pensaba.

El tañido de las campanas que, atravesando el aire, llegó a aquellas soledades, llamando a la oración a los fieles, y recordándoles la salutación del Angel a la Sacratísima Virgen, hizo que don Luis volviera de su éstasis y se hallara de nuevo en el mundo real.

El sol acababa de ocultarse detrás de los picos gigantescos de las sierras cercanas, haciendo que las pirámides, agudas y rotos obeliscos de la cumbre se destacasen sobre un fondo de púrpura y topacio que tal parecía el cielo, dorado por el sol poniente. Las sombras empezaban a extenderse sobre la vega, y en los montes, opuestos a los montes por donde el sol se ocultaba, relucían las peñas más erguidas, como si fueran de oro o de cristal hecho ascua.

Los vidrios de las ventanas y los blancos muros del remoto santuario de la Virgen, patrona del lugar, que está en lo más alto de un cerro, así como otro pequeño templo o ermita que hay en otro cerro más cercano, que llaman el Calvario, resplandecían aún como dos faros salvadores, heridos por los postreros rayos oblicuos del sol moribundo.

Una poesía melancólica inspiraba la Naturaleza, y con la música callada que sólo el espíritu acierta oír, se diría que todo entonaba un himno al Creador. El lento son de

las campanas, amortiguado y semiperdido por la distancia,
apenas turbaba el reposo de la tierra, y convidaba a la
oración sin distraer los sentidos con rumores. Don Luis
se quitó el sombrero; se hincó de rodillas al pie de la
cruz, cuyo pedestal le había servido de asiento, y rezó
con profunda devoción el *Angelus Domini*.

Las sombras nocturnas fueron pronto ganando terreno;
pero la noche, al desplegar su manto y cobijar con él
aquellas regiones, se complace en adornarle de más lu-
minosas estrellas y de una luna más clara. La bóveda
azul no trocó en negro su color azulado: conservó su
azul, aunque le hizo más oscuro. El aire era tan diáfano
y tan sutil, que se veían millares y millares de estrellas
fulgurando en el éter sin término. La luna plateaba las
copas de los árboles y se reflejaba en la corriente de los
arroyos, que parecían de un líquido luminoso y transparente, donde se formaban iris y cambiantes como en el
ópalo. Entre la espesura de la arboleda cantaban los ruiseñores. Las hierbas y flores vertían más generoso perfume. Por las orillas de las acequias, entre la hierba
menuda y las flores silvestres, relucían como diamantes o
carbunclos los gusanillos de luz en multitud innumerable.
No hay por allí luciérnagas aladas ni cocuyos, pero estos
gusanillos de luz abundan y dan un resplandor bellísimo.
Muchos árboles frutales, en flor todavía; muchos acacias
y rosales sin cuento embalsamaban el ambiente, impreg-
nándolo de suave fragancia.

Don Luis se sintió dominado, seducido, vencido por
aquella voluptuosa naturaleza, y dudó de sí [53]. Era menester, no obstante, cumplir la palabra dada y acudir a
la cita.

Aunque dando un largo rodeo, aunque recorriendo
otras sendas, aunque vacilando a veces en irse a la fuente
del río, donde al pie de la sierra brota de una peña
viva todo el caudal cristalino que riega las huertas, y es

---

[53] En esta secuencia la naturaleza se configura como un personaje clave en el desarrollo de la trama y está marcada con la
función celestinesca sugerida en la Introducción.

sitio delicioso, don Luis, a paso lento y pausado, se dirigió hacia la población.

Conforme se iba acercando, se aumentaba el terror que le infundía lo que se determinaba a hacer. Penetraba por lo más sombrío de las enramadas, anhelando ver algún prodigio espantable, algún signo, algún aviso que le retrajese. Se acordaba a menudo del estudiante Lisardo, y ansiaba ver su propio entierro. Pero el cielo sonreía con sus mil luces y excitaba a amar; las estrellas se miraban con amor unas a otras; los ruiseñores cantaban enamorados; hasta los grillos agitaban amorosamente sus elitras sonoras, como trovadores el plectro cuando dan una serenata; la tierra toda parecía entregada al amor en aquella tranquila y hermosa noche. Nada de aviso, nada de signo, nada de pompa fúnebre: todo vida, paz y deleite. ¿Dónde estaba el Ángel de la Guarda? ¿Había dejado a don Luis como cosa perdida, o, calculando que no corría peligro alguno, no se cuidaba de apartarle de su propósito? ¡Quién sabe! Tal vez de aquel peligro resultaría un triunfo. San Eduardo y la reina Edita se ofrecían de nuevo a la imaginación de don Luis y corroboraban su voluntad.

Embelesado en estos discursos, retardaba don Luis su vuelta, y aún se hallaba a alguna distancia del pueblo cuando sonaron las diez, hora de la cita, en el reloj de la parroquia. Las diez campanadas fueron como diez golpes que le hirieron en el corazón. Allí le dolieron materialmente, si bien con un dolor y con un sobresalto mixto de traidora inquietud y de regalada dulzura.

Don Luis apresuró el paso a fin de no llegar muy tarde, y pronto se encontró en la población.

El lugar estaba animadísimo. Las mozas solteras venían a la fuente del ejido a lavarse la cara, para que fuese fiel el novio a la que le tenía, y para que a la que no le tenía le saltase novio. Mujeres y chiquillos, por acá y por allá, volvían de coger verbena, ramos de romero u otras plantas, para hacer sahumerios mágicos. Las guitarras sonaban por varias partes. Los coloquios de amor y las parejas dichosas y apasionadas se oían y se veían a cada momen-

to. La noche y la mañanita de San Juan, aunque fiesta
católica, conservan no sé qué resabios del paganismo y
naturalismo antiguos. Tal vez ser por la coincidencia
aproximada de esta fiesta con el solsticio de verano. Ello
es que todo era profano y no religioso. Todo era amor
y galanteo. En nuestros viejos romances y leyendas siempre roba el moro a la linda infantina cristiana, y siempre
el caballero cristiano logra su anhelo con la princesa mora,
en la noche o en la mañanita de San Juan, y en el pueblo
se diría que conservaban la tradición de los viejos romances.

Las calles estaban llenas de gente. Todo el pueblo
estaba en las calles, y además los forasteros. Hacían asimismo muy difícil el tránsito la multitud de mesillas de
turrón, arropía y tostones, los puestos de fruta, las tiendas de muñecos y juguetes y las buñolerías, donde gitanas jóvenes y viejas, ya freían la masa, infestando el aire
con el olor del aceite, ya pesaban y servían los buñuelos,
ya respondían con donaire a los piropos de los galanes
que pasaban, ya decían la buenaventura.

Don Luis procuraba no encontrar a los amigos y, si los
veía de lejos, echaba por otro lado. Así fue llegando poco
a poco, sin que le hablasen ni le detuviesen, hasta cerca
del zaguán de casa de Pepita. El corazón empezó a latirle
con violencia, y se paró un instante para serenarse. Miró
el reloj: eran cerca de las diez y media.

—¡Válgame Dios! —dijo—. Hará cerca de media hora
que me estará aguardando.

Entonces se precipitó y penetró en el zaguán. El farol
que le alumbraba de diario daba poquísima luz aquella
noche.

No bien entró don Luis en el zaguán, una mano, mejor
diremos una garra, le asió por el brazo derecho. Era Antoñona, que dijo en voz baja:

—¡Diantre de colegial, ingrato, desaborido, mostrenco!
Ya imaginaba yo que no venías. ¿Dónde has estado,
peal? ¿Cómo te atreves a tardar, haciéndote de pencas,
cuando toda la sal de la tierra se está derritiendo por ti
y el sol de la hermosura te aguarda?

Mientras Antoñona expresaba estas quejas no estaba parada, sino que iba andando y llevando en pos de sí, asido siempre del brazo, al colegial atortolado y silencioso. Salvaron la cancela, y Antoñona la cerró con tiento y sin ruido; atravesaron el patio, subieron por la escalera, pasaron luego por unos corredores y por dos salas, y llegaron a la puerta del despacho, que estaba cerrada.

En toda la casa reinaba maravilloso silencio. El despacho estaba en lo interior y no llegaban a él los rumores de la calle. Sólo llegaban, aunque confusos y vagos, el resonar de las castañuelas y el son de la guitarra, y un leve murmullo, causado todo por los criados de Pepita, que tenían su *jaleo probe* en la casa de campo.

Antoñona abrió la puerta del despacho, empujó a don Luis para que entrase, y al mismo tiempo le anunció, diciendo:

—Niña, aquí tienes al señor don Luis, que viene a despedirse de ti.

Hecho el anuncio con la formalidad debida, la discreta Antoñona se retiró de la sala, dejando a sus anchas al visitante y a la niña, y volviendo a cerrar la puerta.

Al llegar a este punto no podemos menos de hacer notar el carácter de autencidad que tiene la presente historia, admirándonos de la escrupulosa exactitud de la persona que la compuso. Porque si algo de fingido, como en una novela, hubiera en estos *Paralipómenos,* no cabe duda en que una entrevista tan importante y trascendente como la de Pepita y don Luis se hubiera dispuesto por medios menos vulgares que los aquí empleados. Tal vez nuestros héroes, yendo a una nueva expedición campestre, hubieran sido sorprendidos por deshecha y pavorosa tempestad, teniendo que refugiarse en las ruinas de algún antiguo castillo o torre moruna, donde por fuerza había de ser fama que aparecían espectros o cosas por el estilo. Tal vez nuestros héroes hubieran caído en poder de alguna partida de bandoleros, de la cual hubieran escapado merced a la serenidad y valentía de don Luis, albergándose luego, durante la noche, sin que se pudiese evitar,

y solitos los dos, en una caverna o gruta. Y tal vez, por
último, el autor hubiera arreglado el negocio de manera
que Pepita y su vacilante admirador hubieran tenido que
hacer un viaje por mar, y aunque ahora no hay piratas
o corsarios argelinos, no es difícil inventar un buen nau-
fragio, en el cual don Luis hubiera salvado a Pepita, arri-
bando a una isla desierta o a otro lugar poético y apartado. Cualquiera de estos recursos hubiera preparado con
más arte el coloquio apasionado de los dos jóvenes y
hubiera justificado mejor a don Luis. Creemos, sin embargo, que en vez de censurar al autor porque no apela
a tales enredos, conviene darle gracias por la mucha
conciencia que tiene, sacrificando a la fidelidad del relato
el portentoso efecto que haría si se atreviese a exonerarla
y bordarle con lances y episodios sacados de su fantasía.

Si no hubo más que la oficiosidad y destreza de Antoñona y la debilidad con que don Luis se comprometió
a acudir a la cita, ¿para qué forjar embustes y traer a
los dos amantes como arrastrados por la fatalidad a que
se vean y hablen a solas con gravísimo peligro de la virtud y entereza de ambos? Nada de eso. Si don Luis se
conduce bien o mal en venir a la cita, y si Pepita Jiménez, a quien Antoñona había dicho ya que don Luis espontáneamente venía a verla, hace mal o bien en alegrar-
se de aquella visita algo misteriosa y fuera de tiempo,
no echemos la culpa al acaso, sino a los mismos personajes que en esta historia figuran y a las pasiones que
sienten.

Mucho queremos nosotros a Pepita; pero la verdad es
antes que todo. A las ocho le dijo Antoñona que don
Luis iba a venir, y Pepita, que hablaba de morirse, que
tenía los ojos encendidos y los párpados un poquito in-
flamados de llorar, y que estaba bastante despeinada, no
pensó desde entonces sino en componerse y arreglarse
para recibir a don Luis. Se lavó la cara con agua tibia
para que el estrago del llanto desapareciese hasta el punto
preciso de no afear, mas no para que no quedasen huellas
de que había llorado; se compuso el pelo de suerte que

no denunciaba estudio cuidadoso, sino que mostraba cierto artístico y gentil descuido, sin rayar en desorden, lo cual hubiera sido poco decoroso; se pulió las uñas, y como no era propio recibir en bata a don Luis, se vistió un traje sencillo de casa. En suma, miró instintivamente a que todos los pormenores de tocador concurriesen a hacerla parecer más bonita y aseada, sin que se trasluciera el menor indicio del arte, del trabajo y del tiempo gastado en aquellos perfiles, sino que todo ello resplandeciera como obra natural y don gratuito; como algo que persistía en ella, a pesar del olvido de sí misma, causado por la vehemencia de los afectos.

Según hemos llegado a averiguar, Pepita empleó más de una hora en estas faenas de tocador, que habían de sentirse sólo por los efectos. Después se dio el postrer retoque y vistazo al espejo con satisfacción mal disimulada. Y, por último, a eso de las nueve y media, tomando una palmatoria, bajó a la sala donde estaba el Niño Jesús. Encendió primero las velas del altarito, que estaban apagadas; vio con cierta pena que las flores yacían marchitas; pidió perdón a la devota imagen por haberla tenido desatendida mucho tiempo, y, postrándose de hinojos y a solas, oró con todo su corazón y con aquella confianza y franqueza que inspira quien está de huésped en casa desde hace muchos años. A un Jesús Nazareno, con la cruz a cuestas y la corona de espinas; a un Ecce-Homo, ultrajado y azotado, con la caña por irrisorio cetro y la áspera soga por ligadura de las manos, o a un Cristo crucificado, sangriento y moribundo, Pepita no se hubiera atrevido a pedir lo que pidió a Jesús, pequeñuelo todavía, risueño, lindo, sano y con buenos colores. Pepita le pidió que le dejase a don Luis; que no se le llevase, porque él, tan rico y tan abastado de todo, podía sin gran sacrificio desprenderse de aquel servidor y cedérselo a ella.

Terminados estos preparativos, que nos será lícito clasificar y dividir en *cosméticos,* indumentarios y religiosos, Pepita se instaló en el despacho, aguardando la venida de don Luis con febril impaciencia.

Atinada anduvo Antoñona en no decirle que iba a
venir sino hasta poco antes de la hora. Aun así, gracias
a la tardanza del galán, la pobre Pepita estuvo deshacién-
dose, llena de ansiedad y de angustia, desde que terminó
sus oraciones y súplicas con el Niño Jesús hasta que vio
dentro del despacho al otro niño.

La visita empezó del modo más grave y ceremonioso.
Los saludos de fórmula se pronunciaron maquinalmente
de una y otra parte, y don Luis, invitado a ello, tomó
asiento en una butaca, sin dejar el sombrero ni el bastón,
y a no corta distancia de Pepita. Pepita estaba sentada
en el sofá. El velador se veía al lado de ella con libros y
con la palmatoria, cuya luz iluminaba su rostro. Una lámpara ardía además sobre el bufete. Ambas luces, con todo,
siendo grande el cuarto, como lo era, dejaban la mayor
parte de él en la penumbra. Una gran ventana que daba
a un jardincillo interior estaba abierta por el calor, y si
bien sus hierros eran como la trama de un tejido de
rosas-enredaderas y jazmines, todavía por entre la ver-
dura y las flores se abrían camino los claros rayos de la
luna, penetraban en la estancia y querían luchar con la
luz de la lámpara y de la palmatoria. Penetraban además
por la ventana-vergel el lejano y confuso rumor del jaleo
de la casa de campo, que estaba al otro extremo; el murmullo monótono de una fuente que había en el jardincillo, y el aroma de los jazmines y de las rosas que ta-
pizaban la ventana, mezclado con el de los dompedros,
albahacas y otras plantas que adornaban los arriates a
pie de ella.

Hubo una larga pausa, un silencio tan difícil de sostener como de romper. Ninguno de los dos interlocutores
se atrevía a hablar. Era, en verdad, la situación muy
embarazosa. Tanto para ellos al expresarse entonces, como
para nosotros el reproducir ahora lo que expresaron, es
empresa ardua; pero no hay más remedio que acome-
terla. Dejemos que ellos mismos se expliquen, y copie-
mos al pie de la letra sus palabras.

—Al fin se dignó usted venir a despedirse de mí antes de su partida —dijo Pepita—. Yo había perdido ya la esperanza.

El papel que hacía don Luis era de mucho empeño, y por otra parte, los hombres, no ya novicios, sino hasta experimentados y curtidos en estos diálogos, suelen incurrir en tonterías al empezar. No se condene, pues, a don Luis porque empezase contestando tonterías.

—Su queja de usted es injusta —dijo—. He estado aquí a despedirme de usted con mi padre, y como no tuvimos el gusto de que usted nos recibiese, dejamos tarjetas. Nos dijeron que estaba usted algo delicada de salud, y todos los días hemos enviado recado para saber de usted. Grande ha sido nuestra satisfacción al saber que estaba usted aliviada. Y ahora, ¿se encuentra usted mejor?

—Casi estoy por decir a usted que no me encuentro mejor —replicó Pepita—; pero como veo que viene usted de embajador de su padre, y no quiero afligir a un amigo tan excelente, justo será que diga a usted, y que usted repita a su padre, que siento bastante alivio. Singular es que haya venido usted solo. Mucho tendrá que hacer don Pedro cuando no le ha acompañado.

—Mi padre no me ha acompañado, señora, porque no sabe que he venido a ver a usted. Yo he venido solo, porque mi despedida ha de ser solemne, grave, para siempre quizá, y la suya es de índole harto diversa. Mi padre volverá por aquí dentro de unas semanas; yo es posible que no vuelva nunca, y, si vuelvo, volveré muy otro del que soy ahora.

Pepita no pudo contenerse. El porvenir de felicidad con que había soñado se desvanecía como una sombra. Su resolución inquebrantable de vencer a toda costa a aquel hombre, único que había amado en la vida, único que se sentía capaz de amar, era una resolución inútil. Don Luis se iba. La juventud, la gracia, la belleza, el amor de Pepita no valían para nada. Estaba condenada, con veinte años de edad y tanta hermosura, a la viudez

perpetua, a la soledad, a amar a quien no la amaba. Todo
otro amor era imposible para ella. El carácter de Pepita,
en quien los obstáculos recrudecían y avivaban más los
anhelos; en quien una determinación, una vez tomada,
lo arrollaba todo hasta verse cumplida, se mostró entonces con notable violencia y rompiendo todo freno. Era
menester morir o vencer en la demanda. Los respetos
sociales, la inveterada costumbre de disimular y de velar
los sentimientos que se adquieren en el gran mundo, y
que pone dique a los arrebatos de la pasión y envuelven
en gasas y cendales y disuelven en perífrasis y frases am-
biguas la más enérgica explosión de los más reprimidos
afectos, nada podían con Pepita, que tenía poco trato de
gentes y que no conocía término medio; que no había
sabido sino obedecer a ciegas a su madre y a su primer
marido, y mandar después despóticamente a todos los
demás seres humanos. Así es que Pepita habló en aquella
ocasión y se mostró tal como era. Su alma, con cuanto
había en ella de apasionada, tomó forma sensible en sus
palabras, y sus palabras no sirvieron para envolver su
pensar y su sentir, sino para darle cuerpo. No habló como
hubiera hablado una dama de nuestros salones, con ciertas pleguerías y atenuaciones en la expresión, sino con la
desnudez idílica con que Cloe hablaba a Dafnis [54], y
con la humildad y el abandono completo con que se
ofreció a Booz la nuera de Noemí.

Pepita dijo:

—¿Persiste usted, pues, en su propósito? ¿Está usted
seguro de su vocación? ¿No teme usted ser un mal clérigo? Señor don Luis, voy a hacer un esfuerzo; voy a

---

[54] Dafnis y Cloe son los protagonistas de la novela de Longo
(obra griega del siglo IV) que viven apacentando sus rebaños
logran realizar el sueño idílico del amor en una «vida pastoril»
«profesando especial devoción a Pan, a Amor y a las Ninfas»
Ejemplos de esa «desnudez idílica» de trato, pueden verse en
Dafnis y Cloe, traducción de J. Valera, en O.C., I, pp. 820 y ss.
El otro personaje citado es la nuera de Noemí, que se ofrece
humildemente a Booz («Soy Rut tu sierva. Extiende sobre tu
sierva el borde de tu manto») el cual la toma por esposa, Rut
3,9 y 4,13.

olvidar por un instante que soy una ruda muchacha; voy
a prescindir de todo sentimiento, y voy a discurrir con
frialdad, como si se tratase del asunto que me fuese
más extraño. Aquí hay hechos que se pueden comentar
de dos modos. Con ambos comentarios queda usted mal.
Expondré mi pensamiento. Si la mujer que con sus co-
queterías, no por cierto muy desenvueltas, casi sin hablar a usted palabra, a los pocos días de verle y tratarle,
ha conseguido provocar a usted, moverle a que la mire
con miradas que auguraban amor profano, y hasta ha
logrado que le dé usted una muestra de cariño, que es
una falta, un pecado en cualquiera, y más en un sacerdote; si esta mujer es, como lo es en realidad, una lugareña
ordinaria, sin instrucción, sin talento y sin elegancia, ¿qué
no se debe temer de usted cuando trate y vea y visite
en las grandes ciudades a otras mujeres mil veces más
peligrosas? Usted se volverá loco cuando vea y trate a
las grandes damas que habitan palacios, que huellan mu-
llidas alfombras, que deslumbran con diamantes y perlas,
que visten sedas y encajes y no percal y muselina, que
desnudan la cándida y bien formada garganta, y no la
cubren con un plebeyo y modesto pañolito; que son más
diestras en mirar y herir; que por el mismo boato, sé-
quito y pompa de que se rodean son más deseables por
ser en apariencia inasequibles; que disertan de política,
de filosofía, de religión y de literatura; que cantan como
canarios, y que están como envueltas en nubes de aroma,
adoraciones y rendimientos, sobre un pedestal de triunfos y victorias, endiosadas por el prestigio de un nombre
ilustre, encumbradas en áureos salones o retiradas en
voluptuosos gabinetes, donde entran sólo los felices de
la tierra ,titulados acaso, y llamándose únicamente para
los íntimos Pepita, Antoñita o Angelita, y para los demás
la Excelentísima Señora Duquesa o la Excelentísima Señora Marquesa. Si usted ha cedido a una zafia aldeana,
hallándose en vísperas de la ordenación, con todo el entusiasmo que debe suponerse, y si ha cedido impulsado
por capricho fugaz, ¿no tengo razón en prever que va
usted a ser un clérigo detestable, impuro, mundanal y

funesto, y que cederá a cada paso? En esta suposición,
créame usted, señor don Luis, y no se me ofenda, ni siquiera vale usted para marido de una mujer honrada.
Si usted ha estrechado las manos con el ahínco y la ternura del más frenético amante; si usted ha mirado con
miradas que prometían un cielo, una eternidad de amor,
y si usted ha... besado a una mujer que nada le inspiraba sino algo que para mí no tiene nombre, vaya usted
con Dios, y no se case usted con esa mujer. Si ella es
buena, no le querrá a usted para marido, ni siquiera para
amante; pero, por amor de Dios, no sea usted clérigo
tampoco. La Iglesia ha menester de otros hombres más
serios y más capaces de virtud para ministros del Altísimo. Por el contrario, si usted ha sentido una gran
pasión por esa mujer, de que hablamos, aunque ella sea
poco digna, ¿por qué abandonarla y engañarla con tanta
crueldad? Por indigna que sea, si es que ha inspirado esa
gran pasión, ¿no cree usted que la compartirá y que será
víctima de ella? Pues qué, cuando el amor es grande, elevado y violento, ¿deja nunca de imponerse? ¿No tiraniza
y subyuga al objeto amado de un modo irresistible? Por
los grados y quilates de su amor debe usted medir el de
su amada. ¿Y cómo no temer por ella si usted la abandona? ¿Tiene ella la energía varonil, la constancia que
infunde la sabiduría que los libros encierran, el aliciente
de la gloria, la multitud de grandiosos proyectos, y todo
aquello que hay en su cultivado y sublime espíritu de
usted para distraerle y apartarle, sin desgarradora violencia, de todo otro terrenal afecto? ¿No comprende
usted que ella morirá de dolor, y usted, destinado a
hacer incruentos sacrificios, empezará por sacrificar des-
piadadamente a quien más le ama?

—Señora —contestó don Luis, haciendo un esfuerzo
para disimular su emoción y para que no se conociese lo
turbado que estaba en lo trémulo y balbuciente de la
voz—. Señora, yo también tengo que dominarme para contestar a usted con la frialdad de quien opone argumentos
a argumentos como en una controversia; pero la acusa-
ción de usted viene tan razonada (y usted perdone que se

lo diga), es tan hábilmente sofística, que me fuerza a desvanecerla con razones. No pensaba yo tener que disertar aquí y que aguzar mi corto ingenio; pero usted me condena a ello, si no quiero pasar por un monstruo. Voy a contestar a los extremos del cruel dilema que ha forjado usted en mi daño. Aunque me he criado al lado de mi tío y en el Seminario, donde no he visto mujeres, no me crea usted tan ignorante ni tan pobre de imaginación que no acertase a representármelas en la mente todo lo bellas, todo lo seductoras que pueden ser. Mi imaginación, por el contrario, sobrepujaba a la realidad en todo eso. Excitada por la lectura de los cantores bíblicos y de los poetas profanos, se fingía mujeres más elegantes, más graciosas, más discretas que las que por lo común se hallan en el mundo real. Yo conocía, pues, el precio del sacrificio que hacía, y hasta exageraba, cuando renuncié al amor de esas mujeres, pensando elevarme a la dignidad del sacerdocio. Harto conocía yo lo que puede y debe añadir de encanto a una mujer hermosa el vestirla de ricas telas y joyas esplendentes, y el circundarla de todos los primores de la más refinada cultura, y de todas las riquezas que crean la mano y el ingenio infatigables del hombre. Harto conocía yo también lo que acrecientan el natural despejo, lo que pulen, realzan y abrillantan la inteligencia de una mujer, el trato de los hombres más notables por la ciencia, la lectura de buenos libros, el aspecto mismo de las florecientes ciudades con los monumentos y grandezas que contienen. Todo esto me lo figuraba yo con tal viveza y lo veía con tal hermosura, que, no lo dude usted, si yo llego a ver y a tratar a esas mujeres de que usted me habla, lejos de caer en la adoración y en la locura que usted predice, tal vez sea un desengaño lo que reciba, al ver cuánta distancia media de lo soñado a lo real y de lo vivo a lo pintado.

—¡Estos de usted sí que son sofismas! —interrumpió Pepita—. ¿Cómo negar a usted que lo que usted se pinta en la imaginación es más hermoso que lo que existe realmente? Pero ¿cómo negar tampoco que lo real tiene más eficacia seductora que lo imaginado y soñado? Lo vago y aéreo de un fantasma, por bello que sea, no compite con lo que mueve materialmente los sentidos. Contra los ensueños mundanos comprendo que venciesen en su alma de usted las imágenes devotas; pero temo que las imágenes devotas no habían de vencer a las mundanas realidades.

—Pues no lo tema usted, señora —replicó don Luis—. Mi fantasía es más eficaz en lo que crea que todo el universo, menos uted, en lo que por los sentidos me transmite.

—¿Y por qué *menos yo?* Esto me hace creer en otro recelo. ¿Será quizá la idea que usted tiene de mí, la idea que ama, creación de esa fantasía tan eficaz, ilusión en nada conforme conmigo?

—No lo es; tengo fe de que esta idea es en todo conforme con usted; pero tal vez es ingénita en mi alma; tal vez está en ella desde que fue creada por Dios; tal vez es parte de su esencia; tal vez es lo más puro y rico de su ser, como el perfume en las flores.

—¡Bien me lo temía yo! Usted me lo confiesa ahora. Usted no me ama. Eso que ama usted es la esencia, el aroma, lo más puro de su alma, que ha tomado una forma parecida a la mía.

—No, Pepita; no se divierta usted en atormentarme. Esto que yo amo es usted, y usted tal cual es; pero es tan bello, tan limpio, tan delicado esto que yo amo, que no me explico que pase todo por los sentidos de un modo grosero y llegue así hasta mi mente. Supongo, pues, y creo, y tengo por cierto, que estaba antes en mí. Es como la idea de Dios, que estaba en mí, que ha venido a magnificarse y desenvolverse en mí, y que, sin embargo, tiene su objeto real, superior, infinitamente superior a la idea. Como creo que Dios existe, creo que existe usted y que vale usted mil veces más que la idea que de usted tengo formada.

—Aún me queda una duda. ¿No pudiera ser la mujer en general, y no yo singular y exclusivamente, quien ha despertado esa idea?

—No, Pepita; la magia, el hechizo de una mujer, bella
de alma y de gentil presencia, habían, antes de ver a usted, penetrado en mi fantasía. No hay duquesa ni marquesa en Madrid, ni emperatriz en el mundo, ni reina ni
princesa en todo el orbe, que valgan lo que valen las
ideales y fantásticas criaturas con quienes yo he vivido,
porque aparecían en los alcázares y camarines estupendos
de lujo, buen gusto y exquisito ornato, que yo edificaba
en mis espacios imaginarios, desde que llegué a la adolescencia, y que daba luego por morada a mis Lauras, Beatrices, Julietas, Margaritas y Eleonoras, o a mis Cintias,
Glíceras y Lesbias [55]. Yo las coronaba en mi mente con
diademas y mitras orientales, y las envolvía en mantos
de púrpura y de oro, y las rodeaba de pompa regia, como
a Ester y a Vasti; yo les prestaba la sencillez bucólica de
la edad patriarcal, como a Rebeca y a la Sulamita [56]; yo les
daba la dulce humildad y la devoción de Ruth; yo las
oía discurrir como Aspasia o Hipatia [57], maestras de elocuencia; yo las encumbraba en estrados riquísimos, y ponía

[55] Don Luis cita una serie de nombres de las que fueron mujer
amada o amante de poetas grecolatinos como Propercio (Cintia),
Menandro (Glicera) y Catulo (Lesbia) e italianos como Dante
(Beatriz) y Petrarca (Laura). Menciona, además, personajes de
ficción, como Julieta (amada de Romeo en el drama de Shakespeare) y Margarita, del *Fausto,* de Goethe.
[56] Ester, Rebeca y la Sulamita son mujeres que aparecen en
relatos bíblicos. En el libro de *Ester* se detalla la historia de la
joven hebrea que es tomada por esposa por el rey de los persas
Asuero (Jerjes), después de haber repudiado a la reina Vasti. Ester
evita el exterminio de judíos proyectado por Haman. Rebeca es
la esposa de Isaac (hijo de Abrahán) y madre de Esaú y Jacob.
La Sulamita (en la Biblia se habla de «Abisak la sunamita») es
la joven «extraordinariamente bella» que los servidores de Palacio buscan para su anciano rey. Ella «cuidaba y servía al rey,
pero el rey no la conoció», *I Reyes,* 1,4.
[57] Aspasia, mujer excepcionalmente culta e influyente en la
Atenas de Pericles, animadora de intelectuales y artistas como
Sócrates, Fidias, Alcibíades, etc. Pericles se casó con ella, y llegó
a ser su consejera política y cultural. Hipatia estudió filosofía en
Atenas y volvió a Alejandría, su patria, donde creó una escuela
en la que explicaba las doctrinas de Platón y Aristóteles. Murió
apedreada por unos delincuentes incitados por algunos monjes.

en ellas reflejos gloriosos de clara sangre y de ilustre pro-
sapia, como si fuesen las matronas patricias más orgullosas
y nobles de la antigua Roma; yo las veía ligeras, coquetas,
alegres, llenas de aristocrática desenvoltura, como las damas del tiempo de Luis XIV en Versalles, y yo las ador-
naba, ya con púdicas estolas, que infundían veneración y
respeto; ya con túnicas y peplos sutiles, por entre cuyos
pliegues airosos se dibujaba toda la perfección plástica
de las gallardas formas; ya con la *coa* transparente de las
bellas cortesanas de Atenas y Corinto, para que reluciese,
bajo la nebulosa velatura, lo blanco y sonrosado del bien
torneado cuerpo. Pero ¿qué valen los deleites del sentido, ni qué valen las glorias todas y las magnificencias del
mundo, cuando un alma arde y se consume en el amor
divino, como yo entendía, tal vez con sobrada soberbia,
que la mía estaba ardiendo y consumiéndose? Ingentes
peñascos, montañas enteras, si sirven de obstáculo a que
se dilate el fuego que de repente arde en el seno de la
tierra, vuelan deshechos por el aire, dando lugar y abrien-
do paso a la amontonada pólvora de la mina o a las inflamadas materias del volcán en erupción atronadora. Así,
o con mayor fuerza, lanzaba de sí mi espíritu todo el peso
del universo y de la hermosura creada, que se le ponía
encima y le aprisionaba, impidiéndole volar a Dios, como
a su centro. No; no he dejado yo por ignorancia ningún
regalo, ninguna dulzura, ninguna gloria; todo lo conocía
y lo estimaba en más de lo que vale cuando lo desprecié
por el otro regalo, por otra gloria, por otras dulzuras mayores. El amor profano de la mujer, no sólo ha venido a
mi fantasía con cuantos halagos tiene en sí, sino con
aquellos hechizos soberanos y casi irresistibles de la más
peligrosa de las tentaciones: de la que llaman los moralistas tentación virgínea, cuando la mente, aún no desenga-
ñada por la experiencia y el pecado, se finge en el abrazo
amoroso un subidísimo deleite, inmensamente superior,
sin duda, a toda realidad y a toda verdad. Desde que vivo,
desde que soy hombre, y ya hace años, ·pues no es tan
grande mi mocedad, he despreciado todas esas sombras
y reflejos de deleites y de hermosuras, enamorado de una

hermosura arquetipo y ansioso de un deleite supremo. He procurado morir en mí para vivir en el objeto amado; desnudar, no ya sólo los sentidos, sino hasta las potencias de mi alma, de afectos del mundo y de figuras y de imágenes, para poder decir con razón que no soy yo el que vivo, sino que Cristo vive en mí. Tal vez, de seguro, he pecado de arrogante y de confiado, y Dios ha querido castigarme. Usted entonces se ha interpuesto en mi camino y me ha sacado de él y me ha extraviado. Ahora me zahiere, me burla, me acusa de liviano y de fácil; y al zaherirme y burlarme se ofende a sí propia, suponiendo que mi falta me la hubiera hecho cometer otra mujer cualquiera. No quiero, cuando debo ser humilde, pecar de orgulloso defendiéndome. Si Dios, en castigo de mi soberbia, me ha dejado de su gracia, harto posible es que el más ruin motivo me haya hecho vacilar y caer. Con todo, diré a usted que mi mente, quizá alucinada, lo entiende de muy diversa manera. Será efecto de mi no domada soberbia; pero repito que lo entiendo de otra manera. No acierto a persuadirme de que haya ruindad ni bajeza en el motivo de mi caída. Sobre todos los ensueños de mi juvenil imaginación ha venido a sobreponerse y entronizarse la realidad que en usted he visto; sobre todas mis ninfas, reinas y diosas, usted ha descollado; por cima de mis ideales creaciones, derribadas, rotas, deshechas por el amor divino, se levantó en mi alma la imagen fiel, la copia exactísima de la viva hermosura que adorna, que es la esencia de ese cuerpo y de esa alma. Hasta algo de misteriosos, de sobrenatural, puede haber intervenido en esto, porque amé a usted desde que la vi, casi antes de que la viera. Mucho antes de tener conciencia de que la amaba a usted, ya la amaba. Se diría que hubo en esto algo de fatídico, que estaba escrito, que era una predestinación.

—Y si es una predestinación, si estaba escrito —interrumpió Pepita—, ¿por qué no someterse, por qué resistirse todavía? Sacrifique usted sus propósitos a nuestro amor. ¿Acaso no he sacrificado yo mucho? Ahora mismo, al rogar, al esforzarme por vencer los desdenes de usted,

¿no sacrifico mi orgullo, mi decoro y mi recato? Yo también creo que amaba a usted antes de verle. Ahora amo a usted con todo mi corazón, y sin usted no hay felicidad para mí. Cierto es que en mi humilde inteligencia no puede usted hallar rivales tan poderosos como yo tengo en la de usted. Ni con la mente, ni con la voluntad, ni con el afecto atino a elevarme a Dios inmediatamente. Ni por naturaleza, ni por gracia subo ni me atrevo a querer subir a tan encumbradas esferas. Llena está mi alma, sin embargo, de piedad religiosa, y conozco y amo y adoro a Dios; pero sólo veo su omnipotencia y admiro su bondad en las obras que han salido de sus manos. Ni con la imaginación acierto tampoco a forjarme esos ensueños que usted me refiere. Con alguien, no obstante, más bello, entendido, poético y amoroso que los hombres que me han pretendido hasta ahora; con un amante más distinguido y cabal que todos mis adoradores de este lugar y de los lugares vecinos, soñaba yo para que me amara y para que yo le amase y le rindiese mi albedrío. Ese alguien era usted. Lo presentí cuando me dijeron que usted había llegado al lugar; lo reconocí cuando vi a usted por vez primera. Pero mi imaginación es tan estéril, el retrato que yo de usted me había trazado no valía, ni con mucho, lo que usted vale. Yo también he leído algunas historias y poesías; pero de todos los elementos que de ellas guardaba mi memoria, no logré nunca componer una pintura que no fuese muy inferior en mérito a lo que veo en usted y comprendo en usted desde que le conozco. Así es que estoy rendida y vencida y aniquilada desde el primer día. Si amor es lo que usted dice, si es morir en sí para vivir en el amado, verdadero y legítimo amor es el mío, porque he muerto en mí y sólo vivo en usted y para usted. He deseado desechar de mí este amor, creyéndole mal pagado, y no me ha sido posible. He pedido a Dios con mucho fervor que me quite el amor o me mate, y Dios no ha querido oírme. He rezado a María Santísima para que borre del alma la imagen de usted, y el rezo ha sido inútil. He hecho promesas al santo de mi nombre para no pensar en usted sino como él pen-

saba en su bendita Esposa, y el santo no me ha socorrido.
Viendo esto, he tenido la audacia de pedir al cielo que
usted se deje vencer, que usted deje de querer ser clérigo,
que nazca en su corazón de usted un amor tan profundo
como el que hay en mi corazón. Don Luis, dígamelo usted
con franqueza, ¿ha sido también sordo el cielo a esta última súplica? ¿O acaso es que para avasallar y rendir un
alma pequeña, cuitada y débil como la mía, basta un pequeño amor, y para avasallar la de usted, cuando tan altos
y fuertes pensamientos la velan y custodian, se necesita
de amor más poderoso, que yo no soy digna de inspirar,
ni capaz de compartir, ni hábil para comprender siquiera?

—Pepita — contestó don Luis—, no es que su alma de
usted sea más pequeña que la mía, sino que está libre de
compromisos y la mía no lo está. El amor que usted me
ha inspirado es inmenso; pero luchan contra él mi obligación, mis votos, los propósitos de toda mi vida, próximos
a realizarse. ¿Por qué no he de decirlo sin temor de ofender a usted? Si usted logra en mí su amor, usted no se
humilla. Si yo cedo a su amor de usted, me humillo y me
rebajo. Dejo al Criador por la criatura, destruyo la obra
de mi constante voluntad, rompo la imagen de Cristo,
que estaba en mi pecho, y el hombre nuevo, que a tanta
costa había yo formado en mí, desaparece para que el
hombre antiguo renazca. ¿Por qué, en vez de bajar yo
hasta el suelo, hasta el siglo, hasta la impureza del mundo que antes he menospreciado, no se eleva usted hasta
mí por virtud de ese mismo amor que me tiene, limpián-
dole de toda escoria? ¿Por qué no nos amamos entonces
sin vergüenza y sin pecado y sin mancha? Dios, como el
fuego purísimo y refulgente de su amor, penetra las almas
santas y las llena por tal arte, que así como un metal que
sale de la fragua, sin dejar de ser metal, reluce y deslum-
bra, y es todo fuego, así las almas se hinchen de Dios,
y en todo son Dios, penetradas por dondequiera de Dios,
en gracia del amor divino. Estas almas se aman y se gozan
entonces como si amaran y gozaran a Dios, amándole y go-
zándole, porque Dios son ellas. Subamos juntos en espíritu esta mística y difícil escalera; asciendan a la par nues-

tras almas a esta bienaventuranza, que aun en la vida
mortal es posible; mas para ello es fuerza que nuestros
cuerpos se separen; que yo vaya adonde me llama mi deber, mi promesa y la voz del Altísimo, que dispone de su
siervo y le destina al culto de sus altares.

—¡Ay, señor don Luis! —replicó Pepita toda desolada
y compungida—. Ahora conozco cuán vil es el metal de
que estoy forjada y cuán indigno de que la penetre y mude
el fuego divino. Lo declararé todo, desechando hasta la
vergüenza. Soy una pecadora infernal. Mi espíritu grosero
e inculto no alcanza esas sutilezas, esas distinciones, esos
refinamientos de amor. Mi voluntad rebelde se niega a lo
que usted propone. Yo ni siquiera concibo a usted sin usted. Para mí es usted su boca, sus ojos, sus negros cabellos, que deseo acariciar con mis manos; su dulce voz y el
regalado acento de sus palabras, que hieren y encantan materialmente mis oídos; toda su forma corporal, en suma,
que me enamora y seduce, y al través de la cual, y sólo
al través de la cual, se me muestra el espíritu invisible,
vago y lleno de misterios. Mi alma, reacia e incapaz de
esos raptos misteriosos, no acertará a seguir a usted nunca
a las regiones donde quiere llevarla. Si usted se eleva hasta
ellas, yo me quedaré sola, abandonada, sumida en la mayor aflicción. Prefiero morirme. Merezco la muerte; la
deseo. Tal vez al morir, desatando o rompiendo mi alma
estas infames cadenas que la detienen, se haga hábil para
ese amor con que usted desea que nos amemos. Máteme
usted antes, para que nos amemos así; máteme usted antes y, ya libre mi espíritu, le seguirá por todas las regiones y peregrinará invisible al lado de usted, velando su
sueño, contemplándole con arrobo, penetrando sus pensamientos más ocultos, viendo en realidad su alma sin el
intermedio de los sentidos. Pero viva, no puede ser. Yo
amo en usted, no ya sólo el alma, sino el cuerpo, y la
sombra del cuerpo, y el reflejo del cuerpo en los espejos
y en el agua, y el nombre y el apellido, y la sangre, y
todo aquello que le determina como tal don Luis de Vargas: el metal de la voz, el gesto, el modo de andar y no
sé qué más diga. Repito que es menester matarme. Máte-

me usted sin compasión. No; yo no soy cristiana, sino
idólatra materialista.

Aquí hizo Pepita una larga pausa. Don Luis no sabía
qué decir y callaba. El llanto bañaba las mejillas de Pepita, la cual prosiguió sollozando:

—Lo conozco: usted me desprecia y hace bien en despreciarme. Con ese justo desprecio me matará usted mejor que con un puñal, sin que se manche de sangre ni su
mano ni su conciencia. Adiós. Voy a libertar a usted de
mi presencia odiosa. Adiós para siempre.

Dicho esto, Pepita se levantó de su asiento, y sin volver
la cara, inundada de lágrimas, fuera de sí, con precipitados
pasos se lanzó hacia la puerta que daba a las habitaciones
interiores. Don Luis sintió una invencible ternura, una
piedad funesta. Tuvo miedo de que Pepita muriese. La
siguió para detenerla, pero no llegó a tiempo. Pepita pasó
la puerta. Su figura se perdió en la oscuridad. Arrastrado
don Luis como por un poder sobrehumano, impulsado
como por una mano invisible, penetró en pos de Pepita
en la estancia sombría.

El despacho quedó solo.

El baile de los criados debía de haber concluido, pues
no se oía el más leve rumor. Sólo sonaba el agua de la
fuente del jardincillo.

Ni un leve soplo de viento interrumpía el sosiego de la
noche y la serenidad del ambiente. Penetraban por la ventana el perfume de las flores y el resplandor de la luna.

Al cabo de un largo rato, don Luis apareció de nuevo,
saliendo de la oscuridad. En su rostro se veía pintado el
terror, algo de la desesperación de Judas.

Se dejó caer en una silla; puso ambos puños cerrados
en su cara y en sus rodillas ambos codos, y así permaneció más de media hora, sumido sin duda en un mar de
reflexiones amargas.

Cualquiera, si lo hubiera visto, hubiera sospechado que
acababa de asesinar a Pepita.

Pepita, sin embargo, apareció después. Con paso lento,
con actitud de profunda melancolía, con el rostro y la mi-

rada inclinados al suelo, llegó hasta cerca de donde estaba
don Luis, y dijo de este modo:

—Ahora, aunque tarde, conozco toda la vileza de mi
corazón y toda la iniquidad de mi conducta. Nada tengo
que decir en mi abono; mas no quiero que me creas más
perversa de lo que soy. Mira, no pienses que ha habido en
mí artificio, ni cálculo, ni plan para perderte. Sí; ha sido
una maldad atroz, pero instintiva; una maldad inspirada
quizá por el espíritu del infierno, que me posee. No te
desesperes ni te aflijas, por amor de Dios. De nada eres
responsable. Ha sido un delirio: la enajenación mental se
apoderó de tu noble alma. No es en ti pecado sino muy
leve. En mí es grave, vergonzoso. Ahora te merezco menos
que nunca. Vete; yo soy ahora quien te pide que te vayas.
Vete; haz penitencia. Dios te perdonará. Vete; que un
sacerdote te absuelva. Limpio de nuevo de culpa, cumple
tu voluntad y sé ministro del Altísimo. Con tu vida tra-
bajosa y santa, no sólo borrarás hasta las últimas señales
de esta caída, sino que, después de perdonarme el mal
que te he hecho, conseguirás del cielo mi perdón. No
hay lazo alguno que conmigo te ligue; y si le hay, yo le
desato o le rompo. Eres libre. Básteme el haber hecho
caer por sorpresa al lucero de la mañana; ni quiero, ni
debo, ni puedo retenerle cautivo. Lo adivino, lo infiero
de tu ademán, lo veo con evidencia; ahora me desprecias
más que antes, y tienes razón en despreciarme. No hay
honra, ni virtud, ni vergüenza en mí.

Al decir esto, Pepita hincó en tierra ambas rodillas y
se inclinó luego hasta tocar con la frente el suelo del despacho. Don Luis siguió en la misma postura que antes
tenía. Así estuvieron los dos algunos minutos en desespe-
rado silencio.

Con voz ahogada, sin levantar la faz de la tierra, prosiguió al cabo Pepita:

—Vete ya, don Luis, y no por una piedad afrentosa
permanezcas más tiempo al lado de esta mujer miserable.
Yo tendré valor para sufrir tu desvío, tu olvido y hasta
tu desprecio, que tengo tan merecido. Seré siempre tu es-

clava, pero lejos de ti, muy lejos de ti, para no traerte
a la memoria la infamia de esta noche.

Los gemidos sofocaron la voz de Pepita, al terminar
estas palabras.

Don Luis no pudo más. Se puso en pie, llegó donde
estaba Pepita y la levantó entre sus brazos, estrechándola
contra su corazón, apartando blandamente de su cara los
rubios rizos que en desorden caían sobre ella, y cubrién-
dola de apasionados besos.

—Alma mía dijo por último don Luis—, vida de mi
alma, prenda querida de mi corazón, luz de mis ojos, levanta la abatida frente y no te prosternes más delante de
mí. El pecador, el flaco de voluntad, el miserable, el san-
dio y el ridículo soy yo, que no tú. Los ángeles y los
demonios deben reírse igualmente de mí y no tomarme
por lo serio. He sido un santo postizo que no he sabido
resistir y desengañarte desde el principio, como hubiera
sido justo, y ahora, no acierto tampoco a ser un caballero,
un galán, un amante fino que sabe agradecer en cuanto
valen los favores de su dama. No comprendo qué viste
en mí para prendarte de ese modo. Jamás hubo en mí virtud sólida, sino hojarasca y pedantería de colegial, que
había leído los libros devotos como quien lee novelas, y
con ellos se había forjado su novela necia de misiones y
contemplaciones. Si hubiera habido virtud sólida en mí,
con tiempo te hubiera desengañado y no hubiéramos pecado ni tú ni yo. La verdadera virtud no cae tan fácilmente. A pesar de toda tu hermosura, a pesar de tu talento, a pesar de tu amor hacia mí, no, yo no hubiera
caído, si en realidad hubiera sido virtuoso, si hubiera
tenido una vocación verdadera. Dios, que todo lo puede,
me hubiera dado su gracia. Un milagro, sin duda, algo de
sobrenatural se requería para resistir a tu amor; pero
Dios hubiera hecho el milagro si yo hubiera sido digno
objeto y bastante razón para que le hiciera. Haces mal en
aconsejarme que sea sacerdote. Reconozco mi indignidad.
No era más que orgullo lo que me movía. Era una ambición mundana como otra cualquiera. ¡Qué digo como otra

cualquiera! Era peor: era una ambición hipócrita, sacrílega, simoníaca.

—No te juzgues con tal dureza —replicó Pepita, ya más serena y sonriendo a través de las lágrimas—. No deseo que te juzgues así, ni para que no me halles tan indigna de ser tu compañera; pero quiero que me elijas por amor, libremente, no para reparar una falta, no porque has caído en un lazo que pérfidamente puedes sospechar que te he tendido. Vete si no me amas, si sospechas de mí, si no me estimas. No exhalarán mis labios una queja si para siempre me abandonas y no vuelves a acordarte de mí.

La contestación de don Luis no cabía ya en el estrecho y mezquino tejido del lenguaje humano. Don Luis rompió el hilo del discurso de Pepita sellando los labios de ella con los suyos y abrazándola de nuevo.

Bastante más tarde, con previas toses y resonar de pies, entró Antoñona en el despacho diciendo:

—¡Vaya una plática larga! Este sermón que ha predicado el colegial no ha sido el de las siete palabras, sino que ha estado a punto de ser el de las cuarenta horas. Tiempo es ya de que te vayas, don Luis. Son cerca de las dos de la mañana.

—Bien está —dijo Pepita—; se irá al momento.

Antoñona volvió a salir del despacho y aguardó fuera.

Pepita estaba transformada. Las alegrías que no había tenido en su niñez, el gozo y el contento de que no había gustado en los primeros años de su juventud, la bulliciosa actividad y travesura que una madre adusta y un marido viejo habían contenido y como represado en ella hasta entonces, se diría que brotaron de repente en su alma, como retoñan las hojas verdes de los árboles cuando las nieves y los hielos de un invierno riguroso y dilatado han retardado su germinación.

Una señora de ciudad, que conoce lo que llamamos *conveniencias sociales,* hallará extraño y hasta censurable lo que voy a decir de Pepita; pero Pepita, aunque elegante de suyo, era una criatura muy a lo natural, y en quien no cabían la compostura disimulada y toda la circunspección que en el gran mundo se estilan. Así es que, vencidos los obstáculos que se oponían a su dicha, viendo ya rendido a don Luis, teniendo su promesa espontánea de que la tomaría por mujer legítima, y creyéndose con razón amada, adorada, de aquel a quien amaba y adoraba tanto, brincaba y reía y daba otras muestras de júbilo, que, en medio de todo, tenían mucho de infantil y de inocente.

Era menester que don Luis partiera. Pepita fue por un peine y le alisó con amor los cabellos, besándoselos después.

Pepita le hizo mejor el lazo de la corbata.

—Adiós, dueño amado —le dijo—. Adiós, dulce rey de mi alma. Yo se lo diré todo a tu padre si tú no quieres atreverte. El es bueno y nos perdonará.

Al cabo los dos amantes se separaron.

Cuando Pepita se vio sola, su bulliciosa alegría se disipó y su rostro tomó una expresión grave y pensativa.

Pepita pensó dos cosas igualmente serias: una de interés mundano; otra de más elevado interés. Lo primero en que pensó fue en que su conducta de aquella noche, pasada la embriaguez del amor, pudiera perjudicarle en el concepto de don Luis. Pero hizo severo examen de conciencia, y, reconociendo que ella no había puesto ni malicia ni premeditación en nada, y que cuanto hizo nació de un amor irresistible y de nobles impulsos, consideró que don Luis no podía menospreciarla nunca, y se tranquilizó por este lado. No obstante, aunque su confesión candorosa de que no entendía el mero amor de los espíritus, y aunque su fuga a lo interior de la alcoba sombría había sido obra del instinto más inocente, sin prever los resultados, Pepita no se negaba que había pecado después contra Dios, y en este punto no hallaba disculpa. Encomendóse, pues, de todo corazón a la Virgen para que la perdonase; hizo promesa a la imagen de la Soledad, que había en el convento de monjas, de comprar siete lindas espadas de oro, de sutil y prolija labor, con que adornar su pecho, y determinó ir a confesarse al día siguiente con el Vicario y someterse a la más dura penitencia que le impusiera para merecer la absolución de aquellos pecados,

merced a los cuales venció la terquedad de don Luis,
quien, de lo contrario, hubiera llegado a ser cura sin
remedio.

Mientras Pepita discurría así allá en su mente y resol-
vía con tanto tino sus negocios del alma, don Luis bajó
hasta el zaguán acompañado por Antoñona.

Antes de despedirse, dijo don Luis sin preparación ni
rodeos:

—Antoñona, tú que lo sabes todo, dime quién es el
conde de Genazahar y qué clase de relaciones ha tenido
con tu ama.

—Temprano empiezas a mostrarte celoso.

—No son celos; es curiosidad solamente.

—Mejor es así. Nada más fastidioso que los celos. Voy
a satisfacer tu curiosidad. Ese conde está bastante trona-
do. Es un perdido, jugador y mala cabeza; pero tiene más
vanidad que don Rodrigo en la horca [58]. Se empeñó en
que mi niña le quisiera y se casase con él, y como la niña
le ha dado mil veces calabazas, está que trina. Esto no
impide que se guarde por allá más de mil duros, que hace
años le prestó don Gumersindo, sin más hipoteca que un
papelucho, por culpa y a ruegos de Pepita, que es mejor
que el pan. El tonto del conde creyó, sin duda, que Pepita, que fue tan buena de casada, que hizo que le diesen
dinero, había de ser de viuda tan rebuena para él que le
había de tomar por marido. Vino después el desengaño
con la furia consiguiente.

—Adiós, Antoñona —dijo don Luis, y se salió a la
calle, silenciosa ya y sombría.

Las luces de las tiendas y puestos de la feria se habían
apagado y la gente se retiraba a dormir, salvo los amos
de las tiendas de juguetes y otros pobres buhoneros que
dormían al sereno al lado de sus mercancías.

---

[58] La expresión tradicional «tener más orgullo que don Rodrigo
en la horca» responde a la admirable serenidad con que se en-
frentó a la horca don Rodrigo Calderón, encumbrado por el duque de Lerma a altos cargos de la Administración del Estado y
finalmente valido de Felipe II. Convicto de doble asesinato y de
otros delitos, fue ajusticiado en julio de 1621.

En algunas rejas seguían aún varios embozados, pertinaces e incansables, pelando la pava con sus novias. La mayoría había desaparecido ya.

En la calle, lejos de la vista de Antoñona, don Luis dio rienda suelta a sus pensamientos. Su resolución estaba tomada, y todo acudía a su mente a confirmar su resolución. La sinceridad y el ardor de la pasión que había inspirado a Pepita, su hermosura, la gracia juvenil de su cuerpo y la lozanía primaveral de su alma, se le presentaban en la imaginación y le hacían dichoso.

Con cierta mortificación de la vanidad reflexionada, no obstante, don Luis en el cambio que en él se había obrado. ¿Qué pensaría el deán? ¿Qué espanto no sería el del obispo? Y, sobre todo, ¿qué motivo tan grave de queja no había dado don Luis a su padre? Su disgusto, su cólera cuando supiese el compromiso que ligaba a Luis con Pepita, se ofrecían al ánimo de don Luis y le inquietaban sobremanera.

En cuanto a lo que él llamaba su caída antes de caer, fuerza es confesar que le parecía poco honda y poco espantosa, después de haber caído. Su misticismo, bien estudiado con la nueva luz que acababa de adquirir, se le antojó que no había tenido ser ni consistencia; que había sido un producto artificial y vano de sus lecturas, de su petulancia de muchacho y de sus ternuras sin objeto de colegial inocente. Cuando recordaba que a veces había creído recibir favores y regalos sobrenaturales, y había oído susurros místicos, y había estado en conversación interior, y casi había empezado a caminar por la vía unitiva, llegando a la oración de quietud, penetrando en el abismo del alma y subiendo al ápice de la mente, don Luis se sonreía y sospechaba que no había estado por completo en su juicio. Todo había sido presunción suya. Ni él había hecho penitencia, ni él había vivido largos años en contemplación, ni él tenía ni había tenido merecimientos bastantes para que Dios le favoreciese con distinciones tan altas. La mayor prueba que se daba a sí propio de todo esto, la mayor seguridad de que los regalos sobrenaturales de que había gozado eran sofísticos, eran simples recuer-

dos de los autores que leía, nacía de que nada de eso
había deleitado tanto su alma como un *te amo* de Pepita,
como el toque delicadísimo de una mano de Pepita jugando con los negros rizos de su cabeza.

Don Luis apelaba a otro género de humildad cristiana
para justificar a sus ojos lo que ya no quería llamar caída,
sino cambio. Se confesaba indigno de ser sacerdote, y se
allanaba a ser lego, casado, vulgar, un buen lugareño cualquiera, cuidando de las viñas y los olivos, criando a sus
hijos, pues ya los deseaba, y siendo modelo de maridos
al lado de su Pepita.

Aquí vuelvo yo, como responsable que soy de la publicación y divulgación de esta historia, a creerme en la necesidad de interpolar varias reflexiones y aclaraciones de
mi cosecha.

Dije al empezar que me inclinaba a creer que esta parte
narrativa o *Paralipómenos* era obra del señor deán, a fin
de completar el cuadro y acabar de relatar los sucesos
que las cartas no relatan; pero entonces aún no había yo
leído con detención el manuscrito. Ahora, al notar la libertad con que se tratan ciertas materias y la manga an-
cha que tiene el autor para algunos desliçes, dudo de que
el señor deán, cuya rigidez sé de buena tinta, haya gastado la de su tintero en escribir lo que el lector habrá
leído. Sin embargo, no hay bastante razón para negar que
sea el señor deán el autor de los *Paralipómenos*.

La duda queda en pie, porque en el fondo nada hay
en ellos que se oponga a la verdad católica ni a la moral
cristiana. Por el contrario, si bien se examina, se verá que
sale de todo una lección contra los orgullosos y soberbios,
con ejemplar escarmiento en la persona de don Luis. Esta
historia pudiera servir sin dificultad de apéndice a los
Desengaños místicos del padre Arbiol [59].

En cuanto a lo que sostienen dos o tres amigos míos
discretos de que el señor deán, a ser el autor, hubiera

[59] A. Arbiol (1651-1726), religioso franciscano, autor de escritos
ascéticos entre los que destaca la obra mencionada por Valera.

referido los sucesos de otro modo diciendo *mi sobrino* al
hablar de don Luis, y poniendo sus consideraciones morales de vez en cuando, no creo que es argumento de gran
valer. El señor deán se propuso contar lo ocurrido y no
probar ninguna tesis, y anduvo atinado en no meterse en
dibujos y en no sacar moralejas. Tampoco hizo mal, en mi
sentir, en ocultar su personalidad y en no mentar su *yo,*
lo cual no sólo demuestra su humildad y modestia, sino
buen gusto literario; porque los poetas épicos y los his-
toriadores, que deben servir de modelo, no dicen yo
aunque hablen de ellos mismos y ellos mismos sean héroes y actores de los casos que cuentan. Jenofonte Ate-
niense [60], pongo por caso, no dice yo en su *Anábasis,* sino
se nombra en tercera persona cuando es menester, como
si fuera uno el que escribió y otro el que ejecutó aquellas
hazañas. Y aun así, pasan no pocos capítulos de la obra
sin que aparezca Jenofonte. Sólo poco antes de darse la
famosa batalla en que murió el joven Ciro, revistando
este príncipe a los griegos y bárbaros que formaban su
ejército, y estando ya cerca de su hermano Artajerjes, que
había sido visto desde muy lejos, en la extensa llanura
sin árboles, primero como nubecilla blanca, luego con
mancha negra y, por último, con claridad y distinción,
oyéndose el relinchar de los caballos, el rechinar de los
carros de guerra armados de truculentas hoces, el gruñir
de los elefantes y el son de los instrumentos bélicos, y
viéndose el resplandor del bronce y de oro de las armas
iluminadas por el sol, sólo en aquel instante, digo, y no
de antemano, se muestra Jenofonte y habla con Ciro,
saliendo de las filas y explicándole el murmullo que corría entre los griegos, el cual no era otro que lo que lla-

---

[60] Jenofonte, discípulo de Sócrates (cuya personalidad y pensamiento expone en sus *Recuerdos* y *Apología*) se enrola en el
ejército de Ciro el Joven, que aspiraba al trono de Persia en
oposición a su hermano Artajerjes. Al morir el pretendiente en
la batalla de Cunaxa, próxima a Babilonia, y habiendo sido ase-
sinados los líderes del ejército mercenario de apoyo a Ciro, Jenofonte es designado como uno de los jefes que ha de organizar
la retirada de dicho ejército, viaje que él relata en su *Anábasis.*

mamos *santo y seña* en el día, y que fue en aquella ocasión *Júpiter salvador y Victoria.* El señor deán, que era un hombre de gusto y muy versado en los clásicos, no había de incurrir en el error de ingerirse y entreverarse en la historia a título de tío y ayo del héroe, y de moler al lector saliendo a cada paso un tanto difícil y resbaladizo con *párate ahí,* con un *¿qué haces?,* ¡*mira no te caigas, desventurado!,* o con otras advertencias por el estilo. No chistar tampoco, ni oponerse en alguna manera, hallándose presente, al menos, en espíritu, sentaba mal en algunos de los lances que van referidos. Por todo lo cual, a no dudarlo, el señor deán, con la mucha discreción que le era propia, pudo escribir estos *Paralipómenos* sin dar la cara, como si dijéramos.

Lo que sí hizo fue poner glosas y comentarios de provechosa edificación cuando tal o cual pasaje lo requería; pero yo los suprimo aquí, porque no están en moda las novelas anotadas o glosadas, y porque sería voluminosa esta obrita si se imprimiese con los mencionados requisitos.

Pondré, no obstante, en este lugar, como única excepción, e incluyéndola en el texto, la nota del señor deán sobre la rápida transformación de don Luis, de místico en no místico. Es curiosa la nota y derrama mucha luz sobre todo.

—Esta mudanza de mi sobrino —dice— no me ha dado chasco. Yo la preveía desde que me escribió las primeras cartas. Luisito me alucinó al principio. Pensé que tenía una verdadera vocación, pero luego caí en la cuenta de que era una vano espíritu poético; el misticismo fue la máquina de sus poemas hasta que se presentó otra máquina más adecuada.

«¡Alabado sea Dios que ha querido que el desengaño de Luisito llegue a tiempo! ¡Mal clérigo hubiera sido si no acude tan en sazón Pepita Jiménez! Hasta su impaciencia de alcanzar la perfección de un brinco hubiera debido darme mala espina si el cariño de tío no me hubiera cegado. Pues qué, ¿los favores del cielo se consiguen en seguida? ¿No hay más que llegar y triunfar? Contaba un

amigo mío, marino, que cuando estuvo en ciertas ciudades
de América era muy mozo y pretendía a las damas con
sobrada precipitación, y que ellas le decían con un tonillo
lánguido americano: —¡Apenas llega y ya quiere!... ¡Haga
méritos si puede!—. Si esto pudieron decir aquellas señoras, ¿qué no dirá el cielo a los audaces que pretenden
escalarle sin méritos y en un abrir y cerrar de ojos
Mucho hay que afanarse, mucha purificación se necesita,
mucha penitencia se requiere para empezar a estar bien
con Dios y a gozar de sus regalos. Hasta en las vanas y
falsas filosofías, que tienen algo de místico, no hay don
ni favor sobrenatural sin poderoso esfuerzo y costoso sacrificio. Jámblico [61] no tuvo poder para evocar los genios
del amor y hacerlos salir de la fuente de Edgadara sin haberse antes quemado las cejas a fuerza de estudio y sin
haberse maltratado el cuerpo con privaciones y abstinen-
cias. Apolonio de Tiana [62] se supone que se maceró de lo
lindo antes de hacer sus falsos milagros. Y en nuestros
días, los krausistas, que ven a Dios, según aseguran, con
vista real, tienen que leerse y aprenderse antes muy bien
toda la *Analítica* de Sanz del Río [63], lo cual es más dificul-
toso y prueba más paciencia y sufrimiento que abrirse las
carnes a azotes y ponérselas como una breva madura. Mi

---

[61] Janblico es un sirio helenizado que vivió en el siglo II d. C.
Retórico y novelista, escribió *Las Babilónicas,* relato de ficción en
el que se narran las aventuras de Rodanés y Sinosis perseguidos
por Garmos, rey de Babilonia.
[62] Apolonio de Tiana, filósofo visionario, propugnó en su vida
y obras una reforma moral basada en la doctrina pitagórica. Se
le atribuye, precisamente, una *Vida de Pitágoras* y la autoría de
diversos milagros, según apunta la leyenda recogida por Valera.
[63] Esta cita del krausismo, realizada por Valera con amable
ironía, nos recuerda el gran respeto que siempre profesó por dicha
doctrina y su más excepcional propagador. Valga como ejemplo
el siguiente texto: «En España, esta sana, religiosa y moral filosofía se ha difundido y florece merced a los esfuerzos de una
persona respetable y generalmente estimada, del señor don Julián
Sanz del Río (...) cuya honradez, verdadera y profunda piedad,
respeto a las leyes e instituciones de su patria y entrañable amor
a la virtud, a la ciencia y a todo lo bueno y lo verdadero, nos
complacemos en declarar...», O.C., II, p. 1.467.

sobrino quiso de bóbilis-bóbilis ser un varón perfecto y..
¡vean ustedes en lo que ha venido a parar! Lo que im
porta ahora es que sea un buen casado, y que, ya que no
sirve para grandes cosas, sirva para lo pequeño y domés
tico, haciendo feliz a esa muchacha, que al fin no tiene
otra culpa que la de haberse enamorado de él como una
loca, con un candor y un ímpetu selváticos.»

Hasta aquí la nota del señor deán, escrita con desenfa
do íntimo, como para él solo, pues bien ajeno estaba e
pobre de que yo había de jugarle la mala pasada de darla
al público.
Sigamos ahora la narración.

Don Luis, en medio de la calle a las dos de la noche
iba discurriendo, como ya hemos dicho, en que su vida
que hasta allí había él soñado con que fuese digna de la
Leyenda áurea [64], se convirtiese en un suavísimo y perpe
tuo idilio. No había sabido resistir las asechanzas del amo
terrenal; no había sido como un sinnúmero de santos, y
entre ellos San Vicente Ferrer, con cierta lasciva señora
valenciana; pero tampoco era igual el caso; y si el sali
huyendo de aquella daifa endemoniada fue en San Vi
cente un acto de virtud heroica, en él hubiera sido el sali
huyendo del rendimiento, del candor y de la manse
dumbre de Pepita, algo tan monstruoso y sin entrañas
como si cuando Ruth se acostó a los pies de Booz, di
ciéndole: *Soy tu esclava; extiende tu capa sobre tu sierva*
Booz le hubiera dado un puntapié y la hubiera mandado
a paseo. Don Luis, cuando Pepita se le rendía, tuvo, pues
que imitar a Booz y exclamar: *Hija, bendita seas del Se
ñor, que has excedido tu primera bondad con esta de aho
ra.* Así se disculpaba don Luis de no haber imitado a Sai
Vicente y a otros santos menos ariscos. En cuanto al ma
éxito que tuvo la proyectada imitación de San Eduardo

---

[64] Este libro, en el que se narran historias maravillosas de vida
de santos, es obra del Beato Jacopo de Varazze (Jacobo de Vo
rágine), dominico lombardo que llegó a ser arzobispo de Génov
en 1292 y se dedicó a la reforma religiosa y moral del clero.

también trataba de cohonestarle y disculparle. San Eduardo se casó por razón de Estado porque los grandes del reino lo exigían, y sin inclinación hacia la reina Edita; pero en él y en Pepita Jiménez no había razón de Estado, ni grandes ni pequeños, sino amor finísimo de ambas partes.

De todos modos, no se negaba don Luis, y esto prestaba a su contento un leve tinte de melancolía, que había destruido su ideal, que había sido vencido. Los que jamás tienen ni tuvieron ideal alguno no se apuran por esto; pero don Luis se apuraba. Don Luis pensó desde luego en sustituir el antiguo y encumbrado ideal con otro más humilde y fácil. Y si bien recordó a Don Quijote cuando, vencido por el caballero de la Blanca Luna, decidió hacerse pastor [65], maldito el efecto que le hizo la burla, sino que pensó en renovar con Pepita Jiménez, en nuestra edad prosaica y descreída, la edad venturosa y el piadosísimo ejemplo de Filemón y de Baucis [66], tejiendo un dechado de vida patriarcal en aquellos campos amenos, fundando en el lugar que le vio nacer un hogar doméstico, lleno de religión, que fuese a la vez asilo de menesterosos, centro de cultura y de amistosa convivencia, y limpio espejo donde pudieran mirarse las familias, y uniendo, por último, el amor conyugal con el amor de Dios para que Dios santificase y visitase la morada de ellos, haciéndola como templo, donde los dos fuesen ministros

---

[65] Vencido don Quijote y obligado a retirarse de la andante caballería, propone a Sancho un nuevo género de vida («... si es que a ti te pareciere bien, querría, ¡oh Sancho!, que nos convirtiésemos en pastores, siquiera el tiempo que tenga de estar recogido») a imitación de los jóvenes con quienes anteriormente se habían topado y que «querían renovar e imitar a la pastoral Arcadia...», *El Quijote*, II, 67.

[66] Filemón y Baucis, personajes de la Mitología griega, que acogieron en su choza de campesinos a Zeus y Hermes. En recompensa, Zeus convirtió la cabaña en templo y a los dos ancianos les concedió su más íntimo deseo: morir a un tiempo. Pero en realidad su muerte no fue tal, sino una metamorfosis en árboles vivientes: Filemón en roble y Baucis en tilo. Ambos personajes se convirtieron en símbolo de la felicidad conyugal.

y sacerdotes, hasta que dispusiese el cielo llevárselos juntos a mejor vida.

Al logro de todo ello se oponían dos dificultades que era menester allanar antes, y don Luis se preparaba a allanarlas.

Era una el disgusto, quizá el enojo de su padre, a quien había defraudado en sus más caras esperanzas. Era la otra dificultad de muy diversa índole y en cierto modo más grave.

Don Luis, cuando iba a ser clérigo, estuvo en su papel no defendiendo a Pepita de los groseros insultos del conde de Genazahar, sino con discursos morales, y no tomando venganza de la mofa y desprecio con que tales discursos fueron oídos; pero, ahorcados ya los hábitos y teniendo que declarar en seguida que Pepita era su novia y que iba a casarse con ella, don Luis, a pesar de su carácter pacífico, de sus ensueños de humana ternura y de las creencias religiosas que en su alma quedaban íntegras y que repugnaban todo medio violento, no acertaba a compaginar con su dignidad el abstenerse de romper la crisma al conde desvergonzado. De sobra sabía que el duelo es usanza bárbara; que Pepita no necesitaba de la sangre del conde para quedar limpia de todas las manchas de la calumnia, y hasta que el mismo conde, por mal criado y por bruto, y no porque lo creyese ni quizá por un rencor desmedido, había dicho tanto denuesto. Sin embargo, a pesar de todas estas reflexiones, don Luis conocía que no se sufriría a sí propio durante toda su vida, y que, por consiguiente, no llegaría a hacer nunca a gusto el papel de Filemón si no empezaba por hacer el de Fierabrás [67], dando al conde su merecido, si bien pidiendo a

---

[67] El cantar de gesta francés *Fierabrás* (siglo XII) relata la conquista de Roma por parte del rey sarraceno Balán y su hijo Fierabrás. Entre el botín conseguido se llevan los restos del bálsamo empleado en el enterramiento de Cristo. Tras varias batallas con los francos (destaca la lucha entre Oliveros y Fierabrás), este último, finalmente, se hace cristiano y entrega el bálsamo sagrado a Carlomagno que, a su vez, lo devuelve a Roma. *Vid.Don Quijote de la Mancha,* Barcelona, Ed. Planeta, 1977, p. 163, nota de M. de Riquer.

Dios que no le volviese a poner en otra ocasión semejante.

Decidido, pues, al lance, resolvió llevarle a cabo en seguida. Y pareciéndole feo y ridículo enviar padrinos y hacer que trajesen en boca el honor de Pepita, halló lo más razonable buscar camorra con cualquier otro pretexto.

Supuso además que el conde, forastero y vicioso jugador, sería muy posible que estuviese aún en el casino hecho un tahúr, a pesar de lo avanzado de la noche, y don Luis se fue derecho al casino.

El casino permanecía abierto, pero las luces del patio y de los salones estaban casi todas apagadas. Sólo en un salón había luz. Allí se dirigió don Luis, y desde la puerta vio al conde de Genazahar, que jugaba al monte, haciendo de banquero. Cinco personas nada más apuntaban; dos eran forasteros como el conde; las otras tres eran el capitán de caballería encargado de la remonta, Currito y el médico. No podían disponerse las cosas más al intento de don Luis. Sin ser visto por los afanados que estaban en el juego, don Luis los vio, y apenas los vio volvió a salir del casino y se fue rápidamente a su casa. Abrió un criado la puerta; preguntó don Luis por su padre, y sabiendo que dormía, para que no le sintiera ni se despertara subió don Luis de puntillas a su cuarto con una luz, recogió unos tres mil reales que tenía de su peculio, en oro, y se los guardó en el bolsillo. Dijo después al criado que le volviese a abrir y se fue al casino otra vez.

Entonces entró don Luis en el salón donde jugaban, dando taconazos recios, con estruendo y con aire de taco, como suele decirse. Los jugadores se quedaron pasmados de verle.

—¡Tú por aquí a estas horas! —dijo Currito.

—¿De dónde sale usted, curita? —dijo el médico.

—¿Viene usted a echarme otro sermón? —exclamó el conde.

—Nada de sermones —contestó don Luis con mucha calma—. El mal efecto que surtió el último que prediqué me ha probado con evidencia que Dios no me llama por

ese camino, y ya he elegido otro. Usted, señor conde, ha
hecho mi conversión. He ahorcado los hábitos; quiero di
vertirme, estoy en la flor de la mocedad y quiero gozar
de ella.

—Vamos, me alegro —interrumpió el conde—; pero
cuidado, niño, que si la flor es delicada, puede marchi
tarse y deshojarse temprano.

—Ya de eso cuidaré yo —replicó don Luis—. Veo
que se juega. Me siento inspirado. Usted talla. ¿Sabe
usted, señor conde, que tendría chiste que yo le des
bancase?

—Tendría chiste, ¿eh? ¡Usted ha cenado fuerte!

—He cenado lo que me ha dado la gana.

—Respondonzuelo se va haciendo el mocito.

—Me hago lo que quiero.

—Voto va... —dijo el conde; y ya se sentía venir la
tempestad, cuando el capitán se interpuso y la paz se
restableció por completo.

—Ea —dijo el conde, sosegado y afable—, desemba
le usted los dinerillos y pruebe fortuna.

Don Luis se sentó a la mesa y sacó del bolsillo todo
su oro. Su vista acabó de serenar al conde, porque ca
excedía aquella suma a la que tenía él de banca, y ya
imaginaba que iba a ganársela al novato.

—No hay que calentarse mucho la cabeza en es
juego —dijo don Luis—. Ya me parece que le entiendo
Pongo dinero a una carta, y si sale la carta, gano, y
sale la contraria, gana usted.

—Así es, amiguito; tiene usted un entendimien
macho.

—Pues lo mejor es que no tengo sólo macho el e
tendimiento, sino también la voluntad; y con todo, e
el conjunto, disto bastante de ser un macho como ha
tantos por ahí.

—¡Vaya si viene usted parlanchín y si saca alicantina

Don Luis se calló; jugó unas cuantas veces, y tuvo t
buena fortuna que ganó casi siempre.

El conde comenzó a cargarse.

—¿Si me desplumará el niño? —dijo—. Dios protege
a inocencia.

Mientras que el conde se amostazaba, don Luis sintió
ansancio y fastidio y quiso acabar de una vez.

—El fin de todo esto —dijo— es ver si yo me llevo
sos dineros o si usted se lleva los míos. ¿No es verdad,
eñor conde?

—Es verdad.

—Pues, ¿para qué hemos de estar aquí en vela toda
a noche? Ya va siendo tarde, y, siguiendo su consejo
e usted, debo recogerme para que la flor de mi mocedad
o se marchite.

—¿Qué es eso? ¿Se quiere usted largar? ¿Quiere us-
ed tomar el olivo?

—Yo no quiero tomar olivo ninguno. Al contrario.
urro, dime tú: aquí en este montón de dinero, ¿no
ay ya más que en la banca?

Currito miró, y contestó:

—Es indudable.

—¿Cómo explicaré —preguntó don Luis— que juego
un golpe cuanto hay en la banca contra otro tanto?

—Eso se explica —respondió Currito— diciendo:
opo!

—Pues copo —dijo don Luis dirigiéndose al conde—:
a el copo y la red en este rey de espadas, cuyo com-
añero hará de seguro su epifanía antes que su enemigo
tres.

El conde, que tenía todo su capital mueble en la ban-
, se asustó al verle comprometido de aquella suerte;
ero no tuvo más que aceptar.

Es sentencia del vulgo que los afortunados en amores
n desgraciados al juego; pero más cierta parece la con-
aria afirmación. Cuando acude la buena dicha, acude
ra todo, y lo mismo cuando la desdicha acude.

El conde fue tirando cartas, y no salía ningún tres. Su
noción era grande, por más que lo disimulaba. Por úl-
no, descubrió por la pinta el rey de copas y se detuvo.

—Tire usted —dijo el capitán.

—No hay para qué. El rey de copas. ¡Maldito sea
El curita me ha desplumado. Recoja usted el dinero.

El conde echó con rabia la baraja sobre la mesa.

Don Luis recogió todo el dinero con indiferencia y
reposo.

Después de un corto silencio habló el conde:

—Curita, es menester que me dé usted el desquite.

—No veo la necesidad.

—¡Me parece que entre caballeros!...

—Por esa regla, el juego no tiene término —observó
don Luis—; por esa regla, lo mejor sería ahorrarse el tra
bajo de jugar.

—Deme usted el desquite —replicó el conde sin aten
der a razones.

—Sea —dijo don Luis—; quiero ser generoso.

El conde volvió a tomar la baraja y se dispuso a echar
nueva talla.

—Alto ahí —dijo don Luis—. Entendámonos antes
¿Dónde está el dinero de la nueva banca de usted?

El conde se quedó turbado y confuso.

—Aquí no tengo dinero —contestó—; pero me parec
que sobra mi palabra.

Don Luis entonces, con acento grave y reposado dijo

—Señor conde, yo no tendría inconveniente en fiarm
de la palabra de un caballero y en llegar a ser su acree
dor, si no temiese perder su amistad, que casi voy y
conquistando; pero desde que vi esta mañana la cruelda
con que trató a ciertos amigos míos, que son sus acreedo
res, no quiero hacerme culpado para con usted del mism
delito. No faltaba más sino que yo voluntariamente incu
rriese en el enojo de usted prestándole dinero, que n
me pagaría, como no ha pagado, sino con injurias, el qu
debe a Pepita Jiménez.

Por lo mismo que el hecho era cierto, la ofensa fu
mayor. El conde se puso lívido de cólera, y ya de pi
pronto a venir a las manos con el colegial, dijo con v
alterada:

—¡Mientes, deslenguado! ¡Voy a deshacerte entre m
manos, hijo de la grandísima...!

Esta última injuria, que recordaba a don Luis la falta de su nacimiento, y caía el honor de la persona cuya memoria le era más querida y respetada, no acabó de formularse, no acabó de llegar a sus oídos.

Don Luis, por encima de la mesa, que estaba entre él y el conde, con agilidad asombrosa y con tino y fuerza, tendió el brazo derecho, armado de un junco o bastoncillo flexible y cimbreante, y cruzó la cara de su enemigo, levantándole al punto un verdugón amoratado.

No hubo ni grito, ni denuesto, ni alboroto posterior. Cuando empiezan las manos suelen callar las lenguas. El conde iba a lanzarse sobre don Luis para destrozarle si podía; pero la opinión había dado una gran vuelta desde aquella mañana, y entonces estaba en favor de don Luis. El capitán, el médico y hasta Currito, ya con más ánimo, contuvieron al conde, que pugnaba y forcejeaba ferozmente por desasirse.

—Dejadme libre, dejadme que le mate —decía.

—Yo no trato de evitar un duelo —dijo el capitán—; el duelo es inevitable. Trato sólo de que no luchéis aquí como dos ganapanes. Faltaría a mi decoro si presenciase tal lucha.

—Que vengan armas —dijo el conde—; no quiero retardar el lance ni un minuto... En el acto... aquí...

—¿Queréis reñir al sable? —dijo el capitán.

—Bien está —respondió don Luis.

—Vengan los sables —dijo el conde.

Todos hablaban en voz baja para que no se oyese nada en la calle. Los mismos criados del casino, que dormían en sillas, en la cocina y en el patio, no llegaron a despertar.

Don Luis eligió para testigos al capitán y a Currito. El conde, a los dos forasteros. El médico quedó para hacer su oficio, y enarboló la bandera de la Cruz Roja.

Era todavía de noche. Se convino en hacer campo de batalla de aquel salón, cerrando antes la puerta.

El capitán fue a su casa por los sables, y los trajo al momento debajo de la capa que para ocultarlos se puso.

Ya sabemos que don Luis no había empuñado en su vida un arma. Por fortuna, el conde no era mucho más diestro en la esgrima, aunque nunca había estudiado teología ni pensado en ser clérigo.

Las condiciones del duelo se redujeron a que, una vez el sable en la mano, cada uno de los dos combatientes hiciese lo que Dios le diera a entender.

Se cerró la puerta de la sala.

Las mesas y las sillas se apartaron en un rincón para despejar el terreno. Las luces se colocaron de un modo conveniente. Don Luis y el conde se quitaron levitas y chalecos, quedaron en mangas de camisa y tomaron las armas. Se hicieron a un lado los testigos. A una señal del capitán, empezó el combate.

Entre dos personas que no sabían parar ni defenderse, la lucha debía ser brevísima, y lo fue.

La furia del conde, retenida por algunos minutos, estalló y le cegó. Era robusto; tenía unos puños de hierro, y sacudía con el sable una lluvia de tajos sin orden ni concierto. Cuatro veces tocó a don Luis, por fortuna siempre de plano. Lastimó sus hombros, pero no le hirió. Menester fue de todo el vigor del joven teólogo para no caer derribado a los tremendos golpes y con el dolor de las contusiones. Todavía tocó el conde por quinta vez a don Luis, y le dio en el brazo izquierdo. Aquí la herida fue de filo, aunque de soslayo. La sangre de don Luis empezó a correr en abundancia; lejos de contenerse un poco el conde arremetió con más ira para herir de nuevo; casi se metió bajo el sable de don Luis. Éste, en vez de prepararse a parar, dejó caer el sable con brío y acertó con una cuchillada en la cabeza del conde. La sangre salió con ímpetu, y se extendió por la frente y corrió sobre los ojos. Aturdido por el golpe, dio el conde con su cuerpo en el suelo.

Toda la batalla fue negocio de algunos segundos.

Don Luis había estado sereno, como un filósofo estoico, a quien la dura ley de la necesidad obliga a ponerse en semejante conflicto, tan contrario a sus costumbres modo de pensar; pero no bien miró a su contrario po

tierra, bañado en sangre y como muerto, don Luis sintió
una angustia grandísima y temió que le diese una congoja.
Él, que no se creía capaz de matar a un gorrión, acaso
acababa de matar a un hombre. Él, que aún estaba resuelto a ser sacerdote, a ser misionero, a ser ministro, y nun-
cio del Evangelio, hacía cinco o seis horas, había cometido
o se acusaba de haber cometido en nada de tiempo todos
los delitos, y de haber infringido todos los mandamientos
de la ley de Dios. No había quedado pecado mortal que
no se contaminase. Sus propósitos de santidad heroica y
perfecta se habían desvanecido primero. Sus propósitos
de santidad más fácil, cómoda y *burguesa,* se desvanecían
después. El diablo desbarataba sus planes. Se le antojaba que ni siquiera podía ya ser un Filemón cristiano,
pues no era buen principio para el idilio perpetuo el de
rasgar la cabeza del prójimo de un sablazo.

El estado de don Luis, después de las agitaciones de
todo aquel día, era el de un hombre que tiene fiebre
cerebral.

Currito y el capitán, cada uno de un lado, le agarraron
y llevaron a su casa.

Don Pedro de Vargas se levantó sobresaltado cuando
le dijeron que venía su hijo herido. Acudió a verle; exa-
minó las contusiones y la herida del brazo, y vio que no
eran de cuidado; pero puso el grito en el cielo diciendo
que iba a tomar venganza de aquella ofensa, y no se
tranquilizó hasta que supo el lance, y que don Luis había sabido tomar venganza por sí, a pesar de su teología.

El médico vino poco después a curar a don Luis, y
pronosticó que en tres o cuatro días estaría don Luis
para salir a la calle, como si tal cosa. El conde, en cambio, tenía para meses. Su vida, sin embargo, no corría
peligro. Había vuelto de su desmayo y había pedido que
le llevasen a su pueblo, que no dista más que una lengua
del lugar en que pasaron estos sucesos. Habían buscado
un carricoche de alquiler y le habían llevado, yendo en
su compañía su criado y los dos forasteros que le sirvieron de testigos.

A los cuatro días del lance se cumplieron, en efecto, los pronósticos del doctor, y don Luis, aunque magullado de los golpes y con la herida abierta aún, estuvo en estado de salir, y prometiendo un restablecimiento completo en plazo muy breve.

El primer deber que don Luis creyó que necesitaba cumplir, no bien le dieron de alta, fue confesar a su padre sus amores con Pepita, y declararle su intención de casarse con ella.

Don Pedro no había ido al campo ni se había empleado sino en cuidar a su hijo durante la enfermedad. Casi siempre estaba a su lado, acompañándole y mimándole con singular cariño.

En la mañana del día 27 de junio, después de irse el médico, don Pedro quedó solo con su hijo, y entonces la tan difícil confesión para don Luis tuvo lugar del modo siguiente:

—Padre mío —dijo don Luis—, yo no debo seguir engañando a usted por más tiempo. Hoy voy a confesar a usted mis faltas y a desechar la hipocresía.

—Muchacho, si es confesión lo que vas a hacer, mejor será que llames al padre Vicario. Yo tengo muy holgachón el criterio, y te absolveré de todo, sin que mi absolución te valga para nada. Pero si quieres confiarme algún hondo secreto como a tu mejor amigo, empieza, que te escucho.

—Lo que tengo que confiar a usted es una gravísima falta mía, y me da vergüenza...

—Pues no tengas vergüenza con tu padre y di sin rebozo.

Aquí don Luis, poniéndose muy colorado y con visible turbación, dijo:

—Mi secreto es que estoy enamorado de... Pepita Jiménez, y que ella...

Don Pedro interrumpió a su hijo con una carcajada continuó la frase:

—Y que ella está enamorada de ti, y que la noche de la velada de San Juan estuviste con ella en dulces coloquios hasta las dos de la mañana, y que por ella buscast un lance con el conde de Genazahar, a quien has roto la cabeza. Pues, hijo, bravo secreto me confías. No hay perro ni gato en el lugar que no esté ya al corriente de todo. Lo único que parecía posible ocultar era la duración del coloquio hasta las dos de la mañana; pero unas gitanas buñoleras te vieron salir de la casa, y no pararon hasta contárselo a todo bicho viviente. Pepita, además, no disimula cosa mayor, y hace bien, porque sería el disimulo de Antequera... Desde que estás enfermo viene aquí Pepita dos veces al día, y otras dos o tres veces envía a Antoñona a saber de tu salud; y si no han entrado a verte es porque yo me he opuesto, para que no te alborotes.

La turbación y el apuro de don Luis subieron de punto cuando oyó contar a su padre toda la historia en lacónico compendio.

—¡Qué sorpresa! —dijo—. ¡Qué asombro habrá sido el de usted!

—Nada de sorpresa ni de asombro, muchacho. En el lugar sólo se saben las cosas hace cuatro días, y la verdad sea dicha, ha pasmado tu transformación. ¡Miren el cógelas a tientas y mátalas callando; miren el santurrón y el gatito muerto, exclaman las gentes, con lo que ha venido a descolgarse! El padre Vicario, sobre todo, se ha quedado turulato. Todavía está haciéndose cruces al considerar cuánto trabajaste en la viña del Señor en la noche del 23 al 24, y cuán variados y diversos fueron tus trabajos. Pero a mí no me cogieron las noticias de susto, salvo tu herida. Los viejos sentimos crecer la hierba. No es fácil que los pollos engañen a los recoveros.

—Es verdad; he querido engañar a usted. ¡He sido hipócrita!

—No seas tonto: no lo digo por motejarte. Lo digo para darme tono de perspicaz. Pero hablemos con franqueza: mi jactancia es inmotivada. Yo sé punto por punto el progreso de tus amores con Pepita desde hace más de dos meses; pero lo sé porque tu tío el deán, a quien escribías tus impresiones, me lo ha participado todo. Oye la carta acusadora de tu tío, y oye la contestación que le di, documento importantísimo de que he guardado minuta.

Don Pedro sacó del bolsillo unos papeles, y leyó lo que sigue:

Carta del deán. «Mi querido hermano: Siento en el alma tener que darte una mala noticia; pero confío en Dios, que habrá de concederte paciencia y sufrimiento bastantes para que no te enoje y acibare demasiado. Luisito me escribe hace días extrañas cartas, donde descubro, al través de su exaltación mística, una inclinación harto terrenal y pecaminosa hacia cierta viudita guapa, traviesa y coquetísima, que hay en ese lugar. Yo me había engañado hasta aquí creyendo firme la vocación de Luisito, y me lisonjeaba de dar en él a la Iglesia de Dios un sacerdote sabio, virtuoso y ejemplar; pero las cartas referidas han venido a destruir mis ilusiones. Luisito se muestra en ellas más poeta que verdadero varón piadoso, y la viuda, que ha de ser de la piel de Barrabás, le rendirá con poco que haga. Aunque yo escribo a Luisito amonestándole para que huya de la tentación, doy ya por seguro que caerá en ella. No debiera esto pesarme, porque si ha de faltar y ser galanteador y cortejante, mejor es que su mala condición se descubra con tiempo y no llegue a ser clérigo. No vería yo, por lo tanto, grave inconveniente en que Luisito siguiera ahí y fuese ensayado y analizado en la piedra de toque y crisol de tales amores, a fin de que la viudita fuese el reactivo por medio del cual se descubriera el oro puro de sus virtudes clericales o la baja liga con que el oro está mezclado; pero tropezamos con el escollo de que la dicha viuda, que habíamos de convertir en fiel contraste, es tu pretendida y no sé si tu enamorada. Pasaría, pues, de castaño oscuro el que resultase tu hijo rival tuyo. Esto sería un escándalo monstruoso, y para evitarle con tiempo te escribo hoy a fin de que, pretextando cualquier cosa, envíes o traigas a Luisito por aquí, cuanto antes mejor.»

Don Luis escuchaba en silencio y con los ojos bajos. Su padre continuó:

—A esta carta del deán contesté lo que sigue:

Contestación. «Hermano querido y venerable padre espiritual: Mil gracias te doy por las noticias que me envías y por tus avisos y consejos. Aunque me precio de listo, confieso mi torpeza en esta ocasión. La vanidad me cegaba. Pepita Jiménez, desde que vino mi hijo, se me mostraba tan afable y cariñosa, que yo me las prometía felices. Ha sido menester tu carta para hacerme caer en la cuenta. Ahora comprendo que, al haberse humanizado, al hacerme tantas fiestas y al bailarme el agua delante, no miraba en mí la pícara de Pepita sino al papá del teólogo barbilampiño. No te lo negaré: me mortificó y afligió un poco este desengaño en el primer momento; pero después lo reflexioné todo con la madurez debida, y mi mortificación y mi aflicción se convirtieron en gozo. El chico es excelente. Yo le he tomado mucho más afecto desde que está conmigo. Me separé de él y te le entregué para que le educases, porque mi vida no era muy ejemplar, y en este pueblo, por lo dicho y por otras razones, se hubiera criado como un salvaje. Tú fuiste más allá de mis esperanzas y aun de mis deseos, y por poco no sacas de Luisito un padre de la Iglesia. Tener un hijo santo hubiera lisonjeado mi vanidad; pero hubiera sentido yo quedarme sin un heredero de mi casa y nombre, que me diese lindos nietos, y que después de mi muerte disfrutase de mis bienes, que son mi gloria, porque los he adquirido con ingenio y trabajo, y no haciendo fullerías y chanchullos. Tal vez la persuasión en que estaba yo de que no había remedio, de que Luis iba a catequizar a los chinos, a los indios y a los negritos de Monicongo, me decidió a casarme para dilatar mi sucesión. Naturalmente, puse mis ojos en Pepita Jiménez, que no es de la piel de Barrabás, como imaginas, sino una criatura monísima, más bendita que los cielos y más apasionada que coqueta. Tengo tan buena opinión de Pepita, que si volviese ella a tener dieciséis años y una madre imperiosa que la violentara, y yo tuviese ochenta años, como don Gumersindo, esto es, si viera ya la muerte en puertas, tomaría a Pepita por mujer para que me sonriese al morir como si fuera el ángel de mi guarda que había revestido cuerpo humano, y para dejarle mi posición, mi caudal y mi nombre. Pero ni Pepita tiene ya dieciséis años, sino veinte, ni está sometida al culebrón de su madre, ni yo tengo ochenta años, sino cincuenta y cinco. Estoy en la peor edad, porque empiezo a sentirme harto averiado, con un poquito de asma, mucha tos, bastantes dolores reumáticos y otros alifafes, y, sin embargo, maldita la gana que tengo de morirme. Creo que ni en veinte años me moriré, y como le llevo treinta y cinco a Pepita, calcula el desastroso porvenir que le aguardaba con este viejo perdurable. Al cabo de los pocos años de casada conmigo hubiera tenido que aborrecerme, a pesar de lo buena que es. Porque es buena y discreta no ha querido sin duda aceptarme por marido, a pesar de la insistencia y de la obstinación con que se lo he propuesto. ¡Cuánto se lo agradezco ahora! La misma puntita de vanidad, lastimada por sus desdenes, se embota ya al considerar que si no me ama, ama mi sangre, se prenda del hijo mío. Si no quiere esta fresca y lozana hiedra enlazarse al viejo tronco, carcomido ya, trepe por él, me digo, para subir al renuevo tierno y al verde y florido pimpollo. Dios los bendiga a ambos y prosperen estos amores. Lejos de llevarte al chico otra vez, le retendré aquí hasta por fuerza, si es necesario. Me decido a conspirar contra su vocación. Sueño ya con verle casado. Me voy a remozar contemplando a la gentil pareja unida por el amor. ¿Y cuando me den unos cuantos chiquillos? En vez de ir de misionero y de traerme de Australia o de Madagascar, o de la India, varios neófitos con jetas de a palmo, negros como la tizne, o amarillos como el estezado y con ojos de mochuelo, ¿no será mejor que Luisito predique en casa y me saque en abundancia una serie de catecumenillos rubios, sonrosados, con ojos como los de Pepita y que parezcan querubines sin alas? Los catecúmenos que me trajese de por allá sería menester que estuvieran a respetable distancia para que no me inficionasen, y éstos de por acá me olerían a rosas del Paraíso, y vendrían a ponerse sobre mis rodillas y jugarían conmigo, y me besarían, y me llamarían abuelito, y me darían palmaditas en la calva que ya voy teniendo. ¿Qué quieres? Cuando estaba yo en todo mi vigor no pensaba en las delicias domésticas; mas ahora, que estoy tan próximo a la vejez, si ya no estoy en ella, como no me he de hacer cenobita, me complazco en esperar que haré el papel de patriarca. Y no entiendas que voy a limitarme a esperar que cuaje el naciente noviazgo, sino que he de trabajar para que cuaje. Siguiendo tu comparación, pues que transformas a Pepita en crisol y a Luis en metal, yo buscaré, o tengo buscado ya, un fuelle o soplete utilísimo que contribuya a avivar el fuego para que el metal se derrita pronto. Este soplete es Antoñona, nodriza de Pepita, muy lagarta, muy sigilosa y muy afecta a su dueño. Antoñona se entiende ya conmigo, y por ella sé que Pepita está muerta de amores. Hemos convenido en que yo siga haciendo la vista gorda y no dándome por entendido de nada. El padre Vicario, que es un alma de Dios, siempre en babia, me sirve tanto o más que Antoñona, sin advertirlo él, porque todo se le vuelve hablar de Luis con Pepita y de Pepita con Luis; de suerte que este excelente señor, con medio siglo en cada pata, se ha convertido, ¡oh milagro del amor y de la inocencia!, en palomino mensajero, con quien los dos amantes se envían sus requiebros y finezas, ignorándolo también ambos. Tan poderosa combinación de medios naturales y artificiales debe dar un resultado infalible. Ya te lo diré al darte parte de la boda, para que vengas a hacerla o envíes a los novios tu bendición y un buen regalo.»

Así acabó don Pedro de leer la carta, y al volver a mirar a don Luis vio que don Luis había estado escuchando con los ojos llenos de lágrimas.

El padre y el hijo se dieron un abrazo muy apretado y muy prolongado.

Al mes justo de esta conversación y de esta lectura se celebraron las bodas de don Luis de Vargas y de Pepita Jiménez.

Temeroso el señor deán de que su hermano le embromase demasiado con que el misticismo de Luisito había

salido huero, y conociendo además que su papel iba a
ser poco airoso en el lugar, donde todos dirían que tenía
mala mano para sacar santos, dio por pretexto sus ocupaciones y no quiso venir, aunque envió su bendición y
unos magníficos zarcillos, como presente, para Pepita.

El padre Vicario tuvo, pues, el gusto de casarla con
don Luis.

La novia, muy bien engalanada, pareció hermosísima
a todos y digna de trocarse por el cilicio y las disci-
plinas.

Aquella noche dio don Pedro un baile estupendo en
el patio de su casa y salones contiguos. Criados y señores,
hidalgos y jornaleros, las señoras y señoritas y las mozas
del lugar, asistieron y se mezclaron en él como en la so-
ñada primera edad del mundo, que no sé por qué llaman
de oro.[68]. Cuatro diestros, o, si no diestros, infatigables
guitarristas, tocaron el fandango. Un gitano y una gitana,
famosos cantadores, entonaron las coplas más amorosas y
alusivas a las circunstancias. Y el maestro de escuela leyó
un epitalamio en verso heroico.

Hubo hojuelas, pestiños, gajorros, rosquillas, mostacho-
nes, bizcotelas y mucho vino para la gente menuda. El
señorío se regaló con almíbares, chocolate, miel de azahar
y miel de prima, y varios rosolis y mixtelas aromáticas y
refinadísimas.

Don Pedro estuvo hecho un cadete: bullicioso, bro-
mista y galante. Parecía que era falso lo que declaraba

---

[68] El mito de la Edad de Oro, como deseo de vuelta a un
mundo primigenio donde no existía la codicia, la guerra, la corrupción, el artificio y la doblez, donde los hombres vivían en
libertad, justicia y en armonía entre sí, y en contacto con una
naturaleza que colmaba las exigencias de sus instintos, procede
de la literatura grecolatina (Hexiodo, Horacio, Virgilio, Ovidio) y
reaparece en el Renacimiento. Los escritores de esta época decían
que había sido la civilización, y el ansia de riqueza, lujo y artificio lo que había introducido la insolidaridad entre los hombres
y su infelicidad. Este es el tema básico del *Discurso de la Edad
de Oro* del *Quijote*, I, 11: «Eran en aquella santa edad todas
las cosas comunes... No había fraude... La justicia se estaba en
sus propios términos...». A este principio de vida en común
alude la cita del texto.

en su carta al deán del reúma y demás alifafes. Bailó el fandango con Pepita, con sus más graciosas criadas y con otras seis o siete mozuelas. A cada una, al volverla a su asiento, cansada ya, le dio con efusión el correspondiente y prescrito abrazo, y a las menos serias algunos pellizcos, aunque esto no forma parte del ceremonial. Don Pedro llevó su galantería hasta el extremo de sacar a bailar a doña Casilda, que no pudo negarse, y que, con sus diez arrobas de humanidad y los calores de julio, vertía un chorro de sudor por cada poro. Por último, don Pedro atracó de tal suerte a Currito, y le hizo brindar tantas veces por la felicidad de los nuevos esposos, que el mulero Dientes tuvo que llevarle a su casa a dormir la mona, terciado en una borrica como un pellejo de vino.

El baile duró hasta las tres de la madrugada; pero los novios se eclipsaron discretamente antes de las once y se fueron a casa de Pepita. Don Luis volvió a entrar con luz, con pompa y majestad, y como dueño y señor adorado, en aquella limpia alcoba, donde poco más de un mes antes había entrado a oscuras, lleno de turbación y zozobra.

Aunque en el lugar es uso y costumbre, jamás interrumpida, dar una terrible cencerrada a todo viudo o viuda que contrae segundas nupcias, no dejándolos tranquilos con el resonar de los cencerros en la primera noche del consorcio, Pepita era tan simpática y don Pedro tan venerado y don Luis tan querido, que no hubo cencerros ni el menor conato de que resonasen aquella noche; caso raro que se registra como tal en los anales del pueblo.

III.   Epílogo. Cartas de mi hermano

La historia de Pepita y Luisito debiera terminar aquí. Este epílogo está de sobra; pero el señor deán le tenía en el legajo, y ya que no le publiquemos por completo, publicaremos parte; daremos una muestra siquiera.

A nadie debe quedar la menor duda en que don Luis y Pepita, enlazados por un amor irresistible, casi de la misma edad, hermosa ella, él, gallardo y agraciado, y discretos y llenos de bondad los dos, vivieron largos años, gozando de cuanta felicidad y paz caben en la tierra; pero esto, que para la generalidad de las gentes es una consecuencia dialéctica bien deducida, se convierte en certidumbre para quien lee el epílogo.

El epílogo, además, da algunas noticias sobre los personajes secundarios que en la narración aparecen, y cuyo destino puede acaso haber interesado a los lectores.

Se reduce el epílogo a una colección de cartas, dirigidas por don Pedro de Vargas a su hermano el señor deán, desde el día de la boda de su hijo hasta cuatro años después.

Sin poner las fechas, aunque siguiendo el orden cronológico, trasladaremos aquí pocos y breves fragmentos de
dichas cartas, y punto concluido.

«Luis muestra la más viva gratitud a Antoñona, sin
cuyos servicios no poseería a Pepita; pero esta mujer,
cómplice de la única falta que él y Pepita han cometido,
y tan íntima en la casa y tan enterada de todo, no podía
menos de estorbar. Para librarse de ella, favoreciéndola,
Luis ha logrado que vuelva a reunirse con su marido,
cuyas borracheras diarias no quería ella sufrir. El hijo
del maestro Cencias ha prometido no volver a emborra-
charse casi nunca; pero no se ha atrevido a dar un
nunca absoluto y redondo. Fiada, sin embargo, en esta
semipromesa, Antoñona ha consentido en volver bajo el
techo conyugal. Una vez reunidos estos esposos, Luis ha
creído eficaz el método homeopático para curar de raíz
al hijo del maestro Cencias, pues habiendo oído afirmar
que los confiteros aborrecen el dulce, ha inferido que los
taberneros deben aborrecer el vino y el aguardiente, y
ha enviado a Antoñona y a su marido a la capital de
esta provincia, donde les ha puesto de su bolsillo una
magnífica taberna. Ambos viven allí contentos, se han
proporcionado muchos marchantes y probablemente se
harán ricos. Él se emborracha aún algunas veces; pero
Antoñona, que es más forzuda, le suele sacudir, para que
acabe de corregirse.»

«Currito, deseoso de imitar a su primo, a quien cada
día admira más, y notando y envidiando la felicidad do-
méstica de Pepita y de Luis, ha buscado novia a toda
prisa, y se ha casado con la hija de un rico labrador de
aquí, sana y frescota, colorada como las amapolas, y que
promete adquirir en breve un volumen y una densidad
superiores a los de su suegra doña Casilda.»

«El conde de Genazahar, a los cinco meses de cama,
está ya curado de su herida, y, según dicen, muy enmen-
dado de sus pasadas insolencias. Ha pagado a Pepita,

hace poco, más de la mitad de la deuda, y pide espera para pagar lo restante.»

«Hemos tenido un disgusto grandísimo, aunque harto lo preveíamos. El padre Vicario, cediendo al peso de la edad, ha pasado a mejor vida. Pepita ha estado a la cabecera de su cama hasta el último instante, y le ha cerrado la entreabierta boca con sus hermosas manos. El padre Vicario ha tenido la muerte de un bendito siervo de Dios. Más que muerte parecía tránsito dichoso a más serenas regiones. Pepita, no obstante, y todos nosotros también, le hemos llorado de veras. No ha dejado más que cinco o seis duros y sus muebles, porque todo lo repartía de limosna. Con su muerte habrían quedado aquí huérfanos los pobres si Pepita no viviese.

Mucho lamentan todos en el lugar la muerte del padre Vicario, y no faltan personas que le dan por santo verdadero y merecedor de estar en los altares, atribuyéndole milagros. Yo no sé de esto; pero sé que era un varón excelente, y debe haber ido derechito a los cielos, donde tendremos en él un intercesor. Con todo, su humildad y su modestia y su temor de Dios eran tales que hablaba de sus pecados en la hora de la muerte como si los tuviese y nos rogaba que pidiésemos su perdón y que rezásemos por él al Señor y a María Santísima.

En el ánimo de Luis han hecho honda impresión esta vida y esta muerte ejemplares de un hombre, menester es confesarlo, simple y de cortas luces, pero de una voluntad sana, de una fe profunda y de una caridad fervorosa. Luis se compara con el Vicario, y dice que se siente humillado. Esto ha traído cierta amarga melancolía a su corazón; pero Pepita, que sabe mucho, la disipa con sonrisas y cariño.»

«Todo prospera en casa. Luis y yo tenemos unas candioteras que no las hay mejores en España, si prescindimos de Jerez. La cosecha de aceite ha sido este año soberbia. Podemos permitirnos todo género de lujo, y yo aconsejo a Luis y a Pepita que den una buen paseo por

Alemania, Francia e Italia, no bien salga Pepita de su cuidado y se restablezca. Los chicos pueden, sin imprevisión ni locura, derrochar unos cuantos miles de duros en la expedición y traer muchos primores de libros, muebles y objetos de arte para adornar su vivienda.»

«Hemos aguardado dos semanas para que sea el bautizo el día mismo del primer aniversario de la boda. El niño es un sol de bonito y muy robusto. Yo he sido el padrino, y le hemos dado mi nombre. Ya estoy soñando con que Periquito hable y diga gracias.»

«Para que todo les salga bien a estos enamorados esposos, resulta ahora, según carta de La Habana, que el hermano de Pepita, cuyas tunanterías recelábamos que afrentasen a la familia, casi y sin casi va a honrarla y a encumbrarla haciéndose personaje. En tanto tiempo como hacía que no sabíamos de él, ha aprovechado bien las coyunturas y le ha soplado la suerte. Ha tenido nuevo empleo en las Aduanas, ha comerciado luego en negros, ha quebrado después, que viene a ser para ciertos hombres de negocios como una buena poda para los árboles, la cual hace que retoñen con más brío, y hoy está tan boyante, que tiene resuelto ingresar en la primera aristocracia titulado de marqués o de duque. Pepita se asusta y se escandaliza de esta improvisada fortuna; pero yo le digo que no sea tonta: si su hermano es y había de ser de todos modos un pillete, ¿no es mejor que lo sea con buena estrella?»

Así podríamos seguir extractando, si no temiésemos fatigar a los lectores. Concluiremos, pues, copiando un poco de una de las últimas cartas.

«Mis hijos han vuelto de su viaje bien de salud, y con Periquito muy travieso y precioso.
Luis y Pepita vienen resueltos a no volver a salir del lugar, aunque les dure más la vida que a Filemón y a Baucis. Están enamorados como nunca el uno del otro.

Traen lindos muebles, muchos libros, algunos cuadros y no sé cuántas otras baratijas elegantes que han comprado por esos mundos, y principalmente en París, Roma, Florencia y Viena.

Así como el afecto que se tienen y la ternura y cordialidad con que se tratan y tratan a todo el mundo ejercen aquí benéfica influencia en las costumbres, así la elegancia y el buen gusto con que acabarán ahora de ordenar su casa servirán de mucho para que la cultura exterior cunda y se extienda.

La gente de Madrid suele decir que en los lugares somos gansos y soeces; pero se quedan por allá y nunca se toman el trabajo de venir a pulirnos; antes al contrario, no bien hay alguien en los lugares que sabe o vale, o cree saber y valer, no para hasta que se larga, si puede, y deja los campos y los pueblos de provincias abandonados.

Pepita y Luis siguen el opuesto parecer, y yo los aplaudo con toda el alma.

Todo lo van mejorando y hermoseando para hacer de este retiro su edén.

No imagines, sin embargo, que la afición de Luis y de Pepita al bienestar material haya entibiado en ellos, en lo más mínimo, el sentimiento religioso. La piedad de ambos es más profunda cada día, y en cada contento o satisfacción de que gozan o que pueden proporcionar a sus semejantes ven un nuevo beneficio del cielo, por el cual se reconocen más obligados a demostrar su gratitud. Es más: esa satisfacción y ese contento no lo serían, no tendrían precio, ni valor, ni sustancia paar ellos, si la consideración y la firme creencia en las cosas divinas no se lo prestasen.

Luis no olvida nunca, en medio de su dicha presente, el rebajamiento del ideal con que había soñado. Hay ocasiones en que su vida de ahora le parece vulgar, egoísta y prosaica, comparada con la vida de sacrificio, con la existencia espiritual a que se creyó llamado en los primeros años de su juventud; pero Pepita acude solícita a disipar estas melancolías, y entonces comprende y afirma Luis que el hombre puede servir a Dios en todos los estados y condiciones, y concierta la viva fe y el amor de

Dios, que llenan su alma, con este amor lícito de lo terrenal y caduco. Pero en todo ello pone Luis como un
fundamento divino, sin el cual, ni en los astros que pue-
blan el éter, ni en las flores y frutos que hermosean el
campo, ni en los ojos de Pepita, ni en la inocencia de
Periquito, vería nada de amable. El mundo mayor, toda
esa fábrica grandiosa del Universo, dice él que sin su
Dios providente le parecería sublime, pero sin orden, ni
belleza, ni propósito. Y en cuanto al mundo menor, como
suele llamar al hombre, tampoco le amaría si por Dios no
fuera. Y esto, no porque Dios le mande amarle, sino porque la dignidad del hombre y el merecer ser amado estri-
ban en Dios mismo, quien no sólo hizo el alma humana
a su imagen, sino que ennobleció el cuerpo humano, haciéndole templo vivo del Espíritu, comunicando con él
por medio del Sacramento, sublimándole hasta el extremo
de unir con él su Verbo increado. Por estas razones y por
otras que yo no acierto a explicar aquí, Luis se consuela
y se conforma con no haber sido un varón místico, extá-
tico y apostólico, y desecha la especie de envidia generosa
que le inspiró el padre Vicario el día de su muerte; pero
tanto él como Pepita siguen con gran devoción cristiana
dando gracias a Dios por el bien de que gozan, y no
viendo base, ni razón, ni motivo de este bien, sino en el
mismo Dios.

En la casa de mis hijos hay, pues, algunas salas que
parecen preciosas capillitas católicas o devotos oratorios;
pero he de confesar que tienen ambos también su poquito
de paganismo, como poesía rústica amoroso-pastoril, la
cual ha ido a refugiarse extramuros.

La huerta de Pepita ha dejado de ser huerta, y es un
jardín amenísimo con sus araucarias, con sus higueras de
la India, que crecen aquí al aire libre, y con su bien dispuesta, aunque pequeña estufa, llena de plantas raras.

El merendero o cenador donde comimos las fresas aquella tarde, que fue la segunda vez que Pepita y Luis se
vieron y se hablaron, se ha transformado en un airoso
templete, con pórtico y columnas de mármol blanco. Dentro hay una espaciosa sala con muy cómodos muebles.

Dos bellas pinturas la adornan: una representa a Psiquis [69], descubriendo y contemplando extasiada a la luz de su lámpara, al Amor dormido en su lecho; otra representa a Cloe cuando la cigarra fugitiva se le mete en el pecho, donde, creyéndose segura y a tan grata sombra, se pone a cantar, mientras que Dafnis procura sacarla de allí.

Una copia, hecha con bastante esmero en mármol de Carrara, de la Venus de Médicis, ocupa el preferente lugar, y como que preside en la sala. En el pedestal tiene grabados, en letras de oro, estos versos de Lucrecio:

Nec sine te quidquam dias in luminis oras
Exoritur, neque fit laetum, neque amabile quidquam [70].»

---

[69] Psiquis o Psique, personaje mitológico, hija de un rey, es abandonada en la cima de una montaña vestida de ropa nupcial. Un fuerte viento la elevó a las alturas y la trasladó al jardín de un palacio, donde quedó profundamente dormida. Al despertar entró en el palacio y sintió la voz de un personaje invisible que ella adivinó ser la del prometido esposo. Esa voz le augura felicidad permanente, con tal de que no intente ver su rostro. Conocido este secreto por las hermanas de Psique, le aconsejaron que encendiera una lámpara por la noche para ver si se trataba de un monstruo. Al llevar a efecto dicho consejo descubre acostado en su cama el bello rostro del joven Eros (Amor). Despertado por una gota de aceite hirviente caída de la lámpara, Eros huye. Perseguida por Afrodita, Psique logra finalmente liberarse de sus desventuras, gracias a la intervención de Eros que, con licencia de Zeus, se casa con la joven.
[70] «Sin ti nada surge en las regiones de la luz ni brota la alegría ni el amor», Lucrecio. *De rerum natura*, lib. I, vv. 21-22.

A los señores Appleton:

Muy estimados señores míos: Era mi propósito escribir un prólogo para autorizar, como autor, la edición que van ustedes a hacer de *Pepita Jiménez* en lengua inglesa; pero, al considerarlo mejor, me retrae el recuerdo de cierta anécdota que oí contar en mis mocedades.

Deseando un galán que le presentasen en casa de un señorón, que daba espléndido baile, se fio de un amigo, que se jactaba de ser íntimo del señorón y de gozar con él de gran privanza. Fueron allá, y el galán logró ser presentado; pero el señorón dijo al presentador: «Y a usted, ¿quién le presenta, porque yo no le conozco?» Como respeto y amo mucho este país, y además conozco del desenfado que semejante caso requiere, no habría yo de replicar lo que dicen que replicó el presentador de mi cuento: «Ahora mismo me voy y no tengo necesidad de que me presente ni recomiende nadie.»

Deduzco, por tanto, como evidente moraleja, que no debo dirigirme al público de los Estados Unidos, al cual he sido siempre extraño como escritor, por más que con su Gobierno haya tenido buenas y amistosas relaciones, representando al mío.

Así pues, lo más atinado y prudente es que yo me limite a dar a ustedes encarecidas gracias porque me han pedido una venia de que no necesitaban ni por ley ni por tratado; porque quieren dar a conocer a sus compatriotas el menos desabrido fruto de mi estéril ingenio, y porque piensan generosamente en galardonarme con derechos de autor.

Esto no quita que, al dar a ustedes tales gracias en letras de molde, contraiga yo un compromiso que nunca contraje, ni en Alemania, ni en Italia, ni en otros países, donde se han traducido obras mías. Si allí no gustasen de ellas, aunque me doliese, yo me encogería de hombros y echaría la culpa a quien las tradujo y las dio a la estampa; pero aquí me hago yo cómplice de ustedes y comparto, o más bien recibo, todo el desaire del mal éxito, si le hay.

Pepita Jiménez ha sido celebradísima en España y aun entre todas las otras naciones que hablan lengua española. Yo disto infinito de creer que los españoles de hoy seamos o más fáciles de contentar, o más rudos, o gente de peor gusto literario que los hombres de cualquier otra región de la tierra; pero esto no basta a desvanecer mi recelo de que mi novela sea recibida con desdén o con censura, si se traduce para público algo prevenido contra España por conceptos fantásticos y tal vez lisonjeros.

Mi novela es, por la forma y por el fondo, de lo más castizo y propio nuestro que puede concebirse. Su valer, dado que le tenga, estriba en el lenguaje y en el estilo, y no en las aventuras, que son de las que ocurren a cada paso; ni en el enredo, harto sencillo o casi nulo.

No faltan, a mi ver, en los caracteres individualidad que los determine y verdad humana que los haga parecer de personas vivas; pero siendo la acción tan pobre, esto se nota y sale de realce por el análisis sutil y por la expresión de los afectos, que en la traducción pueden perderse. En mi novela además hay cierta ironía bondadosa y cándida, y cierto humor, más parecido al humor inglés que al *esprit* de los franceses; las cuales prendas, si bien no dependen por dicha de retruécanos y juegos de palabras, sino que están en la sustancia, necesitan, a fin de que no se queden en el original, que la traducción se haga con esmero.

La causa principal, por último, de que *Pepita Jiménez* haya alcanzado en mi país extraordinario aplauso está en algo que por acá puede dejar de ser notado por los lectores poco atentos.

Yo soy partidario del arte por el arte. Creo de pésimo gusto, impertinente siempre y pedantesco con frecuencia, tratar de probar tesis escribiendo cuentos. Escríbanse para tal fin disertaciones o libros pura y severamente didácticos. El fin de una novela ha de ser deleitar, imitando pasiones y actos humanos y creando, merced a esta imitación, una obra bella. Objeto del arte es la creación de la belleza, y le humilla quien le somete a otro fin, por alta que sea su utilidad. Pero puede ocurrir, por conjunto de circunstancias favorables, por inspiración dichosa, porque en un momento dado todo esté dispuesto como por magia o sobrenatural determinación, que el alma de un autor venga a ser como limpio y hadado espejo, donde se reflejan las ideas y los sentimientos todos que agitan el espíritu colectivo de un pueblo, y pierdan allí la discordia y se agrupen y combinen en suave conciliación y armonía.

En esto consiste el hechizo de *Pepita Jiménez.* Yo la escribí cuando todo en España estaba vomido y fuera de su asiento por una revolución radical, que arrancó de cuajo el trono secular y la unidad religiosa. Yo la escribí cuando todo en fusión, como metales derretidos, podía entrar en el molde y amalgamarse fácilmente. Yo la escribí cuando más brava ardía la lucha entre los antiguos y los nuevos ideales. Y yo la escribí en la más robusta plenitud de mi vida, cuando más sana y alegre estaba mi alma, con optimismo envidiable, y con un *panfilismo* simpático a todos, que nunca más se mostrará ya en lo íntimo de mi ser, por desgracia.

Si yo hubiese procurado dialéctica y reflexivamente conciliar opiniones y creencias, el desagrado hubiera sido

general; pero como el espíritu conciliador y sincrético se
manifestó de modo instintivo, en un cuento alegre, todos
le aceptaron y aprobaron, sacando cada cual de mi obra
las conclusiones que más le cuadraban. Así fue que desde
el más ortodoxo padre jesuita hasta el revolucionario más
furibundo, y desde el ultra-católico, que sueña con res-
tablecer la Inquisición, hasta el racionalista, acérrimo
enemigo de las religiones, todos gustaron de *Pepita Jiménez*.

Curioso, y no fuera de razón, será explicar aquí cómo
acerté a complacer a todos, sin proponérmelo, sin saberlo
y por casualidad.

Hace años hubo en España un ministro conservador,
que envió a un ahijado suyo a estudiar filosofía en Alemania. Por rara ventura, este ahijado, que se llamaba
Julián Sanz del Río, era hombre de clara y profunda
inteligencia, de aplicación infatigable y de todas las ener-
gías conducentes a hacer de él algo a modo de apóstol.
Estudió, formó su sistema, obtuvo la cátedra de Metafísica en la Universidad de Madrid y fundó escuela, de la
que ha salido brillante pléyade de filósofos, de políticos y
de varones ilustres, por saber, elocuencia y virtudes. Entre ellos descuellas Nicolás Salmerón, Francisco Giner,
Gumersindo Azcárate, Federico de Castro y Urbano González Serrano.

El partido clerical empezó a mover guerra al maestro,
a los discípulos y a la doctrina que divulgaban. Acusá-
banlos de panteísmo místico.

Yo, que me había burlado a veces de los enmarañados
términos, del aparato y del método de que los nuevos
filósofos se valían, me admiraba de ellos, no obstante, y
salí, en periódicos y en revistas, a su defensa, por no
trillado camino.

Ya había sostenido yo antes que nuestros grandes
teólogos dogmáticos, con especialidad el glorioso Domingo
de Soto, habían sido más liberales que los liberales racionalistas del día, pues afirman la soberanía del pueblo
por derecho divino; porque si el poder viene de Dios
según San Pablo, es por medio del pueblo, a quien Dios

inspira para que le funde, y porque no hay poder de origen divino inmediato, sino el de la Iglesia.

Entonces me empeñé en demostrar que si Sanz del Río y los de su escuela eran panteístas, nuestros teólogos místicos de los siglos XVI y XVII lo eran también, y que si los unos tenían por predecesores a Fichte, Schelling, Hegel y Krause, Santa Teresa, San Juan de la Cruz y el iluminado y estático padre Miguel de la Fuente, por ejemplo, seguían a Tauler y a los otros alemanes, sin que yo negase a ninguno la originalidad española, sino reconociendo en esta encadenada transmisión de doctrina el progresivo enlace de la civilización europea.

Para llevar adelante mi empeño leí y estudié con fervor cuanto libro español, devoto, ascético y místico, me vino a las manos, enamorándome cada vez más de la abundancia de nuestra literatura en tales libros, del tesoro de poesía que encierran, del atrevimiento y libertad de los autores, de la profunda y delicada observación con que examinan las facultades del alma, en lo cual se adelantan a la escuela escocesa, y de cómo llegan a penetrar y a abismarse en el centro de la mente, en la suprema raíz del propio espíritu para ver allí a Dios y unirse con Dios, no perdiendo la personalidad, ni el valor para la vida activa, sino saliendo de los arrobos y raptos de amor divino más capaces para toda operación útil a la especie humana, como sale más templado, acicalado y limpio el acero después de estar candente en la fragua.

De todo esto, en lo que tiene de más poético y de más fácil de entender, quise yo dar muestra al público español de ahora, que lo tenía olvidado; pero como yo era hombre de mi tiempo, profano, no muy ejemplar por mi vida penitente y con fama de descreído, no me atreví a hablar en mi nombre, e inventé a un estudiante de clérigo para que hablase. Imaginé luego que pintaría yo con más viveza las ideas y los sentimientos de dicho estudiante contraponiéndolos a un amor terrenal, y así nació *Pepita Jiménez*. Así fui yo novelista cuando menos lo pensaba. Mi novela tuvo, pues, la frescura y la espontaneidad de lo impremeditado.

Todas las novelas que he escrito después con premeditación han sido peores.

Pepita Jiménez, además, agradó mucho por lo transcen-
dente, según ya he dicho.

Supusieron los racionalistas que yo desechaba los ideales antiguos, como el héroe de mi cuento ahorca los hábitos. Y los creyentes, con mejor acuerdo y más verdad,
me compararon al falso profeta que fue a maldecir al
pueblo de Israel, y sin querer le ensalzó y le bendijo.
Lo cierto es que, si alguna consecuencia debe sacarse de
un cuento, lo que del mío se infiere es que la fe en Dios,
personal y providente, y el amor de este Dios, que asiste
en el centro del alma, aun cuando faltemos a la más alta
vocación a que nos induce y solicita, aun cuando, como
don Luis, cometamos en una sola noche, arrastrados por
violentas pasiones mundanas, casi todos los pecados ca-
pitales, eleva el alma, purifica los otros amores, sostiene
la dignidad humana y presta poesía, nobleza y santidad
a los más vulgares estados, condiciones y maneras de
vida.

Tal es, en mi sentir, la novela que ustedes van a pre-
sentar al público americano, pues yo repito que no tengo
derecho para hacer la presentación.

Acaso, aun prescindiendo de lo trascendente, mi novela interese y divierta por un par de horas a dicho público y obtenga algún favor con él, porque lee mucho, es
indulgente, y, por su espíritu abierto y cosmopolita, se
distingue del público inglés, tan exclusivo.

Siempre tuve por mala ilusión de la vanidad patriótica
el creer o el esperar que hay o que habrá algo que, con
legítima y clara independencia, deba llamarse literatura
americana. Grecia se dilató por el mundo en florecientes
colonias, y, después de las conquistas de Alejandro, creó
poderosos Estados en Egipto, en Siria y hasta en la Bac-
triana, entre gentes que tenían civilización propia elevada
y no eran como los indios de América. Y, sin embargo,
a pesar de esta dilatación, y a pesar de esta independencia, no hubo más que literatura griega, lo mismo en Si-
racusa, en Antioquía y en Alejandría que en Atenas. En

mi concepto, pues, y por idénticas razones, no habrá más
que literatura inglesa, lo mismo en Nueva York y en
Boston que en Londres y en Edimburgo; así como no
habrá más que literatura española lo mismo en Méjico y
en Buenos Aires que en Madrid, y literatura portuguesa
lo mismo en Río de Janeiro que en Lisboa. La unión
política se rompe; pero entre gentes de la misma lengua
y casta son indisolubles los lazos de fraternidad espiritual,
como la civilización no se hunda. Hay reyes o empera-
dores inmortales que reinan e imperan en América, por
verdadero derecho divino y contra quienes no hay Was-
hington ni Bolívar que prevalezca. No hay Franklin que
consiga arrancarles el cetro. Estos tiranos se llaman Miguel de Cervantes, Guillermo Shakespeare y Luis de Ca-
moens.

Todo ello no impide que el pueblo nuevo traiga al
acervo común y *pro indiviso* de la cultura de su raza,
ricos elementos, bellos rasgos de carácter y quizá superiores glorias. Así es como yo veo, en esta cultura de la
América de origen y de idioma ingleses, cierta amplitud
de miras, cierto cosmopolitismo y cierta comprensión afectuosa de lo extranjero, extenso como el continente en que
habitan los yankees, y que se contrapone a la estrechez
exclusiva de los ingleses isleños. Por estas calidades me
atrevo a esperar buen éxito para mi pobre libro, y en estas
calidades fundo mi esperanza de que los frutos del ingenio español, en general, han de ser mejor conocidos y
estimados aquí que en la Gran Bretaña. Ya, en parte y
atinada y discretamente, han realizado esta esperanza
W. Irving, Prescott, Ticknor, Longfellow, Howells y
otros, traduciendo, juzgando y encomiando a nuestros
autores.

Dispensen ustedes que los haya cansado con tan larga
carta y ténganme por su agradecido amigo.

JUAN VALERA

Nueva York, 18 de abril de 1886.

Apéndice II

La presente edición es la novena de esta novela, que ha tenido un éxito muy superior a lo que el autor podía imaginarse. Se publicó por vez primera *Pepita Jiménez* en la *Revista de España*. *El Imparcial* la publicó después en su edición de provincias, de la que hace una tirada de 30.000 ejemplares. Y, por último, en tomo aparte se ha publicado cinco veces: una vez por cuenta del autor; otra, por cuenta del señor don Abelardo de Carlos y tres por cuenta de los señores de Perojo y Alvarez.

En otros países no ha alcanzado menor favor con el público la mencionada novela.

En Francia ha dado de ella, si no una traducción, un compendio bastante extenso, el acreditado *Journal des Débats,* y ha sido traducida al portugués, al inglés, al polaco, al alemán, al bohemio y al italiano, siendo fiel y elegantísima la traducción hecha en este último idioma por Daniel Rubbi, y publicada en Milán en *La Perseveranza,* y en tomo por el señor Farina.

En Buenos Aires y en Caracas han reimpreso también a *Pepita Jiménez,* publicándola en los periódicos y haciendo de ella los encomios más lisonjeros.

Todo esto anima al autor a hacer una edición nueva, y como nada tiene que decir sobre su obra que ya no haya dicho, se limita a reproducir aquí los primeros párrafos del prólogo de la edición que hizo el señor De Carlos, y que son como siguen:

«El favor con que el público ha acogido mi novela de *Pepita Jiménez* me induce a hacer de ella esta nueva edición, más esmerada.

»Poco tengo que decir de la novela misma, en la cual no he hecho variación alguna. Diré sólo, para descargo de mi conciencia, que al escribir *Pepita Jiménez* no tuve ningún propósito de demostrar esto o de impugnar aquello: de burlarme de un *ideal* y de encomiar otro; de mostrarme más pío o menos pío. Mi propósito se limitó a escribir una obra de entretenimiento. Si la gente se ha entretenido un rato leyendo mi novela, lo he conseguido y no aspiro a más.

»Es evidente, sin embargo, que una novela bonita no puede consistir en la servil, prosaica y vulgar representación de la vida humana: una novela bonita debe ser poesía y no historia; esto es, debe pintar las cosas, no como son, sino más bellas de lo que son, iluminándolas con luz que tenga cierto hechizo.

»En busca de esta luz, tuve yo la ocurrencia dichosa, y perdóneseme la inmodestia con que me alabo, de acudir a nuestros místicos de los siglos XVI y XVII. De ellos tomé a manos llenas cuanto me pareció más adecuado a mi asunto, y de aquí el encanto que no dudo que hay en *Pepita Jiménez,* y que más se debe a dichos autores que a mí, que los he despojado para ataviarme.

»La malicia que algunos críticos presumen hallar en el narrador se me figura que está más en ellos que en mí. El señor Deán, y no yo, es quien narra; y cuanto suena a burlas en lo que dice va contra la petulancia juvenil de su sobrino, contra la falta de solidez de sus intentos y contra lo vano de su vocación, no contra la vocación misma.

»Es inútil defenderme de los pudorosos que me condenan porque llevo las cosas al último extremo a fin de

que don Luis abandone su vocación. ¿Qué poesía ni qué
arte habría en hacerle desistir fría y razonadamente de
ser un santo misionero para casarse por sus pasos con-
tados y del modo más *correcto,* y sin el menor trastorno
de trámites, con su Pepita? Al cabo, la vocación de don
Luis, aunque entraba por mucho en ella el amor propio,
el orgullo, los inexpertos ensueños ambiciosos del colegial y el entusiasmo, más fantástico que firme, que los
libros elocuentes, las hermosas teorías y doctrinas y todo
el brillo poético de nuestra religión habían infundido en
su alma, era una vocación que no podía desvanecerse
sin la violencia de pasión grandísima y sin el esfuerzo
extraordinario de una mujer enamorada, con quien cons-
piran, a sabiendas o sin saberlo, el padre de don Luis,
Antoñona y hasta el excelente y candoroso señor Vicario.

»Prueba clara, por último, de que no estaba en la mente del autor el censurar la vocación de don Luis es que,
apartado de ella, careciendo ya del impulso que hubiera
bastado a superar obstáculos, a vencer tentaciones y a
seguirla, la vocación vale a don Luis, sembrando en su
alma gérmenes de virtud, que hacen de él un marido
excelente y un dechado de padres de familia, lo cual no
es tan poco.»

Biografía y contexto

Año	Vida	Historia	Cultura y creación literaria
1824	Nace en Cabra (Córdoba). Su padre, oficial de Marina, culto y liberal. Su madre, Marquesa de la Paniega. Vida de campo en el cortijo familiar, durante la infancia.	Calomarde, ministro de Fernando VII. Juntas de fe. Batalla de Ayacucho e independencia de América del Sur.	Duque de Rivas: *El desterrado*. Bretón de los Herreros: *A la vejez, viruelas*. Saint Simón: *Le catechisme des industriels*. Muere Lord Byron.
1833	Traslado de la familia a Córdoba (donde el padre va destinado como gobernador) y posteriormente a Málaga, donde de Valera ingresa en el Seminario. Allí comenzará más tarde filosofía y leyes.	Muerte de Fernando VII. Isabel II es proclamada reina. Comienza la primera guerra carlista.	Martínez de la Rosa: *Poesías*. Quintana: *Vidas de españoles célebres*. Larra: *El Pobrecito Hablador* (25 marzo: último número). Balzac: *Eugénie Grandet*. Nacen P. A. de Alarcón y J. M. Pereda.
1840	Conoce a Espronceda, durante el verano, en la estación de baños de Caratraca (Málaga). Primeros versos en la revista *El Guadalborce*.	Viaje de la Regente por Cataluña y Valencia. Ley de Ayuntamientos. Renuncia de María Cristina a la Regencia. Cabrera se retira tras la batalla de Berga.	Espronceda: *El diablo mundo*. García Gutiérrez: *Poesías*. Zorrilla: *El zapatero y el rey*. Arolas: *Poesías*. J. J. de Mora: *Leyendas españolas*. Nacen F. Giner de los Ríos, E. Zola, G. de Azcárate y A. Daudet.

Año	Vida	Historia	Cultura y creación literaria
1841	Traslado a Granada. Ingresa en el Seminario de San Dionisio, en el Sacromonte. Alterna sus estudios de derecho con los de humanidades bajo la dirección de los canónigos B. Lirola y J. Cueto. Lectura de los clásicos (Horacio, Virgilio).	Regencia de Espartero. Argüelles, Quintana y la condesa de Espoz y Mina encargados de la educación de Isabel II. Diego de León asalta el Palacio Real y es ajusticiado.	Bretón de los Herreros: *Dios los cría y ellos se juntan*. Duque de Rivas: *Romances históricos*. N. Pastor Díaz: *Galería de españoles célebres contemporáneos*. G. Gómez de Avellaneda: *Poesías*. Zorrilla: *Cantos del trovador*.
1842	Continúa sus estudios de Derecho, ahora en la Universidad de Granada. Publica sus poemas en las revistas granadinas *La Alhambra* y *La Tarántula*.	Movimiento republicano en Cataluña reprimido por Espartero.	García Gutiérrez: *Luz y tinieblas*. Duque de Rivas: *El desengaño en un sueño*. Campoamor: *Fábulas*. Nace Mallarmé.
1843	Se traslada a Madrid. Intensa relación social en tertulias y salones de la aristocracia. Se enamora de G. Gómez de Avellaneda, a quien dedica un poema (*A Lelia*).	Gobiernos de J. María López y de Gómez Becerra. Pronunciamiento de Narváez, Serrano y Prim contra Espartero. Exilio de éste en Inglaterra. Proclamación de la mayoría de edad de Isabel II. Gobiernos de Olózaga y González Bravo. Comienza la instalación del ferrocarril Madrid-Aranjuez.	Mesonero: *Tipos y caracteres*. Dickens: *Christmas Carol*. Nacer B. P. Galdós, J. Verdaguer y Eça de Queirós.

Año	Vida	Historia	Cultura y creación literaria
1844	Valera vuelve a Granada (tras el fracaso académico en Madrid). Termina el Bachillerato en Leyes. Su padre le costea la publicación de su primer libro de poemas: *Ensayos poéticos*.	Retorno de María Cristina. Inicio de la década moderada: Gobierno Narváez. Convocatoria de Cortes Constituyentes. Abstención de los progresistas. Se suspenden las medidas desamortizadoras. Creación de la Guardia Civil.	Zorrilla: *Don Juan Tenorio*. Hartzenbusch: *La jura de Santa Gadea*. Gil y Carrasco: *El Señor de Bembibre*. A. Lista: *Ensayos críticos y literarios*. B. Foz: *Vida de Pedro Saputo*. Balmes: *El protestantismo comparado con el catolicismo*. Nacen E. Sellés, P. Verlaine, A. France, F. Nietzsche y Rimski-Korsakof.
1846	Licenciado en Derecho. Se trasladada a Madrid. Por mediación de su familia, se relaciona con Cabarrús, duque de Rivas, general Serrano y condesa de Montijo.	Casamiento de Isabel II con Francisco de Asís. Gobiernos de Miraflores, Narváez e Istúriz.	Campoamor: *Doloras*. Aribau y Rivadeneira comienzan la publicación de la *Biblioteca de Autores Españoles*. Merimée: *Carmen*. Nace J. Costa.
1847	Agregado sin sueldo, en la Legación en Nápoles, presidida por el duque de Rivas, a quien le une relación profesional, literaria y amistosa. Experiencia amorosa con Lucía Paladi.	Gobiernos de Sotomayor, Pacheco, García Goyena, Salamanca y Narváez. Crisis financiera y alimentaria en España.	S. Estébanez Calderón: *Escenas andaluzas*. Ventura de la Vega: *Don Fernando el de Antequera*. C. Marx y F. Engels: *Manifiesto comunista*.

Año	Vida	Historia	Cultura y creación literaria
1849	Comienza la amistad con S. Estébanez Calderón, llegado a Nápoles. Será animador de la creación literaria de Valera y destinatario de sus cartas.	Gobierno «relámpago» Cleonard-Manresa. Gobierno Narváez. Luis Napoleón forma gobierno en Francia.	Zorrilla: *Traidor, inconfeso y mártir*. Fernán Caballero: *La gaviota*. Nace Strindberg.
1850	Agregado de número de la Legación en Lisboa. Comienza la correspondencia epistolar con Estébanez Calderón. Convivencia amistosa y literaria con A. Alcalá Galiano, jefe de la Delegación. Amistad con intelectuales portugueses (Latino Coelho, Garret, López de Mendousa) y aparición de la tesis del iberismo en las cartas de Valera.	Finalizan las obras del Congreso de los Diputados y del Teatro Real de Madrid y se inaugura el Canal de Isabel II. Rusia y Austria se alían frente a Prusia. Primer cable submarino Dover-Calais.	Selgas: *La primavera*. Modesto Lafuente: *Historia de España*.
1851	Es nombrado secretario de Legación en Río de Janeiro. Correspondencia con Estébanez Calderón. Cartas a García de Quevedo, donde figuran criterios afianzados de teoría literaria. Conocimiento de la	Gobierno de Bravo Murillo. Concordato entre España y el Vaticano. Se inicia la dictadura plebiscitaria de Napoleón III en Francia.	A. López de Ayala: *Un hombre de Estado*. A. de Trueba: *El Cid Campeador*. Donoso Cortés: *Ensayo sobre el Catolicismo, el Liberalismo y el Socialismo*. A. Comte: *Sistema de política positiva*.

Año	Vida	Historia	Cultura y creación literaria
	familia Delavat (embajador) y de su hija Dolores, futura esposa de Valera.		
1853	Traslado a Madrid. Valera es admirado en los ambientes literarios como crítico, tras la difusión de sus cartas por Estébanez Calderón y G. de Quevedo.	Gobiernos de Lersundi y Sartorius. Disolución de las Cortes. Los generales Serrano, Concha, San Miguel y O'Donnell son desterrados. El último se oculta en Madrid.	Fernández y González: *Los siete infantes de Lara.* Nacen José Martí, A. Palacio Valdés y J. O. Picón.
1854	Publica su primer ensayo («Del romanticismo en España y de Espronceda») en la *Revista Española de Ambos Mundos*, de tendencia liberal, y en la que colaboran Sanz del Río y Castelar.	Levantamiento militar dirigido por O'Donnell y otros generales. Proclama del Manzanares. Gobiernos de Rivas y Espartero. Convocatoria de Cortes Constituyentes. Comienza el Bienio Progresista.	Tamayo y Baus: *La Ricahembra.* J. Nicasio Gallego: *Poesías.* J. M. Pereda: *La fortuna en un sombrero.*
1855	Enviado a la Legación de España en Dresde desde enero a octubre. Vuelve a Madrid como oficial de la Secretaría del Consejo de Estado. Funda la *Revista Peninsular*, juntamente con Calderón y Sinibaldo de Mas.	Isabel II se opone al proyecto de Ley de Desamortización eclesiástica. Ruptura de relaciones con el Vaticano.	Tamayo y Baus: *Locura de amor.* P. A. de Alarcón: *El final de la norma.* W. Whitman: *Leaves of grass.*

Año	Vida	Historia	Cultura y creación literaria
1856	Participa, como secretario, en la Embajada extraordinaria a Rusia, presidida por el duque de Osuna. Sus cartas a Cueto son publicadas en la prensa (sin su conocimiento) y acogidas con gran regocijo en ambientes literarios y políticos. Experiencia amorosa con Magdalena Brohan, descrita en sus cartas. Publica un artículo sobre «Las escenas andaluzas del Solitario» en la *Revista Peninsular*.	Aprobación de la nueva Constitución. Dimite Espartero. Gobierno O'Donnell, que centraliza la Milicia Nacional y disuelve las Cortes. Continuidad de la Constitución de 1845. O'Donnell es sustituido inesperadamente y de forma pintoresca por Narváez.	Fernán Caballero: *La familia de Alvareda*. Flaubert: *Madame Bovary*. Nacen M. Menéndez Pelayo, J. Ortega Munilla, M. Reina, Rimbaud y Oscar Wilde.
1858	Diputado moderado por el distrito de Archidona (Córdoba).	Gobiernos de Istúriz y O'Donnell, que acaba de formar la Unión Liberal. Expedición a la Conchinchina.	Bécquer: *El caudillo de las manos rojas, Historia de los templos de España*, vol. I: *San Juan de los Reyes*, de Toledo. N. Pastor Díaz: *De Villahermosa a la China*.
1859	Funda el periódico satírico *La Malva*, con P. A. de Alarcón. Viaje a París y estancia en casa de su hermana Sofía, ca-	Se inicia la guerra de Africa. Comienza la construcción del Canal de Suez.	Bécquer: publica la actual *Rima XIII*. Rosalía de Castro: *La hija del mar*. Antonio de Trueba: *Cuentos de color de rosa*.

Año	Vida	Historia	Cultura y creación literaria
	sada con el mariscal conde de Malakov. Asiste a la tertulia de Jules Sandeau, donde conoce a Flaubert. Lectura de novelas francesas.		
1860	Publica en la revista *El Cócora* su primer cuento, «El pájaro verde». Conferencias en el Ateneo sobre «Historia crítica de nuestra poesía». Escribe dos ensayos: «De la revolución en Italia» y «Naturaleza y carácter de la novela». Redactor-jefe en el periódico *El Contemporáneo*, dirigido por J. L. Albareda. En él publica como folletín su primera novela inconclusa: «Mariquita y Antonio».	Conquista y Tratado de Tetuán. Primer cable submarino español: Mallorca-Menorca. Lincoln, presidente de Estados Unidos; comienzo de la guerra de Secesión.	P. A. de Alarcón: *Diario de un testigo de la Guerra de África.* Nacen Joan Maragall e Isaac Albéniz.
1861	Valera ingresa en la Real Academia Española.	Anexión de Santo Domingo. Expedición a México capitaneada por Prim.	A. López de Ayala: *El tanto por ciento.* P. A. Alarcón: *De Madrid a Nápoles.* R. Mesonero: *El antiguo Madrid.* Milá y Fontanals: *De los trovadores en*

Año	Vida	Historia	Cultura y creación literaria
1862	Discurso de ingreso en la Real Academia Española sobre «La poesía popular...». Escribe un ensayo en defensa de los krausistas: *Sobre la enseñanza de la filosofía en las Universidades*. Discusión en el Parlamento sobre «La instrucción pública en España» y sobre «La censura eclesiástica y la tolerancia religiosa».	Prim se retira de México. Bismarck, canciller de Prusia. Decreto de Emancipación de los esclavos del Sur en Estados Unidos promulgado por Lincoln.	*España*. Amador de los Ríos: *Historia crítica de la literatura española* (1861-1865, 7 vols.). Fernández y González: *El pastelero de Madrigal*. V. Hugo: *Les Misérables*.
1864	Publica *Estudios críticos sobre la literatura, política y costumbres de nuestros días*. Disertación en la Real Academia Española: *El Quijote y las diferentes maneras de comentarle y juzgarle*.	Gobiernos de Arrazaola, Mon y Narváez.	García Gutiérrez: *Venganza catalana*. J. M. Pereda: *Escenas montañesas*. Tolstoi: *Guerra y Paz*. Nace Miguel de Unamuno.
1865	Ministro plenipotenciario en Frankfort.	Publicación de «El rasgo» de Castelar. Descontento y manifestaciones en la Universidad. No-	Ventura de la Vega: *La muerte de César*. Goncourt: *Germinie Lacerteux*. Nace Angel Gani-

Año	Vida	Historia	Cultura y creación literaria
		che de San Daniel. Sustitución de Narváez por O'Donnell. Fin de la Guerra de Secesión americana. Asesinato de Lincoln.	vet. Muere Alcalá Galiano y el Duque de Rivas, maestros y amigos de Valera.
1867	Se casa con Dolores Delavat. Discurso sobre «La libertad en el arte», en la recepción de Cánovas en la Real Academia Española.	Muerte de O'Donnell. La Unión Liberal apoya el objetivo revolucionario de progresistas y demócratas. Juárez ejecuta en México a Maximiliano.	Tamayo y Baus: *Un drama nuevo.* Ruiz Aguilera: *Leyenda de Nochebuena.* Ibsen: *Peer Gynt.* Karl Marx: *El Capital.* Nacen V. Blasco Ibáñez, Rubén Darío y E. Granados. Muere S. Estébanez Calderón, maestro y amigo de Valera.
1868	Valera, partidario de la Revolución, es nombrado subsecretario del ministro de Estado, Lorenzana. Funda la *Revista de España.* Ensayo *Sobre el concepto que hoy se forma de España.*	Muerte de Narváez y gobierno de González Bravo. Expulsión de sus cátedras de varios profesores de la Universidad de Madrid: Sanz del Río, Fernando de Castro, Salmerón, etc. Levantamiento de la Armada en Cádiz. Isabel II es destronada. Gobierno Provisional de Serrano y Prim. Primeros síntomas de la insurrección cubana. Se	G. A. Bécquer: *Rimas* (manuscrito). A. Daudet: *Le petit chose.* Dostoievski: *El idiota.* Wagner: *Meistersinger.*

Año	Vida	Historia	Cultura y creación literaria
1869	Valera, diputado unionista en las Cortes Constituyentes, presenta una enmienda al artículo 11 defendiendo el derecho a la plena libertad religiosa. Ensayo sobre el mismo tema: *La revolución y la libertad religiosa.*	fundan las Trade Unions en Inglaterra. Cortes Constituyentes. Constitución del 69. Regencia de Serrano y Gobierno de Prim. Concilio Vaticano I. Se inaugura el Canal de Suez.	J. M. Pereda: *Ensayos dramáticos.* G. Flaubert: *L'Education sentimentale.* A. Daudet: *Lettres de mon moulin.* Nacen R. Menéndez Pidal y Matisse.
1870	En diciembre forma parte del grupo parlamentario que se traslada a Italia para acompañar en su venida al rey Amadeo de Saboya.	Elección de Amadeo de Saboya como rey de España. Asesinato de Prim. Guerra franco-prusiana: derrota francesa en Sedán y asedio de París. Culmina la unidad italiana: Inicio del reinado de Víctor Manuel.	B. Pérez Galdós: *La Fontana de Oro; La Sombra.* A. López de Ayala: *Consuelo.* M. del Palacio: *Cien sonetos políticos.* Dostoievski: *Los endemoniados.* Muere G. A. Bécquer.
1871	Director de Instrucción Pública en el primer Gobierno de Serrano.	El rey Amadeo llega a Madrid. Gobiernos de Serrano, Ruiz Zorrilla, Malcampo y Sagasta. Fin de la guerra franco-prusiana y de la Comuna de París. Tercera República francesa. Inicio	G. A. Bécquer: *Rimas* (edición póstuma). J. M. Pereda: *Tipos y paisajes.* B. P. Galdós: *El Audaz.* E. Zola: *La fortune des Rougon.* Turgueniev: *Aguas primaverales.*

Año	Vida	Historia	Cultura y creación literaria
		del Imperio alemán. Gobierno de Bismarck.	
1872	Nuevamente director de Instrucción Pública en el Gobierno de Sagasta. Senador por Córdoba.	Gobierno de Serrano. Segunda guerra carlista. Convenio de Amorebieta. Gobierno de Ruiz Zorrilla.	R. Campoamor: *Pequeños poemas*. Núñez de Arce: *El haz de leña*. Strindberg: *El maestro Olof*. F. Nietzsche: *Los orígenes de la tragedia*.
1873	Artículos sobre política interior en la *Revista de España*. Ensayo filosófico sobre *El racionalismo armónico*. Estudios sobre la mística y escolásticos del siglo XVI.	Abdicación de Amadeo. Proclamación de la Primera República. Gobiernos de Figueras y Pi y Margall. Proyecto de Constitución. Insurrección cantonal. Gobiernos de Salmerón y Castelar.	B. P. Galdós: *Trafalgar*; *La Corte de Carlos IV*; *El 19 de marzo y el 2 de mayo*. P. A. Alarcón: *La Alpujarra*. Rimbaud: *Une saison en enfer*. Nace J. Martínez Ruiz «Azorín».
1874	Estancia en Cabra y Doña Mencía. Escritura y publicación de *Pepita Jiménez*. En junio es nombrado consejero de Estado y Consejero de Instrucción Pública.	Golpe de Estado de Pavía. Disolución de la Asamblea de la República. Etapa presidencialista de Serrano. Manifiesto del príncipe Alfonso en Sandhurst. Pronunciamiento de Martínez Campos en Sagunto. Proclamación de Alfonso XII. Primer Gobierno de Cánovas. Mc Ma-	P. A. Alarcón: *El sombrero de tres picos*. B. P. Galdós: *Napoleón en Chamartín*, *Zaragoza*, *Gerona*, *Cádiz*, *Juan Martín el Empecinado*. Milá y Fontanals: *De la poesía heroico-popular castellana*. Mussorgski: *Boris Godunov*. Grieg: *Peer Gynt*. Nace M. Machado.

Año	Vida	Historia	Cultura y creación literaria
		hon presidente de la República francesa. Porfirio Díaz dictador de México.	P. A. Alarcón: *El escándalo*. B. P. Galdós: *La batalla de Arapiles*; *El equipaje del Rey José*; *Memorias de un cortesano de 1815*. Núñez de Arce: *Gritos de combate*. E. Zola: *La Faute de l'abbé Muret*. Mark Twain: *Tom Sawyer*. Ses descubren las pinturas de las cuevas de Altamira.
1875	Comienza la amistad con Menéndez Pelayo. En la *Revista de España* se publican *Las ilusiones del Doctor Faustino*.	Se inicia el reinado de Alfonso XII. Elecciones para Cortes Constituyentes. Continúa la guerra carlista.	
1876	Valera, senador por Málaga. Discurso de recepción de Núñez de Arce en la R.A.E.: *Del influjo de la Inquisición y del fanatismo religioso en la decadencia de la literatura española*. Es nombrado profesor de Literatura Extranjera Contemporánea en la Institución Libre de Enseñanza.	Constitución de 1876. Fin de la guerra carlista y supresión de los fueros vascos.	B. P. Galdós: *Doña Perfecta*; *La segunda casaca*; *El grande Oriente*; *El 7 de julio*. J. M. Pereda: *Bocetos al temple*. F. Giner de los Ríos: *Estudios filosóficos y religiosos*. Mallarmé: *L'apres-midi d'un faune*. Giner de los Ríos funda la Institución Libre de Enseñanza.

Año	Vida	Historia	Cultura y creación literaria
1877	Se edita *El Comendador Mendoza* y *Pasarse de listo*.	Acuerdo hispanogermánico. Apoyo de Bismarck a la monarquía alfonsina.	B. P. Galdós: *Gloria*; *Los cien mil hijos de San Luis*; *El terror de 1824*. J. M. Pereda: *El buey suelto*. F. Navarro Villoslada: *Amaya*. J. Verdaguer: *La Atlántida*. Tolstoi: *Ana Karerina*.
1879	Publica *Doña Luz y Tentativas dramáticas*. Compromiso con los editores Montaner y Simón, de Barcelona, de escribir la *Historia de España* (1843-1874), continuación de la de Modesto Lafuente.	Matrimonio de Alfonso XII con María Cristina de Habsburgo. Gobiernos de Martínez Campos y Cánovas. Paz de Zanjón. Se funda el PSOE. Aparecen los periódicos *El Liberal* (Madrid) y el *Diari Català* (Barcelona).	B. P. Galdós: *Los apostólicos*; *Un faccioso más y algunos frailes menos*. J. M. Pereda: *Don Gonzalo*. E. Pardo Bazán: *Pascual López*. L. Alas: *Pipá*. G. Núñez de Arce: *El vértigo*.
1880	Valera traduce del griego y publica *Dafnis y Cloe*, con introducción y notas.	Se aprueba la Ley de abolición de la esclavitud en Cuba. Surge el Partido Fusionista de Sagasta. Primer congreso catalanista.	R. Mesonero: *Memorias de un setentón*. Rosalía de Castro: *Follas novas*. P. A. Alarcón: *El niño de la bola*. M. Menéndez Pelayo: *Historia de los heterodoxos españoles* (1880-1882). Dostoievski: *Los hermanos Karamazov*.

Año	Vida	Historia	Cultura y creación literaria
1881	Discurso de Valera al recibir a Menéndez Pelayo en la R.A.E.: *Del misticismo en la poesía española*. Se reincorpora a la carrera diplomática: ministro plenipotenciario en Lisboa.	Gobierno Sagasta. Legalización de las asociaciones obreras. El ministro Albareda repone en sus cátedras a los profesores expulsados por Orovio.	J. M. Pereda: *Esbozos y rasguños*. B. P. Galdós: *La desheredada*. P. A. Alarcón: *El capitán veneno*. A. Palacio Valdés: *El señorito Octavio*. Echegaray: *El gran galeoto*. E. Pardo Bazán: *Un viaje de novios*. Nacen Juan Ramón Jiménez y Pablo Picasso.
1883	Valera recibe a Menéndez Pelayo en Lisboa. Acompaña al rey de Portugal en su visita a España. Dimite de su cargo en Lisboa. Nombrado ministro plenipotenciario de Washington.	Gobierno de Posada Herrera. Viaje de Alfonso XII a Alemania. Segundo Congreso Catalanista. Agitaciones anarquistas de la «Mano Negra».	J. M. Pereda: *Pedro Sánchez*. B. P. Galdós: *El doctor Centeno*. A. Palacio Valdés: *Marta y María*. E. Pardo Bazán: *La cuestión palpitante*. M. Menéndez Pelayo: *Historia de las ideas estéticas en España*. F. Nietzsche: *Así hablaba Zaratustra*. Nace J. Ortega y Gasset.
1885	Muere su hijo Carlos. Catherine Lee Bayard, hija del secretario de Estado, siente por Valera un amor que él juzga	Gobierno de Cánovas. Muere Alfonso XII. María Cristina, Regente. Pacto de El Pardo. Gobierno Sagasta.	J. M. Pereda: *Sotileza*. B. P. Galdós: *Lo prohibido*. E. Pardo Bazán: *El cisne de Villamorta*. A. Palacio Valdés: *José*. Rubén Darío: *Epístolas y poemas*. F.

Año	Vida	Historia	Cultura y creación literaria
	desatinado y «fuera de sazón».		Nietzsche: *Más allá del bien y del mal*.
1886	Valera es trasladado a la Embajada de Bruselas. La joven Catherine L. B., al conocer la noticia, se suicida. Se editan las *Poesías* de Valera con un prólogo de Menéndez Pelayo.	Nace el Príncipe Alfonso, futuro Alfonso XIII. Pronunciamiento de Villacampa. Las Cortes rechazan la autonomía para Cuba, propuesta por los diputados de dicha isla. Aparece *El Socialista*.	E. Pardo Bazán: *Los pazos de Ulloa*. A. Palacio Valdés: *Riverita*. R. Campoamor: *Humoradas*. J. Verdaguer: *Canigó*. Rimbaud: *Les Illuminations*.
1887	Publica *Apuntes sobre el nuevo arte de escribir novelas*.	Polémica sobre las proyectadas reformas militares de Casola. Se crean el Partido Reformista y la Lliga de Cataluña. Francia establece la Unión Indochina.	B. P. Galdós: *Fortunata y Jacinta*. E. Pardo Bazán: *La madre naturaleza*. A. Palacio Valdés: *Maximina*. E. Zola: *La terre*.
1888	Regreso a Madrid. Consejero de Estado. Comienza a escribir en *El Imparcial* las *Cartas americanas*. Se publicarán en un volumen al año siguiente.	Primer Congreso del PSOE. Fundación de la UGT. Exposición Universal de Barcelona.	B. P. Galdós: *Miau*. J. M. Pereda: *La Montálvez*. E. Pardo Bazán: *Cuentos de mi tierra*. A. Palacio Valdés: *El cuarto poder*. E. Castelar: *Galería histórica de mujeres célebres*. R. Darío: *Azul*. Rimsky Korsakov: *Scherezade*. Nace Ramón Gómez de la Serna.

Año	Vida	Historia	Cultura y creación literaria
1893	Frustrado por los neocatólicos el nombramiento de Valera para ocupar la Embajada del Vaticano, es enviado a la de Viena, donde le acompaña su hijo Luis como secretario. Encuentro en París con Isabel II.	Proyecto de Maura para la autonomía de Cuba. Crisis social y acciones terroristas en Barcelona. Explosión del «Cabo Machichaco» en el puerto de Santander. Incidentes militares en Melilla. Disolución del Partido Posibilista de Castelar. Las islas Hawai bajo protectorado de Estados Unidos. Primer Congreso del Labour Party.	B. P. Galdós: *Torquemada en la Cruz; La loca de la casa; Gerona* (drama). «Clarín»: *El señor y lo demás son cuentos.* E. Zola: *Le docteur Pascal.* P. Verlaine: *Elegies.* Mallarmé: *Vers et prose.*
1895	Vuelve a España. Preocupación por el problema de Cuba. Escribe y publica *Juanita la larga.*	Guerra de Cuba: Martí inicia la sublevación y muere en combate. Fundación del PNV.	J. M. Pereda: *Peñas arriba.* B. P. Galdós: *Torquemada y San Pedro; Nazarín; Halma.* J. J. Dicenta: *Juan José.* M. Unamuno: *En torno al casticismo.* J. Maragall: *Poesies.* P. Valery: *La Soirée avec M. Teste.* Huysmans: *En route.*
1897	Publica *Genio y figura.* La ceguera le obliga a una vida retirada. Tertulia en su casa de Santo Domingo, a la que	Asesinato de Cánovas. Gobiernos de Azcárraga y de Sagasta. Concesión de la autonomía a Cuba. Guerra greco-turca.	B. P. Galdós: *Misericordia.* M. Unamuno: *Paz en la guerra.* A. Ganivet: *Idearium español; La conquista del reino Maya.*

Año	Vida	Historia	Cultura y creación literaria
	asisten Pardo Bazán, Menéndez Pelayo, Vidart, los A. Quintero, Rodríguez Marín, Emilio Ferrari y alguna vez Rubén Darío y Pérez de Ayala.		Azorín: *Charivari*. S. Ramón y Cajal: *Reglas y consejos sobre la investigación científica*. Mallarmé: *Divagations*. M. Bergson: *Matière et memoire*.
1898	Obsesión por el problema de Cuba.	Incidente de *El Maine*. Guerra con Estados Unidos. Norteamérica se apodera de Guam, Puerto Rico y Filipinas. Destrucción de la Armada española en Santiago de Cuba. Desastre de Cavite (Filipinas). Tratado de París: pérdida de Cuba, Puerto Rico y Filipinas. Estados Unidos se anexiona las islas Hawai.	V. Blasco Ibáñez: *La barraca*. B. P. Galdós: *Zumalacárregui; Mendizábal; De Oñate a La Granja*. A. Ganivet: *Los trabajos del infatigable Pedro Cid; Cartas finlandesas*. C. Arniches: *El santo de la Isidra*. J. Maragall: *Oda a Espanya*.
1899	Valera escribe su última novela: *Morsamor*.	Gobierno Silvela.	A. Palacio Valdés: *La alegría del Capitán Ribot*. R. Maeztu: *Hacia otra España*.
1904	Ingreso en la Real Academia de Ciencias Morales y Políticas. Discurso en elogio de	Dimisión de Maura. Gobierno de Azcárraga.	B. Pérez Galdós: *El abuelo; O'Donnell; Aita Tettauen*. Azorín: *Las confesiones de un*

Año	Vida	Historia	Cultura y creación literaria
	Cánovas, cuya silla vacante ocupa. Se publica el volumen V de su *Florilegio de poesías castellanas del siglo XIX* iniciado en 1901.		pequeño filósofo. P. Baroja: *La Busca; Mala hierba; Aurora roja.* R. Valle Inclán: *Flor de Santidad.* J. Ramón Jiménez: *Jardines lejanos.* R. Pérez de Ayala: *La paz del sendero.* Echegaray, Premio Nobel de Literatura.
1905	Cuando tiene tres libros empezados (*Elisa la malagueña, Metafísica a la ligera* y *Meditaciones utópicas sobre la educación humana*) y un discurso, encargado por la R. A. E. L. para celebrar el tercer centenario de la edición del *Quijote*, casi terminado, muere el 18 de abril.	Gobiernos de Villaverde, Montero Ríos y Moret. Viaje de Alfonso XIII a París y Londres. Noruega se independiza de Suecia. Crisis política y social en Rusia.	B. P. Galdós: *Casandra; Carlos VI en la Rápita; El Abuelo.* E. Pardo Bazán: *La quimera.* V. Blasco Ibáñez: *La bodega; La borda.* M. Unamuno: *Vida de Don Quijote y Sancho.* S Ramón y Cajal: *Psicología de don Quijote y el Quijotismo.* R. Darío: *Cantos de vida y esperanza.* Azorín: *Los pueblos; La ruta de Don Quijote.* J. R. Jiménez: *Pastorales.* M. Menéndez Pelayo: *Orígenes de la novela.* M. de Falla: *La vida breve.* Rilke: *Libro de las horas.*

Indice